ANNE TREMBLAY

LE CHÂTEAU À NOÉ

Tome 1 : La colère du lac

1900-1928

www.quebecloisirs.com

UNE ÉDITION DU CLUB QUÉBEC LOISIRS INC.
© Avec l'autorisation de Guy Saint-Jean Éditeur
© Guy Saint-Jean Éditeur inc. 2005

Dépôt légal — Bibliothèque et Archives nationales du Québec, 2011
ISBN Q.L. : 978-2-89666-086-5
Publié précédemment sous ISBN 2-89455-184-3

Imprimé au Canada

À Mimi, je dis merci infiniment.

À Jean-Marc et Lise, merci aussi.

À Pierre, je ne dédie pas ce livre, mais ma vie… oui.

Prologue

De toute sa vie, jamais, non jamais, Dieu en est témoin, il n'avait ressenti une si grande colère… Et cela l'effrayait au plus haut point. Mais trop, c'était trop ! Depuis deux ans qu'il se contenait, se disant, se répétant que tout redeviendrait certainement normal. Les hommes ne pouvaient pas tous être aussi stupides, ils se rendraient compte de leurs erreurs et tout rentrerait dans l'ordre. Mais non, ils s'étaient joués de lui… jusqu'à ce qu'il n'en puisse plus. Pourtant, personne ne pouvait l'accuser de ne pas avoir été patient, oh non ! Au contraire ! Il en avait enduré de toutes les couleurs et, la plupart du temps, il avait réussi à garder son calme. Bon, bon, il est vrai qu'il se devait d'avouer quelques sautes d'humeur passagères, voilà qui est fait. Il est vrai également qu'il était d'un caractère un peu changeant, cela aussi il pouvait l'admettre. Mais enfin, il avait toujours été sensible aux variations du temps. Alors, par jour d'orage, il lui était peut-être arrivé d'être un peu plus maussade que d'habitude, mais la perfection n'est pas de ce monde, n'est-ce pas ? Et puis d'abord, il n'était responsable de rien de ce qui arrivait ! RIEN ! Tout était de leur faute, de leur faute à EUX ! Il n'avait pas à se justifier, encore moins à se sentir coupable de quoi que ce soit.

Franchement ! Mais on le prenait pour qui à la fin ? Un trou béant pouvant engloutir n'importe quoi, n'importe comment ? Ils s'attendaient à quoi ? À ce qu'il ravale toujours, sans jamais réagir ? Il l'avait déjà trop fait. Mais il y a une limite à tout ! Le lac en a ras, le lac en a plein le bol. Le trop bon, trop doux, trop malléable lac Saint-Jean déborde et va tout inonder autour de lui ! Et tant pis pour les innocents ! La coupe est pleine ! De toutes ses forces, il va cracher à la face du monde son mécontentement. L'écume à la bouche, il vomira son fiel sur le bord des champs blancs de peur. Le flot de sa rage bouillonnante sévira partout aux alentours. Hargneusement, sans relâche, il grondera et éclaboussera d'injures tout ce qui osera le narguer. Fini le bon vieux temps où l'on pouvait faire ce qu'on voulait de ce pauvre vieux lac Saint-Jean. Qu'il se réveille ! Qu'il sorte de son lit et qu'il se tienne debout enfin ! Qu'il déploie ses armes et qu'il riposte ! Jamais vous n'aurez vu plus grande armée. Son intarissable infanterie de vagues n'aura aucune crainte de mourir sur la grève du débarquement et foncera, crête baissée, rugissant son cri de guerre, glaçant de terreur tout ce qui s'aventurera à entraver sa progression. Son escadrille de vent mènera l'attaque de tous côtés. Il bombardera d'une pluie assourdissante tout sur son passage. Sans discernement, il cassera des branches d'arbres, renversera des murs de granges, pulvérisera des parties de toits, fragiles remparts pour tous ces gens qui se retrouveront devant l'ampleur et la détermination de leur ennemi : Moi.

C'est mon mille neuf cent vingt-huitième printemps, depuis la naissance de Celui qui a marché sur mon semblable, le lac de Tibériade, mais ce printemps-ci ne passe vraiment pas. Les morceaux de glace me restent pris en travers de la gorge. Je ne peux plus rien avaler de leurs mensonges, de leurs promesses. C'est la débâcle, une gigantesque débandade. Mon seul regret sera pour ceux qui m'ont témoigné du respect, de l'amitié. Je pense surtout à ceux de la presqu'île, la Pointe-Taillon comme ils l'appellent, que je portais dans le creux de mon bras. Et aussi, à quelques gens de Roberval où j'adorais m'étirer au coucher du soleil… Je pense surtout à cet homme, mon ami… À toi, je dis que… je n'aurais jamais voulu en arriver là, mais on ne m'a pas laissé le choix, non pas le choix…

PREMIÈRE PARTIE

Campé devant la fenêtre de la cuisine d'une petite maison de Roberval, un homme épiait une aube à moitié noyée. Une pluie diluvienne ne cessait de tomber depuis l'avant-veille au soir. L'inquiétude se lisait sur son visage. Pour une fois, on aurait pu croire aux vingt-huit ans de l'homme. D'ordinaire, on aurait juré, avec son long corps mince et ses joues à la peau de bébé, qu'il avait à peine vingt, vingt et un ans au maximum, et encore ! Ah ! Qu'il rêvait d'une épaisse barbe qui lui fournirait les clés de la respectabilité, s'imaginait-il. Mais non, il avait beau, chaque année, prendre la décision de ne plus se raser, il devait immanquablement, quelques mois plus tard, faire face devant son miroir au flagrant échec de sa tentative et rayer, de quelques rageurs coups de rasoir, un semblant de barbe clairsemée ici et là. Mais pour le moment, peu lui importait son air juvénile, c'était même le dernier de ses soucis. Soupirant profondément, il se détourna de la fenêtre, hésita à faire quelques pas, changea d'idée et revint à son poste d'observation.

Comme lui, les habitants de cette petite ville n'avaient guère dormi de la nuit. En temps ordinaire, c'était un joli endroit où il faisait bon vivre. Les maisons à deux étages étaient charmantes, avec leurs deux lucarnes sur la façade du toit en bardeaux de cèdre, telle une paire d'yeux de commère de village, aux sourcils froncés de désapprobation pour ses voisins, mais ne voulant jamais rien rater du spectacle. Quelques maisons avaient vue sur le lac Saint-Jean qui bordait la ville, d'autres pouvaient suivre les saisons d'après les couleurs de la forêt au loin. On y retrouvait une fromagerie, un magasin général, une banque, des écoles, un couvent et même un hôpital! Tout ce petit monde bien simple s'était regroupé autour de leur belle et fière église, reine à la couronne crucifère et au long cou paré d'une magnifique cloche qui riait aux éclats lors des mariages et des messes dominicales, mais qui avait la gorge serrée les jours, hélas trop fréquents, de deuil. Malgré l'éloignement des grandes villes mouvementées comme Québec et Montréal, et même si les hivers, aux chutes de neige abondantes et aux bateaux hibernés, semblaient n'offrir que réclusion, ses habitants étaient, en contrepartie, chaleureux, débrouillards et toujours prêts à s'entraider. Ils savaient s'amuser, conter, giguer, turluter, accompagnés du voisin violoneux ou de l'autre avec sa musique à bouche ou, mieux, des deux. À Roberval, on avait une fanfare, une bibliothèque remplie seulement de livres de bonne lecture, il va sans dire, un magasin général pourvu de toutes les marchandises nécessaires et un grand hôtel, occupé l'été par des touristes venus en grand nombre pêcher la ouananiche et la truite, faire des excursions en canot et essayer d'apercevoir un Indien ou deux. Oui, on pouvait dire que c'était vraiment une jolie ville où il faisait bon vivre… Mais pas ce matin-là.

Ce matin-là, on commençait à évacuer les malades de l'hôpital, une bourrasque ayant jeté par terre une partie de la véranda. Ce matin-là, l'eau recouvrait complètement la cour du couvent des Ursulines et s'apprêtait à s'infiltrer dans la cave où les chaudières ne feraient plus long feu. Ce matin-là, le clocher de l'église avait peine à tenir le coup… Dans les maisons, qui craquaient sous la tension des événements, les enfants avaient peur et se bouchaient les oreilles. Les plus grands priaient à genoux avec leurs parents, les aïeuls se signaient et recommençaient un rosaire. Personne ne savait vraiment quoi faire, personne n'avait jamais connu une crue aussi dévastatrice. Derrière les carreaux, l'homme bougea un peu et, soupirant de nouveau, il leva une main aux grands doigts fins avec l'intention machinale de la passer dans ses cheveux roux. Mais son geste resta en suspens et son bras retomba mollement le long de son corps. Comme il se sentait impuissant ! Et si las…

« Pour moé, toute cette eau va faire de ben gros dégâts » se dit-il.

Harassé par sa nuit blanche, lentement, pour ne pas faire de bruit et réveiller ainsi le reste de la maisonnée, il fit glisser vers lui la chaise berçante. Aussi bien s'asseoir et attendre que le jour se lève complètement ; peut-être qu'ainsi, il y verrait un peu plus clair, autant dehors que dans sa vie. Sa vie… De nouveau, il émit un immense soupir qui sembla résonner dans la pièce, au point que l'homme se retourna pour s'assurer qu'il était toujours seul dans la cuisine.

« Idiot, tu t'étais pas rendu compte que depuis des mois, tu respirais que de cette façon, à grands coups d'air ! »

À force d'écouter la nuit, on peut entendre des choses que nul autre ne perçoit. La vérité, par exemple. Et la vérité, c'était qu'il étouffait ! Oui, voilà, il étouffait ! Toujours cette sensation de ne pouvoir inspirer jusqu'au fond, que quelque chose repoussait l'air.

Dans sa tête, tout allait si vite. Sans cesse, des images apparaissaient, des pensées s'imposaient.

« Allons, voir si ç'a de l'allure de déraisonner de même… »

Il essaya de se concentrer sur le bruit régulier des patins de la chaise, frappant à chaque bercée les lattes du plancher de pin en un petit coup sec, qu'il se mit à compter silencieusement.

« Un, deux, trois, quatre…

Bon voilà, oui, huit, neuf, dix… »

Bien vite, il perdit le fil du compte des va-et-vient de sa berçante et s'immobilisant, il se mit à scruter l'horizon. La pluie était loin de diminuer.

« Ouais ! De ben gros dégâts… » se répéta-t-il.

Il plongea sa main dans une des poches de son pantalon à bretelles et en ressortit une petite croix de bois.

La retournant entre ses doigts, il pria pour que le saint objet dissipe les ombres de sa nuit intérieure. Puis, tout à coup, l'homme se recroquevilla sur la chaise et éclata en sanglots. Il n'en pouvait plus de cette angoisse, de cette oppression à la poitrine, comme si un géant s'amusait à lui broyer le cœur. Il n'y a pas de plus grande souffrance que celle de l'âme, il l'échangerait sur-le-champ contre mille tortures… Reprenant sur lui, il se releva, en soupirant évidemment, et vint appuyer son front sur l'une des traverses qui séparaient les carreaux de la fenêtre.

« Mon pauvre vieux lac Saint-Jean, toé aussi t'en peux pus ? Toé aussi tu étouffes, hein, mon vieux ? Je l'sais, mais épargne ma belle grande maison, j't'en supplie… »

Le lac avait toujours été pour lui comme un ami, une sorte de confident, et l'homme avait pris l'habitude de s'adresser à lui comme à une personne. Le lac avait été témoin de ses jeux d'enfant qu'il avait souvent partagés, de ses amours qu'il avait contemplées, de ses rêves qu'il avait aidé à réaliser, de ses déceptions qu'il n'avait pu lui éviter. La vue, l'odeur, le chant, les caresses de l'eau du lac l'apaisaient, le ressourçaient et étaient devenus le sens, les sens, l'essence même de sa vie. Ils avaient les mêmes reflets gris bleu, lui au fond des yeux, l'autre à la surface de ses eaux. Il se souviendrait toujours de leur première rencontre. Il avait quatre ans.

~ ~ ~

Pour cet homme, rien de plus facile que de se rappeler son âge puisqu'il était né en même temps que le nouveau siècle ! 1900… C'était presque le seul bon côté du jour de sa naissance, étant donné que la nuit même, il avait été déposé au pied de l'Hôtel-Dieu-Saint-Vallier, l'hôpital de Chicoutimi, une ville toute en hauteur sur le bord de la rivière Saguenay. Tout comme Roberval, c'était une jolie petite ville où il faisait bon vivre, sauf que pour François, du nom qu'on lui avait donné à l'orphelinat en l'honneur du saint que l'on célébrait en ce 2 avril, ses souvenirs de petite enfance n'avaient rien de réjouissants. Ils se résumaient à de sombres robes cléricales se mouvant le long de gigantesques murs blancs, entre lesquels on écoulait ses jours avec d'autres orphelins, mais aussi des vieillards, des infirmes, des indigents et des idiots de village, ces erreurs de la nature et de la vie, tous pensionnaires de cet hôtel du Seigneur. Par malheur ou par chance, François était plutôt d'un caractère insoumis. Indocile, il tenait tête aux religieuses et rien ne pouvait les mettre plus hors d'elles que cette résistance, surtout venant d'un si petit être dont elles avaient sauvé la vie et l'âme, c'était inadmissible ! Il devait reprendre le bon chemin, à coup de baguette s'il le fallait ! En prière, à genoux, toute la journée, sans manger, il finirait certainement par entendre la voix de la raison, à défaut de celle du Seigneur. Mais le malin devait lui boucher les oreilles et s'être entiché de lui, car malgré tous les efforts qu'elles déployaient, elles continuaient à chercher désespérément certains objets disparus mystérieusement et à retrouver sur les murs d'étranges dessins faits d'une écœurante texture brune et malodorante facilement reconnaissable. François restait toujours imperméable à la pluie d'accusations que les religieuses déversaient sur lui. Il n'avouait jamais ses méfaits et, peu à peu, elles abandonnèrent tout espoir de le sauver et commencèrent à lui vouer une indifférence totale, pour ne pas appeler cela une haine silencieuse. Ainsi, à peine âgé de trois ans, il se retrouvait déjà privé d'affection, d'attention et d'amour.

Une fois, François avait essayé d'entrer dans les bonnes grâces des religieuses. Un plus grand, qui avait connu l'autre vie, dehors, lui avait expliqué, *grosso modo*, ce qu'était une maman. Cela semblait si merveilleux, une maman qui prenait son petit gars dans ses bras, le berçait en chantant des chansons, le consolait quand il tombait. Une maman… François en voulait une, lui aussi. Après avoir étudié les différentes possibilités qui s'offraient à lui, il opta pour le visage religieux le moins rébarbatif et partit à sa conquête. Repérant son élue, qui se dirigeait d'un pas pressé vers la chapelle, François ne fit ni une ni deux et se mit à courir derrière elle. Un peu essoufflé, les joues rouges, il la rattrapa. S'agrippant à la tunique, au risque de la déchirer, ne sachant comment lui annoncer la grande nouvelle, l'orphelin leva les yeux vers celle qu'il avait choisie pour devenir sa maman et lui offrit un sourire extatique. Sœur Jeanne-de-la-Miséricorde se retourna, étonnée devant le comportement soudain de François. Elle abaissa sur l'enfant un regard incrédule. Celui-ci se mit à croire à la réussite de son projet. Il se força à élargir son sourire, mais ne réussit qu'à donner l'impression d'un rictus forcé et ironique. La religieuse porta une main à son cœur, y trouva son chapelet et l'étreignit pour ne pas défaillir. Lentement, elle réussit à soulever son autre main et l'approcha de la tête rasée du garçonnet. Reprenant tout à coup ses sens, sœur Jeanne-de-la-Miséricorde lui envoya une de ces taloches, spécialité maison, qui jeta littéralement François par terre, et lui dit :

— Toi, touche-moi plus jamais, pis va faire tes niaiseries ailleurs !

Et elle reprit sa course vers la prière, la tête haute, tout en défroissant sa robe chiffonnée par la poigne du garçonnet. François se releva, lentement, les larmes aux yeux, la joue brûlante d'humiliation, regardant s'éloigner sa terrible désillusion. Serrant les dents et les poings, il remarqua tout à coup la jolie statuette de la sainte Vierge qui lui souriait tristement de l'autre côté du corridor, seul témoin de sa mésaventure. Reniflant, se mouchant le long de sa manche, il s'approcha doucement. Sainte Marie, mère de Dieu, mère de Dieu… C'est pas juste, même Dieu a une maman ! Alors, sans prendre la peine de vérifier l'éventuelle présence de spectateurs gênants, sans hésitation, il délogea l'icône de sa niche. De toute la force de ses petits bras, il la fracassa violemment contre le sol avant de s'enfuir à toutes jambes dans la direction opposée aux éclats de plâtre. Bof, après tout, il n'avait pas besoin d'une mère! Puisqu'il s'en était passé jusqu'ici, il pouvait s'en accommoder encore.

Il reprit donc son quotidien. Entre la prière du matin et celle du soir et les mauvais coups qu'il pouvait imaginer entre les deux, François grandissait. «Comme de la mauvaise graine», disait sœur Thérèse. «Sans aucune chance qu'il ne soit jamais adopté», renchérissait sœur Bernadette. Mais pour François, quelle importance! Il n'avait jamais rien connu d'autre. Le gruau était toujours plein de grumeaux, les patates souvent froides et prises au fond, mais il avait le ventre rempli trois fois par jour et une couverture de laine pour dormir! Alors, ce petit bonhomme ferma son cœur aux autres et il aurait probablement été incapable d'aimer à son tour si ce n'avait été de la providentielle arrivée à l'orphelinat, quelques mois plus tard, de Joséphine Mailloux.

~ ~ ~

Joséphine Mailloux avait vingt-six ans environ et venait d'être engagée comme aide à tout faire. La directrice de l'orphelinat avait été séduite par la robustesse, les mains rougies et cornées par les travaux ménagers et surtout l'esprit effacé de la jeune femme. Sûrement que cette Joséphine ne causerait aucun souci à la communauté, contrairement à ces jeunes écervelées aux bonnes manières oubliées qu'elle rencontrait trop souvent. À ses cheveux raides d'un noir jais et un peu à la forme de son nez, on devinait que cette fille avait manifestement du sang indien qui coulait dans ses veines. Cet héritage était synonyme de vaillance et de soumission. Et puis le curé l'avait chaudement recommandée. Oui, certainement une bonne affaire. Pour un salaire de misère, cette véritable bête de somme abattrait un énorme travail… Et ces yeux baissés, ces cheveux ramassés en chignon, sans aucune coquetterie, cette peur qu'elle entendait dans cette petite voix fluette lui certifiaient qu'elle faisait le bon choix.

— C'est d'accord, mademoiselle Mailloux, vous débuterez lundi matin. Vous serez logée et nourrie, comme convenu, et vous aurez un dimanche de congé par mois.

Si la religieuse avait pu se douter, lors de cette entrevue, que sous cette difforme robe de coton grossier se cachait un cœur immense qui allait éclater d'amour à la vue de tous ces petits orphelins, ses petits poussins comme elle les appelait (elle se croyait dans une basse-cour ou quoi ?), probablement qu'elle ne l'aurait jamais prise à son service. Quoique cette grosse fille était travaillante comme dix… Ah, cette Joséphine, toujours prête à aider, à pardonner, à cajoler, quelle plaie, ces excès de sensibilité ! Ah, ce grand rire aigu qui venait vous écorcher les oreilles à tout moment ! Si elle ne pouvait se retenir, qu'elle ait au moins la décence de se cacher ! Par contre, jamais une plainte, même devant les tâches les plus ingrates… Ah, cette transpiration qui auréolait ses emmanchures… Ah, ces bras dodus toujours prêts à attirer un enfant… et ces seins énormes qui le recevaient confortablement… quelle répugnance ! Elle communiquait même son laisser-aller aux autres sœurs plus naïves et faibles. Ah, la nature humaine ! Être mère supérieure demandait vraiment une force de caractère, une droiture sans faille, une vigilance à toute épreuve. Elle devait se résigner et souffrir la présence de cette Joséphine. Seigneur Dieu Tout-puissant, qu'on lui en donne la force ! On ne pouvait jeter à la rue cette pauvre esseulée… Et puis, il faudrait la remplacer… Allons, un peu de charité chrétienne tout de même !

Oui, Joséphine Mailloux était vaillante. Cela lui était facile, elle adorait son travail ! Jamais la jeune femme ne se serait attendue à cela. Fini le grand vide, le sentiment d'inutilité qu'elle éprouvait avant d'entrer au service de l'orphelinat. Elle qui avait tellement rêvé d'avoir une famille, des enfants, elle était gâtée. Mais, comme Dieu prenait parfois de drôles de chemins pour réjouir ses ouailles. Que d'heures elle avait passées à genoux, implorant le ciel de lui donner un mari. Toutes ses sœurs en avaient un, même les deux plus jeunes, pourquoi pas elle ? Elle savait qu'elle n'était pas belle, elle ne se faisait pas d'illusions. Mais elle saurait rendre un homme heureux, tout lui donner, tout faire pour lui, le servir, le vénérer, n'importe quoi. Qu'on lui en donne seulement la chance ! Était-elle condamnée à rester vieille fille, à tenir maison pour un père veuf et malade ? Aucun prétendant pour ses dix-sept ans et pas le moindre rendez-vous pour ses vingt ans. Prières, larmes, supplications, rien n'y faisait. À vingt-deux ans, elle commençait à se résigner et à espacer les neuvaines quand elle avait cru la réponse à ses prières enfin arrivée.

~ ~ ~

Il s'appelait Patrick O'Connor et il venait d'un pays lointain, l'Irlande. Avec sa tignasse rousse et ses taches de rousseur, on n'avait aucune difficulté à deviner ses origines sans besoin d'entendre son nom. Depuis maintenant cinquante-deux ans que des familles complètes d'Irlandais s'étaient réfugiées au Québec, fuyant la famine, alors il n'était pas rare d'en croiser. Mais si Patrick O'Connor se retrouvait en 1899 dans la petite ville de Chicoutimi, loin de chez lui, ce n'était pas par manque de nourriture mais seulement par goût de l'aventure. Aussi avait-il quitté sa terre natale, avec pour toute fortune son sac de marin, de maigres économies et sa bonne humeur. Arrivé à Montréal, il s'engagea sur un bateau qui transportait toutes sortes de marchandises destinées au bien-être des habitants de Chicoutimi. Le marin avait commencé la tranquille descente du fleuve Saint-Laurent en pleine forme. Cependant, à la hauteur de la ville de Québec, il s'était senti légèrement étourdi. Il avait mis cela sur le compte de la splendeur du tout nouveau château Frontenac qui dominait le fleuve du haut de son escarpement et qui donnait le vertige vu d'en bas. Mais à l'embouchure de Tadoussac, les oreilles bourdonnantes, la tête prête à éclater, il dut se rendre à l'évidence, quelque chose n'allait vraiment pas. Titubant, tanguant, il voulut en aviser son capitaine, mais la cabine de celui-ci sembla tout à coup s'évanouir dans un brouillard tout noir. Il fut transporté, inconscient, jusqu'à une couchette isolée, sur laquelle, fiévreux, il délira dans sa langue natale tout le long du Saguenay. Il souffrait d'un mal aussi étrange que son nom et son accent. Le capitaine fut plus que soulagé d'accoster enfin au quai de Chicoutimi. S'il fallait que cet Irlandais soit porteur du typhus comme ses aïeuls, se dit le capitaine en frissonnant. Il ne voulait pas d'embarras pour le voyage de retour, encore moins d'un moribond et celui-là semblait sur le bon chemin d'en devenir un. On ne lui connaissait aucune famille, aucun ami, rien. Comme le capitaine l'avait engagé illégalement, il ne pouvait guère le déclarer sur les listes des sœurs de l'Hôtel-Dieu-Saint-Vallier. Si l'ancien hôpital maritime n'avait pas fermé ses portes aussi, sans doute l'aurait-il fait transporter jusque-là. On ne posait jamais trop de questions là-bas, tandis que les sœurs étaient si pointilleuses… Non, décidément, la meilleure solution était de s'en débarrasser au plus sacrant, de le confier aux mains du Seigneur ou tout au moins à son représentant, au cas, peu probable, où le marin ne trépasserait pas. Peu importait, ce ne serait pas le premier matelot que l'on retrouverait abandonné sur les marches d'un presbytère en pleine nuit. Encore heureux qu'il n'ait pas passé, par accident, par-dessus bord avec son sac.

C'est ainsi qu'un matin, Patrick O'Connor ouvrit les yeux dans un lit inconnu, un homme d'Église penché sur lui. Petit, bedonnant, des petites lunettes rondes sur le bout du nez, une calvitie importante, l'homme à la soutane se tenait au pied du lit, silencieux, semblant compter chaque tache de rousseur du malade. La gorge en feu, l'Irlandais essaya de demander à boire. Le curé comprit le besoin du malade et, lui soulevant la tête, l'aida à avaler une ou deux gorgées d'un verre d'eau qu'il avait pris soin de faire déposer sur la table de chevet. Le marin le remercia des yeux et retomba sur l'oreiller, complètement épuisé par ce seul effort. Le curé avança une petite chaise droite près du lit, s'y assit et regarda longuement cet étranger qui semblait vouloir défier la mort. Il lut dans son regard, outre la souffrance, de l'inquiétude et surtout de l'incompréhension.

— C'est ma servante qui vous a trouvé à l'aube, expliqua le curé. Vous étiez sans connaissance sur notre perron. Vous comprenez ce que je dis au moins, mon brave ? Bon, reprit-il, soulagé par le signe d'acquiescement du malade. Parce que vous n'êtes pas d'ici, n'est-ce pas ? Non, non, n'essayez pas de répondre, vous allez vous fatiguer pour rien. Le docteur a dit que si la fièvre tombait, tout rentrerait dans l'ordre. D'ailleurs, c'est déjà bon signe que vous ayez repris vos esprits, n'est-ce pas mon brave ? Il ne sera pas dit que je refuse mon aide aux brebis égarées qui viennent frapper à ma porte ! Nous allons vous faire transporter à l'hôpital, on saura…

— NON… NON ! Pas hôpital ! ! !

Patrick O'Connor s'agita dans son lit, essayant de se relever, répétant :

— Pas hôpital !

Pour le marin, comme pour la plupart de ses contemporains, hôpital était synonyme de mouroir et il n'était pas question qu'on le fasse mourir plus vite que son heure. Il était fort, âgé d'à peine trente ans et il en avait vu d'autres, là-bas, dans son pays, il avait seulement besoin de repos. Le curé, surpris par la violente réaction du marin, essaya de lui faire entendre raison.

— Allons, mon brave ! Qu'est-ce que ça veut dire ? Ils vont vous soigner à l'hôpital !

— NON, PAS HÔPITAL !

Paniqué, Patrick avait martelé chaque mot et agrippé vigoureusement le poignet de l'ecclésiastique.

— Allons, ne vous échauffez pas les sangs comme ça, d'accord, d'accord, pas l'hôpital, concéda le prêtre désarçonné par cet accès de panique.

— Merci, dit le malade, soulagé, en relâchant sa prise. Moé sais moé déranger vous, mais moé tout donner, moé travailler pour vous, quand moé debout !

— Ah non, mon brave, il n'est pas question que je vous garde ici ! Ma servante ne rajeunit pas, monter tous ces escaliers pour vous soigner, non… non… Laissez-moi réfléchir… je vais vous trouver une bonne famille qui vous hébergera le temps qu'il faudra. Reposez-vous en attendant.

Patrick ne se le fit pas dire deux fois. Sa tête était si lourde… Comme il était bon de pouvoir refermer les yeux et de s'abandonner à la torpeur qui l'envahissait. Il pouvait compter sur cet homme de Dieu, il ne se réveillerait pas à l'hôpital, il pouvait dormir en paix.

~ ~ ~

Quand le marin reprit conscience, ce fut de nouveau dans un lit inconnu, mais cette fois il était seul dans la pièce. On l'avait donc transporté sans qu'il ne s'en rende compte. Il devait être encore plus souffrant qu'il ne le croyait. Lentement, il regarda autour de lui. La nuit obscurcissait la chambre, mais la lueur d'une chandelle, posée sur une commode de pin, éclairait suffisamment pour lui permettre de discerner des murs lambrissés, une catalogne aux motifs d'étoiles aux couleurs éclatantes placée sur le dossier d'une petite chaise droite, un coffre de bois recouvert d'un joli napperon brodé, un gros crucifix au-dessus d'une porte entrouverte sur un corridor d'où lui parvenaient des voix. Il reconnut celle du curé, mais par contre, l'autre lui était complètement étrangère. Patrick O'Connor tendit l'oreille. Une chance qu'il avait appris le français très rapidement malgré son exécrable façon de le parler. Le curé s'exprimait avec autorité. Son interlocuteur lui répondait d'un ton geignard, d'une vieille voix, usée, aux cordes vocales malmenées par une toux persistante.

«Certainement un vieillard» se dit le marin, qui s'amusa à habiller la voix d'un corps décharné et voûté, de la recouvrir d'une peau ridée et de la garnir de cheveux blancs avant de l'appuyer sur une canne de bois.

Il verrait bien, plus tard, s'il avait raison, mais pour le moment ce petit jeu l'aidait à suivre la conversation.

— Mais, m'sieur le curé, j'sais ben qu'en tant que chrétien, j'ai pas pu vous refuser de prendre cet homme chez nous, mais c'est un étranger ! se plaignait le vieil homme. On sait rien pantoute de lui, pis si c'est un voleur ou ben un tueur, ma maison est ben loin du village, pas personne pourrait nous entendre crier pis…

— Allons, mon brave monsieur Mailloux, l'interrompit le curé d'un ton sévère, cessez de discuter avec moi. Ce pauvre hère est si faible, il ne pourrait pas faire de mal à une mouche.

— C't'encore drôle… bougonna le vieil homme avant d'ajouter : Vous savez que chus pas ben ben fort de santé, moé, m'sieur le curé, j'pourrais pas défendre la vertu de ma fille si…

D'un geste de la main, le curé fit taire son interlocuteur.

— Allons, Joséphine c'est plus une jeunesse. Elle a quoi maintenant… vingt-deux ans ? C'est une brave fille, elle va savoir se faire respecter, j'en suis certain, puis je passerai tous les jours vous rendre visite, promit-il.

— Chus pas ben ben riche non plus… continua à maugréer l'homme.

— Vous allez me faire fâcher, monsieur Mailloux, menaça le curé. Tout le monde sait que depuis que vous avez vendu votre magasin, reprit-il d'un ton doucereux, votre bas de laine est bien rempli. D'ailleurs, j'ai trouvé votre contribution à l'Église pas mal faible, dimanche dernier…

Un court silence plana, pendant lequel les deux hommes se toisèrent.

— Bon, bon, c'est d'accord, j'dis pus rien, on va vous le soigner, votre perdu, abdiqua monsieur Mailloux, mais c'est ben par charité chrétienne !

Un grand sourire de satisfaction éclaira le visage du curé. Il tapota l'épaule du vaincu en lui disant :

— Là, vous parlez, mon brave, ça vous sera rendu au centuple. Je dois vous quitter astheure, je repasserai demain comme promis.

— J'vous raccompagne, monsieur le curé.

Ainsi, il était hébergé chez une famille nommée Mailloux, drôle de nom qui rime avec caillou, se dit Patrick O'Connor tandis que le bruit des pas s'estompait au rythme des marches que les hommes descendaient. Une insoutenable soif le tenaillait et il aurait voulu qu'on lui apporte à boire. Peut-être que c'eut été cette Joséphine censée s'occuper de lui, qui lui aurait tendu un verre d'eau, la main passée derrière sa tête… le buste penché sur lui… Joséphine… une jeune fille pure, vierge probablement, de beaux grands cheveux blonds, une taille fine, des seins ronds et fermes… Oh, oui il l'imaginait, cette Joséphine… Peut-être qu'il n'était pas si malade après tout, se dit-il en se rendormant, un rêve érotique pointant sous les draps.

~ ~ ~

— Monsieur, monsieur, il faut vous réveiller, monsieur, monsieur…

Monsieur… monsieur… quels étaient ces mots qui le tiraient de son sommeil ?

— Ah, y se réveille enfin…

Patrick O'Connor ouvrit péniblement les paupières qu'il avait tenues résolument closes pendant presque vingt longues heures. Allons, où était-il ? Ah oui ! le bateau, la fièvre, oui, le curé, il était là debout devant le lit. À ses côtés, un vieil homme, qui correspondait parfaitement à l'image qu'il s'était forgée, à n'en pas douter c'était monsieur Mailloux, son hôte, mais la jeune fille en retrait, près de la porte, oh, là, là, il s'était trompé du tout au tout. Elle était rougeaude, boulotte et loin d'être blonde, il n'aurait pu imaginer pire ! Finis les beaux rêves ! À moins que ce ne soit pas la Joséphine en question… Ah, pourvu que ce ne soit pas elle !

— Alors, mon brave, ça va mieux ? demanda le curé d'un air satisfait.

— Oui, merci, répondit Patrick, gêné.

Ils étaient là, tous les trois à le regarder, des inconnus, des étrangers, et lui, vulnérable. Tout à coup, il en eut assez de ce pays, de ces gens, il eut une envie folle de se retrouver chez lui avec sa famille.

— Vous avez longtemps dormi, reprit le curé. Je vous présente monsieur Mailloux, qui a eu l'obligeance de vous accueillir dans sa maison, et voici sa fille Joséphine, qui vous traitera aux petits oignons, j'en suis certain.

Et voilà, plus aucun doute ! « Oh, là, là, souhaitons au moins qu'elle sache cuisiner ! » se dit le marin tout en souriant poliment à la jeune femme, qui baissa les yeux en rougissant.

— Allons, ma fille, ne sois pas timide, enchaîna le curé. Va chercher un peu de ce bouillon que tu as préparé pour notre malade. Il doit s'alimenter, ordre du docteur, ajouta-t-il en retournant son attention vers Patrick, tandis que la jeune fille obéissait et partait à la cuisine. Maintenant que nous sommes entre hommes, tous les trois, nous allons régler certains points. Vous savez que la situation est délicate. Joséphine est une jeune fille comme il faut et je ne veux pas de commérages dans ma paroisse. Je me suis porté garant de son honneur, je me fais bien comprendre, n'est-ce pas mon brave ?

Prenant son air le plus sévère, le curé attendit la réponse.

— Oui, mon père, moé être sans reproche, assura le marin tout en pensant : « Si vous craignez pour la vertu de cette baleine, pas de danger ! Il faudrait être mal pris pour songer à cette possibilité. »

— Vous parlez drôle, intervint pour la première fois monsieur Mailloux. D'où c'est que vous venez ?

Patrick le sentit méfiant. Il lui fit son plus honnête sourire et lui répondit :

— Irlande. Beau pays, mais très loin. Moé aimer aventure, moé travailler sur bateau.

Tout à coup, il se rappela l'existence de son sac. Où était-il ? Toutes ses précieuses affaires ?

— Mon sac, où être mon sac ? demanda-t-il anxieusement.

— Un sac ? répéta le curé. Oh non, mon brave, on vous a retrouvé avec seulement votre linge sur le dos. Allons, ajouta-t-il devant la mine déconfite du convalescent, bénissez le Seigneur d'être encore en vie et d'avoir été recueilli par de si braves gens. On doit se détacher des biens matériels de la terre, sermonna-t-il tout en lançant un regard sévère au vieux monsieur Mailloux.

— Oui, ben sûr, dit Patrick repentant, mais déçu par la perte de sa seule possession. Moé vous remercie beaucoup, monsieur le curé, vous aussi, monsieur Caillou, euh… Mailloux.

— Ouais, ouais, on sait même pas comment il s'appelle, grommela le vieillard en se détournant face à la fenêtre.

Cet étranger ne lui plaisait pas. Pas foutu de parler leur langue comme il faut. Qu'il s'en retourne donc chez lui !

— Ah, revoici Joséphine et votre bouillon, monsieur… ? interrogea le curé tout en s'écartant pour laisser passer la jeune femme qui alla déposer le bol fumant sur la table de chevet.

— O'Connor, Patrick O'Connor, se présenta celui-ci.

— Bon, astheure que tout le monde a fait connaissance, je vais retourner à mes visites paroissiales. Prenez garde à vous, mon brave. Je vous laisse aux bons soins de mademoiselle Mailloux, dit-il en regardant Joséphine redresser son patient à l'aide d'oreillers dans le dos.

— J'vous suis, m'sieur le curé, annonça le père de Joséphine, tout en toussant à s'en décrocher le cœur. J'va aller m'étendre un peu. Oublie pas, ma fille, de venir me porter mes gouttes t'à l'heure.

Et les deux hommes quittèrent la pièce, l'un extrêmement satisfait, sachant déjà sur quoi porterait son prochain sermon. Prêcher l'exemple de charité et d'entraide que les Mailloux offraient tout en donnant généreusement à l'Église. Oui… il les donnerait en modèles, parlerait de ce pauvre marin venu de si loin et qui avait trouvé asile dans leur belle ville de Chicoutimi, oui, oui… Quant à l'autre, il bougonnait intérieurement, se demandant ce que ce jeune homme avait pu faire de mal dans son pays du bout du monde pour se sauver jusqu'ici. Et peut-être faisait-il seulement semblant d'être malade, pour profiter de la situation, pour être nourri gratuitement, le fainéant, le bon à rien… Ah, curé de malheur, qui décidait toujours tout pour tout le monde !

~ ~ ~

Joséphine approcha la chaise près du lit. Assise à côté de son malade, elle se mit à souffler doucement sur une cuillère à soupe remplie d'un bouillon trop chaud. Elle n'osait regarder directement dans les yeux cet homme si proche d'elle et se concentrait sur le léger frisson qu'elle provoquait sur le liquide pour oublier celui qu'elle ressentait en raison de la présence de l'étranger. Il y avait quelque chose d'intime dans cette situation, lui étendu, à moitié nu, dans son propre lit de jeune fille et elle, s'apprêtant à le nourrir comme un bébé. Oui, quelque chose d'intime qui la mettait terriblement mal à l'aise, mais qui lui faisait un drôle d'effet aussi, une sorte d'excitation, de tension, un frémissement… troublant… Elle avait eu peine à dormir la veille, tandis que son protégé restait inconscient. Elle s'était installée dans l'ancienne chambre de ses sœurs, inoccupée depuis leur mariage, et qui jouxtait la sienne. Est-ce que son insomnie était due à l'inconfort de dormir par terre sur un vieux matelas que ses sœurs avaient négligé d'emporter avec leurs trousseaux, ou par la lourde responsabilité de devoir soigner cet inconnu ? Il sentait encore l'odeur de la mort qui l'avait caressé de près, au dire du docteur qui était venu la conseiller et l'informer des soins à donner. Vingt fois au moins elle s'était levée silencieusement pour aller surveiller son malade. Elle restait de longues minutes, immobile, épiant le moindre changement de respiration, le plus petit mouvement. Elle en profitait pour détailler le visage, remarquant l'infime détail, la minuscule cicatrice sur l'arcade sourcilière gauche, le nez un peu retroussé, les lèvres et les joues disparaissant sous une forte barbe de la même couleur automnale que les cheveux trop longs sur la nuque et que la sueur avait collés aux tempes. Joséphine se rendit compte qu'elle avait été perdue dans ses pensées et que sa cuillerée de soupe était certainement amplement refroidie. En souriant, elle approcha l'ustensile de la bouche du patient.

Patrick O'Connor était bien embarrassé. Comment expliquer à cette grosse fille timide qu'il avait un besoin beaucoup plus urgent que celui d'avaler cette soupe qu'elle lui tendait. S'il ne se sentait pas si faible aussi. Il se serait levé pour aller faire son besoin naturel. Mais on aurait juré qu'une vague immense l'avait roulé pendant des heures,

s'amusant à le broyer, à l'essorer pour le rejeter comme une vieille guenille. Il n'en pouvait plus, il allait uriner dans ce lit.

— Mademoiselle… dit-il les dents serrées.

Joséphine ne comprenait pas, elle restait là, la cuillère en suspens.
Il semblait souffrir… devait-elle envoyer chercher le docteur ?

— Mademoiselle ! gémit de nouveau le marin.

Il avait le bas-ventre en feu, une pression inimaginable qui lui donnait peine à respirer. Avec ses yeux, il l'implora de comprendre l'urgence de la situation. Mais elle restait là, la bouche ouverte d'incompréhension. Tout à coup, son visage s'éclaira. Elle déposa abruptement
la cuillère dans le bol, prit le verre d'eau et le tendit à son malade.
Pauvre homme, comme elle était bête, il devait mourir de soif.

— Non, non pas eau ! s'impatienta Patrick.

Aux grands maux les grands moyens. D'un geste brusque, il repoussa les couvertures, apparaissant en caleçon long à la jeune fille
ahurie. À travers le tissu, sans aucune pudeur, il pressa son membre
tout en le pointant énergiquement de l'index de sa main libre. Si elle
ne comprenait pas maintenant, c'est qu'en plus d'être laide, elle était
idiote ! Si Patrick n'avait pas eu besoin de toute son énergie pour
retenir ce qu'il ne pouvait plus contenir, il aurait éclaté de rire en
voyant la fille devant lui se transformer en une grosse tomate rouge.
Confuse, honteuse, traversant en courant la pièce, Joséphine prit sur
la commode son pot de chambre fleuri, hésita quelques secondes
avant de le tendre au convalescent et de s'enfuir dans le corridor.
Mortifiée, elle s'appuya sur le chambranle de la porte. Quelle idiote
elle faisait ! De ses deux mains, elle se boucha les oreilles pour ne plus
entendre le puissant jet d'urine qui résonnait bruyamment dans le pot.
Comment trouverait-elle le courage de retourner dans la chambre ?
Elle aurait voulu disparaître sous terre, ne plus jamais revoir cet
homme. Mais, elle n'avait pas le choix. Elle devait vider le pot, lui

donner son bouillon, le raser, le laver? Oh non! Elle n'avait pas une minute songé à tout ce que son nouveau rôle comportait! Pourquoi le curé avait-il pensé à elle pour cette besogne? Elle manquait de sommeil, elle se sentait toute bouleversée, elle avait envie de pleurer et lui qui n'en finissait pas de pisser!

«Ah! Ça fait du bien!» se dit Patrick en fermant les yeux de contentement, après s'être enfin soulagé.

À part une grande faiblesse, il se sentait beaucoup mieux. Les murs ne tournaient plus autour de lui, il avait cessé de trembler comme un vieillard. Tout à coup, il revit la réaction de cette grosse bêtasse, son visage cramoisi, et cette fois, il laissa libre cours à son hilarité.

Il riait d'elle, à n'en pas douter, il se moquait d'elle! La tête baissée, se jouant nerveusement avec les ongles, telle une victime se rendant à l'échafaud, Joséphine revint piteusement dans la chambre. Face à la détresse évidente de la jeune fille, le rire de l'homme s'éteignit. Joséphine leva les yeux vers ce silence inattendu. Il la regardait d'un air désolé, tenant le pot de chambre, en précaire équilibre, sur son ventre. Le ridicule de la situation et la puérilité de son attitude précédente lui apparurent soudain comme la chose la plus cocasse qu'elle ait vécue. À son tour, elle éclata de rire. Un rire franc, merveilleux, profond, généreux. Jamais Patrick O'Connor n'avait rien entendu de plus suave. Il n'eut même pas cru possible qu'un si beau son puisse exister. Cela rappelait la plus pure des clochettes, une sorte de roucoulement d'un oiseau d'or… une merveille.

— Attendez, j'va vous débarrasser, bredouilla Joséphine, suffoquant de rire en désignant le récipient, cause de ce débordement.

Patrick lui tendit le pot. Soudain elle remarqua qu'il ne cessait de la dévisager. Un court instant, quelques secondes à peine, leurs yeux s'accrochèrent. Le temps devint irréel. Les sons s'estompèrent. La lumière se tamisa, un peu comme ce moment privilégié qui précède le sommeil et qui nous coupe du monde entier... Étonnés, essayant de saisir l'étrangeté de ce qui se passait, mais apeurés aussi devant ce sentiment inconnu, tous deux, fuyant cette nouvelle dimension, se réfugièrent dans un grand rire confortable qui ramena la paix dans la chambre.

— J'm'en va jeter ça, dit-elle en empoignant le pot de chambre. J'donne le médicament à mon père, ajouta-t-elle en couvrant le contenant d'une vieille guenille, pis je reviens tusuite, dit-elle tout en se dirigeant vers la porte. Si vous pensiez vous sauver de mon bouillon, reprit-elle malicieusement en se retournant vers son malade, vide comme vous êtes astheure, vous allez le boire jusqu'à la dernière goutte, parole de Joséphine !

Et elle s'envola, le cœur léger, laissant derrière elle un Patrick O'Connor médusé. Il ne pouvait être attiré par cette grosse fille ! Et pourtant... Il avait eu la pulsion de l'embrasser... Certainement cette fièvre qui lui avait dérangé l'esprit.

~ ~ ~

À partir de ce moment, une complicité s'installa entre eux et les jours de convalescence devinrent des jours d'un bonheur simple, gai, un de ces bonheurs qui, mine de rien, tisse autour de lui un cocon de bien-être tranquille duquel on ne désire plus jamais sortir. Patrick en vint à trouver joli le contour rond du visage de Joséphine, excitante la poitrine généreuse. Il rêvait de s'étendre sur ce ventre en forme de coussin et de s'y enfoncer mollement. Mais surtout il adorait son rire, aussi faisait-il tout son possible pour le déclencher, allant même jusqu'à sciemment se tromper lorsqu'il s'exprimait en français, provoquant ainsi d'étranges jeux de mots. Comme cet avant-midi-là, alors qu'il venait de faire ses premiers pas dans la chambre et qu'il contemplait le chemin boueux qui serpentait de la maison jusqu'au bas de la ville. Joséphine, qui le soutenait par le bras, admira, avec lui, le cœur de Chicoutimi qui s'étendait devant eux.

— On a une moyenne belle vue, vous trouvez pas ? Là-bas, c'est le port où votre bateau a accosté, en face c'est notre belle cathédrale, un peu à côté c'est le couvent pis l'hôpital, oui, j'sais, monsieur le curé nous a raconté votre peur. Moé itou j'voudrais pas y aller... le rassura-t-elle avec un doux sourire.

Puis elle indiqua l'emplacement du presbytère.

— Penchez-vous un peu, à cause que les arbres y nous cachent. Vous voyez, près de l'église, c'est là qu'on vous a retrouvé y a deux semaines.

— Moé être trop salade pour me souvenir.

— Salade ? Ah, vous voulez dire malade...

— Salade, malade, moé avoir face verte dans les deux cas.

Ah ! ce rire... Il le huma, s'en imprégna, le dégusta. Joséphine se doutait bien que la plupart du temps il la taquinait exprès. Elle le voyait à ses yeux qui brillaient de malice.

— Vous avez encore vos yeux malcommodes, m'sieur O'Connor... le sermonna-t-elle gentiment.

— Malcommode ? Moé pas comprendre... Mes yeux pas mal... Les yeux de mademoiselle Mailloux, très beaux... complimenta le convalescent en se penchant vers la jeune fille.

— Euh... ben... Moé j'pense que vous êtes mieux de vous recoucher, lui dit-elle, timide.

— Ah non, moé pas envie, refusa l'homme.

Et pourquoi ne pas tenter sa chance et essayer de l'embrasser... Il avait la forte impression qu'elle y consentirait.

— Moé avoir envie de...

Et il se pencha un peu plus encore.

Joséphine insista :

— C'est pas bon d'aller trop vite… quand on a été ben malade comme vous… Y faut pas trop en faire les premières fois.

Et elle l'entraîna précautionneusement mais fermement vers le lit. Le marin en profita pour s'appuyer un peu plus qu'il en avait réellement besoin. Peut-être pousserait-il l'audace jusqu'à lui frôler un sein par accident. Mmm… Oui…

À ce moment, monsieur Mailloux fit irruption dans la pièce.

— Joséphine, fit sèchement celui-ci, descends tusuite à cuisine. J'ai vu de la vaisselle sale qui traînait. Pas question que ma maison devienne une soue à cochon à cause de c'te charge-là. Si t'arrives pas dans ton ouvrage, j'va parler à monsieur l'curé.

— Pas besoin, son père, répondit la fille en rougissant de honte de se faire admonester ainsi devant leur invité. J'avais juste pensé la faire en même temps que celle du dîner, ajouta-t-elle avec un soubresaut de rébellion.

— Jo-sé-phine ! répéta le père d'un ton incisif.

Enfin, sa fille se décida à obéir sans rouspéter davantage et sortit de la chambre, un air coupable ravageant ses traits. Bon, il avait encore un peu d'autorité sur elle. Il avait trop laissé les choses aller aussi. Ah, curé de malheur qui se mêlait de tout et dérangeait leur vie ! Ce matelot d'eau douce était une malédiction. À ce qu'il avait pu voir et deviner surtout, ce satané bougre semblait récupérer pas mal vite, oui, il fallait s'en débarrasser rapidement. Si cet étranger pensait mettre la main sur sa Joséphine, il allait frapper le nœud de sa vie. Sa fille, c'était son bâton de vieillesse, et pas question qu'il s'en passe ! Qui prendrait soin de lui, lui ferait à manger, qui s'occuperait du ménage, du lavage ? Il serait obligé d'aller vivre chez une de ses cadettes et d'endurer ses petits-enfants qui crieraient et brailleraient à longueur de journée dans ses oreilles, non merci ! Lentement, il s'approcha du lit du malade. Levant sa canne, qu'il tenait le plus fermement possible, il menaça sourdement le marin.

— Toé, t'es mieux de pas toucher à ma fille, parce que j'te jure su'a tête de ma défunte que chus encore capable de t'faire avaler tes dents !

Sans un mot de plus, le vieillard s'en retourna rejoindre sa fille. Il la trouva occupée à pomper l'eau et s'apprêtant à remplir la bouilloire. Elle faisait comme s'il n'était pas là. Elle ne lui adressa pas la parole. Par tous les saints, sa fille le boudait ! Était-il trop tard ? Est-ce que sa Joséphine était déjà sous l'emprise de ce mâle couché en haut dans sa propre maison ? Doucement, il voûta son dos, encore plus que d'habitude, et se laissa choir péniblement sur la chaise du patriarche trônant au bout de la longue table de bois. Il fallait agir avec sagesse et prudence. Mais il savait comment la prendre, sa Joséphine, oui, il n'avait qu'à resserrer son emprise…

Une bonne quinte de toux pour commencer… Oui, voilà, elle lui jetait un coup d'œil en coin tandis qu'elle déposait le canard de fonte sur le poêle à bois. Tousser encore, un peu plus fort, à s'étouffer… Elle remplit un verre d'eau, même pas besoin de le lui demander… Elle le déposa devant lui… La retenir par le bras, tousser de plus belle en refermant la poigne. Le style du grand pêcheur ! Lancer sa ligne, attirer le poisson…

— Assis-toé à côté de moé, ma fille.

Ne pas lâcher le bras… Respirer difficilement, parler tout doucement… Agacer sa proie…

— Ton vieux père est rien qu'un embarras, hein, ma fille ?

Elle ne répondit pas.

— Mais t'auras pus ben ben longtemps à l'endurer…

— Ben voyons, vous, parlez pas de même, s'indigna Joséphine en levant le regard sur son paternel.

Et voilà le poisson qui mordait !

— Non, non, ma fille, j'sais que chus en train de m'éteindre à p'tit feu.

Ne restait qu'à donner le coup fatal sur la ligne… un coup sec et précis qui permettait une prise infaillible.

— Ce matin, j'ai craché du sang.

— Oh, non! s'écria Joséphine. Vous auriez dû m'avertir! Y faut dire au docteur de venir tusuite!

— Allons, ma grande fille, calme-toé, pis écoute ton vieux père. Le docteur, y pourra pas rien faire. Y faut laisser la vie suivre son chemin, pis la mienne, ben, elle arrive au boutte.

Il n'avait jamais craché de sang de sa vie, à part la fois où il s'était battu en revenant d'une veillée bien alcoolisée. Mais c'était il y a longtemps, quand il n'était encore qu'un jeunot. Pour garder sa fille, il était prêt à bien des mensonges. De toute façon, il était passé maître dans l'art de maquiller la vérité. On ne mène pas un magasin pendant des années sans mentir, c'est impossible! Le génie résidait dans le fait de paraître l'homme le plus franc du monde! Que personne ne se méprenne, il n'avait pas volé ses clients, jamais! Les comptes avaient toujours été au sou près! Non, cela se révélait utile dans des petits détails, comme faire croire que la belle étoffe de soie avait été payée un prix de fou alors qu'il l'avait dégotée pour une bouchée de pain. Ou pour donner des explications à sa femme lorsqu'il désirait prolonger son séjour à Québec un peu plus longtemps que l'achat de marchandises ne le justifiait… D'ailleurs, on appelait ça déformer la vérité, ce n'était pas pareil! Comme avec Joséphine! C'était vrai qu'il était malade, ses poumons étaient en train de le lâcher, petit à petit, inexorablement, et probablement que viendrait le temps où il cracherait effectivement rouge dans son mouchoir, alors où était le mal?

— Vois-tu, Joséphine… continua le père en lâchant le bras pour se concentrer cette fois sur la main potelée de sa fille qu'il recouvrit de la sienne.

« Ah la vieillesse ! » pensa-t-il en remarquant sa peau transparente, veinée, tachetée, une main plus bonne à grand-chose d'ailleurs. Quand était-ce arrivé ? Comment ? Est-ce qu'on se lève un matin et tout d'un coup on est vieux ? Il se sentait ainsi… Probable que si Joséphine avait eu un prétendant sérieux, disons juste l'année dernière, il n'aurait émis aucune objection et l'aurait laissée partir, avec son trousseau, ses meubles et ses souvenirs, fonder sa propre famille. L'année dernière, il se sentait fort, indépendant, invulnérable… jeune.

— …oui, vois-tu, quand on sent son heure arriver, y faut savoir se remettre entre les mains du Bon Dieu. Pis c'est le temps aussi de mettre sa vie su'a balance. J'ai toujours été un bon père…

— Ben sûr, admit Joséphine.

— J'ai toujours pourvu à tous vos besoins, vous avez toujours eu quelque chose su'a table…

— Ben oui, voyons, pourquoi vous parlez de même à matin, vous là ? s'inquiéta-t-elle.

— Parce que j'veux que tu m'promettes de pas m'laisser. De rester avec moé… jusqu'à la fin.

— C'est ben certain son père que …

— Laisse-moé finir, l'interrompit-il. J'le sais que j'te demande un ben grand sacrifice, mais j'pense que c'est pas pour rien que le Bon Dieu t'a faite vieille fille.

Une petite quinte de toux… Accentuer la pression sur la main…

Il avait toujours obtenu tout ce qu'il désirait en manipulant les gens… Depuis qu'il était tout petit d'ailleurs… Cela venait probablement du fait que sa naissance était survenue quatre ans après celle de la septième et dernière fille. Très tôt, il s'était rendu compte que ni sa vieille mère ni ses grandes sœurs ne résistaient aux supplices de l'unique garçon de la famille. Au fil des ans, il était passé maître dans l'art du chantage émotif.

Bon, ce n'était pas tout de ferrer le poisson, encore fallait-il le sortir de l'eau sans l'échapper !

— J'm'en va te dire un secret, ma fille… Les dernières paroles que ta pauvre mère m'a dites avant de mourir…

Joséphine avait les larmes aux yeux. Ainsi, le fait qu'un mari ne se présente jamais pour elle n'aurait pas été dû à son manque de beauté, mais à la volonté de Dieu qui en appelait à son esprit de sacrifice ? Elle n'avait jamais vu les choses sous cet angle… Elle s'était toujours dévouée à sa famille. Elle avait secondé sa mère de son vivant et l'avait tout naturellement remplacée lors du décès de celle-ci. Qu'avait-elle pu confier à son père ? Elle n'en avait aucune idée… Elle essuya furtivement une larme qui s'était échappée et se concentra sur le secret que son père s'apprêtait à lui dévoiler.

— T'avais quoi, douze ans à la mort de ta mère ?

Joséphine acquiesça silencieusement.

— Ta mère t'appelait son rayon de soleil… A me disait tout le temps : « Cette enfant-là est pas comme les autres. A l'a si bon caractère, une vraie bonne pâte. Pour moi, c'est un ange ».

Un silence se fit. Le père semblait parti dans le monde de ses souvenirs. Enfin, il reprit :

— Le jour de sa mort, ta mère m'a dit : « Maudite maladie, j'me sus battue autant que j'ai pu… Au moins j'pars pas inquiète. J'te laisse mon rayon de soleil, notre Joséphine, pour prendre soin de vous autres. Astheure, chus sûre que c'est un ange, pis a va veiller sur toé jusqu'à ce que tu viennes me rejoindre au ciel. »

Pour la première fois, il se sentit un peu coupable et même mal à l'aise de mentir ainsi à propos d'une défunte. Mais il chassa bien vite ses soupçons de remords pour revenir à l'essentiel pour lui. S'assurer que ce marin ou n'importe quel autre homme ne représente jamais une menace, si petite soit-elle, pour la quiétude de ses vieux jours.

— Promets-moé, ma fille, de toujours rester avec moé. Promets-le-moé… supplia-t-il.

Joséphine plongea son regard dans celui de son paternel et solennellement, sans hésitation, du fond de son cœur, elle promit.

— Merci ma fille, merci ben. Ah, ton eau commence à bouillir, fit-il remarquer. Tu en garderas pour me faire une tasse de thé. Pis tu viendras me la porter dans ma chambre, j'ai besoin de me recoucher un peu.

Joséphine le regarda quitter la cuisine et se diriger vers sa chambre à coucher. Un nouvel accès de toux le faisait marcher courbé en deux. Pauvre père… Comme il devait souffrir. Il n'aurait même pas eu à lui faire une telle demande. De toute façon, cela avait toujours été clair, elle s'occuperait de lui. À elle aussi sa mère avait parlé avant de mourir et lui avait demandé de veiller sur les siens. C'était son devoir de fille, tout simplement. Pour elle, tout cela n'avait jamais posé problème… Si elle s'était mariée avant ses sœurs, elle les aurait emmenées avec elle, son père également… Maintenant, ce serait encore plus facile, si jamais un prétendant se déclarait, si… un étranger, par exemple, qui n'aurait pas de maison à lui… ce prétendant… si jamais il se déclarait… il serait probablement heureux de se voir offrir, en guise de dot, une nouvelle demeure… si ce prétendant était un marin malade… s'il se déclarait… si… «Oh mon doux, Joséphine! Tu vas te faire du mal à rêvasser comme ça. Allez, à la vaisselle! Ça sert jamais à rien de se triturer les méninges» se dit-elle en retournant à sa besogne.

~ ~ ~

Après les fameuses confidences de son père, Joséphine redoubla d'ardeur et se partagea entre les quatre volontés de celui-ci et les soins prodigués à son protégé qui ne cessait de la courtiser. En dépit de l'inquiétude qui la prenait à chaque quinte de toux paternelle, Joséphine nageait dans le bonheur. Elle voyait bien que le marin s'intéressait à elle. On n'avait pas besoin de grande jugeote pour décrypter les sous-entendus, les caresses furtives mais bien réelles. Caresses que Patrick O'Connor s'enhardissait à diriger de plus en plus vers la poitrine de la belle Joséphine. Tiens, voilà qu'il la qualifiait de beauté maintenant. Ah, si le vieux monsieur Mailloux croyait l'intimider avec ses menaces. C'en était trop drôle ! Il était presque guéri maintenant et avait recouvré ses forces. D'ailleurs, il ne pourrait plus longtemps donner le change au curé lors de ses inévitables visites. Il lui faudrait se résigner à quitter ce nid douillet. Quels doux moments ! Se faire dorloter ainsi... De bons petits plats... Et surtout, il devait se l'avouer, des jours de vrai bonheur qu'il n'aurait pas cru possible de partager avec une femme. Ses expériences passées se résumaient à des filles faciles qu'il embarquait dans son lit de passage, soit grâce à ses légendaires sourires, soit, quelquefois, à l'aide d'un peu d'argent. Mais jamais il n'avait connu une telle intimité et pourtant, Joséphine ne partageait pas sa couche... C'était plutôt cette connivence, cette sorte d'amitié qui s'était développée entre eux qui lui plaisait énormément. Joséphine n'était pas une fille compliquée ; toujours de bonne humeur, elle semblait dépourvue de cette habituelle et détestable complexité féminine propre aux filles comme il faut, dont Joséphine faisait pourtant indéniablement partie. Et ce corps, qui le narguait depuis des semaines... Tiens le voilà encore, qui se courbait vers lui, pour réajuster les oreillers.

« Ah Joséphine, tu vois pas l'effet que tu produis sur moé ! C'est ça, sauve-toé vers la commode pour mettre de l'ordre... »

L'Irlandais n'en pouvait plus de désirer la jeune femme, de l'avoir si près de lui, tentante...

«Oui, tourne-moé le dos, penche-toé vers un tiroir... Quelle croupe! Rebondie, large, comme il serait bon de s'y agripper fermement... Ah... Un corps si généreux, oui, retourne-toé, échappe ce mouchoir par terre... plie-toé pour le ramasser... »

Quelle poitrine! Un corsage plein... Le marin s'imaginait y puiser à deux mains les rondeurs enfermées, les faire jaillir vers la liberté pour les emprisonner dans ses propres mains cette fois... s'y enfouir le visage, s'y étouffer...

«J'en peux vraiment pus... Allons, Patrick, concentre-toé... T'as pas entendu du bruit en bas tout à l'heure? »

L'homme ferma les yeux. Oui, il était certain que quelqu'un venait de quitter la maison en claquant la porte. Et comme Joséphine était ici même, cela ne pouvait être que monsieur Mailloux... ce qui voulait dire... qu'il était seul... avec... oui, oh oui...

— Joséphine, interpella le marin en s'assoyant sur le rebord du lit.

Au ton de la voix, la jeune fille figea et sentit qu'il arrivait quelque chose. C'était la première fois qu'il ne lui donnait pas du mademoiselle Mailloux gros comme le bras et puis, les yeux de l'homme brillaient comme si la fièvre était revenue, pourtant c'était impossible...

— Vous avez besoin de quelque chose? demanda-t-elle timidement.

— Oui... répondit Patrick en se levant et en s'approchant d'elle. Moé... avoir besoin... de vous... de toé... ajouta-t-il en la prenant dans ses bras.

Elle ne broncha pas, paralysée par l'intensité du moment. Sans la quitter des yeux, Patrick déposa ses lèvres sur la bouche entrouverte de Joséphine. Celle-ci se souviendrait toujours de la sensation unique et incroyable de ce premier baiser: un contact d'une douceur sans nom, d'une fraîcheur surprenante, d'une chaleur sans pareille. C'était comme si l'eau et le feu pouvaient enfin danser ensemble. Patrick l'embrassa, longuement. Comme il était bon de serrer ce corps tout contre le sien. Il n'avait que trop tardé.

Enfin, il s'était décidé à l'embrasser, enfin elle connaissait ce moment. Elle ne savait plus quelle excuse inventer pour tourner autour de lui. C'était encore mieux que dans ses rêves. L'Irlandais mit fin au baiser pour se mettre à chuchoter des mots doux à l'oreille de Joséphine.

— Oh Joséphine, toé être si belle… moé devenir fou…

Patrick ferma les yeux et revint s'intéresser aux lèvres de la jeune femme pour un autre baiser. La jeune fille se laissait aller, se collait, tout naturellement. Lentement, sans la délaisser, il recula jusque vers le lit, où il se laissa choir, emportant avec lui son précieux butin.

— Oh Joséphine… répétait inlassablement l'homme.

L'accent la faisait vibrer autant que d'entendre son nom. Les caresses se firent de plus en plus osées… Leurs souffles rapides devinrent une musique aux oreilles de Joséphine, et quand Patrick empoigna un de ses seins, elle chantonna un gémissement de plaisir que l'amant prit pour une plainte.

— Ma belle Joséphine… Laisse-moé t'aimer, partout… laisse-moé… supplia-t-il tout en lui remontant les jupes et en lui caressant les fesses.

— Mais… haleta Joséphine, non… Patrick…

Joséphine essaya de trouver la volonté de mettre fin à ces caresses, mais son corps refusait de repousser une minute de plus l'heure de son accomplissement.

— De toute façon, tu vas m'épouser, n'est-ce pas ?

Quoi ? Il venait de la demander en mariage ! Joséphine était si heureuse ! Elle éclata d'un grand rire de bonheur et tout en acceptant la grande demande, elle laissa Patrick conquérir ce corps dont elle avait désespéré qu'il inspire un jour du désir.

~ ~ ~

À l'heure du souper, lorsque le père Mailloux rentra de sa visite heb-
domadaire à un vieil ami, il trouva la table recouverte de la belle
nappe des grandes occasions, et trois couverts mis.

— T'as sorti la vaisselle du dimanche ? s'étonna-t-il.

Joséphine vérifia pour la troisième fois la cuisson de son bouilli qui
mijotait doucement depuis plus d'une heure. Nerveusement, elle s'essuya les mains sur son tablier et osa affronter son père. Elle avait une
peur bleue que sa nouvelle condition de femme paraisse sur son
visage. Même si Patrick lui avait promis le mariage, il n'en restait pas
moins que son père désapprouverait certainement le fait qu'il ait été
consommé avant même d'avoir été célébré. S'il fallait que cela se
sache, sa réputation serait finie et une fille sans réputation, c'était
une condamnée. Elle ne regrettait rien cependant. Ce moment magique appartenait à elle et à Patrick. Elle se retint pour ne pas se
mettre encore à rire, cela aurait été si inconvenant devant son père et
il fallait vraiment qu'il ne se doute de rien. Déjà, l'image que lui avait
retournée son miroir tout à l'heure, tandis que pour une des premières
fois de sa vie, elle se pomponnait pour un homme, risquait à tout moment de la trahir.

— Oui je… euh… Monsieur O'Connor va descendre manger avec
nous à soir.

— Ah oui ? Pis c'est pour lui que tu te mets en frais de même ?

— Ben, j'me suis dit que c'était une grande occasion.

— Tu trouves pas qu'on a déjà assez fait pour lui !

— Allons, arrêtez de chicaner. Donnez-moé votre manteau, pis
venez vous asseoir, ça va être prêt à servir, fit-elle en s'empressant de

débarrasser son père de sa veste, qu'elle pendit sur un des clous plantés en rangée près de l'escalier et qui servaient de crochets.

Puis, tandis que son père s'installait en maugréant à sa place attitrée, elle prit son air le plus naturel et pria son invité de bien vouloir descendre.

— Es-tu obligée de crier aussi fort, ma fille ? fit remarquer le père. Y est-tu sourd en plus, cet étranger ? Pis sers-moé tusuite. J'ai faim !

Joséphine prit l'assiette de son père et, à l'aide d'un gros torchon, souleva le lourd couvercle du chaudron. Une odorante vapeur s'en dégagea.

— Mmmmm, ça sent vraiment très bon icitte !

Joséphine se retourna brusquement et faillit se brûler tant elle perdit contenance devant l'arrivée de son amant. Qu'il avait fière allure dans son linge fraîchement lavé et repassé.

— Asseyez-vous m'sieur… bredouilla Joséphine en désignant du menton une chaise à la droite de son père.

Qu'elle était nerveuse ! Son cœur battait la chamade et elle transpirait tellement que déjà sa robe était toute mouillée aux aisselles. Elle n'avait pas dû mettre assez de cette poudre que sa mère utilisait ! Fébrilement, elle prit la grande louche et se mit à remplir l'assiette de son père en prenant soin de choisir les plus beaux morceaux de viande comme il les préférait tandis que Patrick obéissait et prenait place à la table. Gêné, il se mit à jouer nerveusement avec ses ustensiles. La tension était si forte dans la pièce que le marin eut envie de retourner se mettre à l'abri dans sa chambre de malade. Mais ces jours bénis étaient maintenant chose du passé.

Monsieur Mailloux ne lui adressa pas la parole et se mit à manger dès que sa fille eut déposé son plat devant lui. Comment, dans ces conditions difficiles, lui demander sa fille en mariage ? Il savait que le vieil homme n'avait aucune sympathie pour lui, d'ailleurs, c'était réciproque, mais de là à lui battre froid… Ah ! il détestait les situations compliquées ! Furtivement, il jeta un coup d'œil à Joséphine qui le servait à son tour.

— Merci, dit-il en osant lui adresser un sourire qu'il essaya de faire rassurant.

Ses pensées revinrent aux événements de l'après-midi, un frisson de plaisir lui rappela clairement la bonne entente qu'il avait eue avec cette fille. Oui, cela valait la peine d'affronter le vieux renard qui, de toute façon, devait être bien inoffensif. Il attendit que sa promise soit également assise et face au silence pesant qui régnait, il fut évident pour lui que rien ne servirait de tergiverser plus longtemps. Valait mieux en finir tout de suite. Il avait passé la dernière heure à se préparer mentalement et même à pratiquer à haute voix la formulation de sa demande. Il voulait que son français soit le plus impeccable possible.

— Euh… monsieur Mailloux… commença le marin en se raclant la gorge. Moé être guéri maintenant…

— J'vois ben ça, répondit sèchement celui-ci. Comme ça, on a pus d'affaire à vous garder icitte.

— Non, moé guéri mais…

— Alors, le coupa le vieil homme, on règlera ça avec monsieur l'curé tantôt.

Joséphine regarda Patrick d'un air désespéré. Son père n'avait même pas daigné lever les yeux de son assiette et était bête comme ses deux pieds. Elle savait qu'il n'avait jamais été d'accord pour héberger le malade et que monsieur le curé lui avait forcé la main, mais Patrick ne lui avait jamais rien fait. Pourquoi tant d'animosité ? Elle devait aider son prétendant.

— Papa, interpella timidement la jeune fille, Patrick a quelque chose à vous dire…

— Patrick ? s'étonna le père en levant son regard vers sa fille. Tu l'appelles par son p'tit nom ?

— Monsieur Mailloux… s'interposa le jeune homme.

— Toé, j't'ai rien demandé ! se fâcha le père. C'est à ma fille que j'parle.

— Monsieur Mailloux, répéta Patrick en élevant la voix à son tour. Moé vouloir votre fille !

— En mariage, s'empressa de rectifier Joséphine. Y m'a demandée en mariage !

« Ah ! quelle situation délicate ! » se dit Patrick. Mais dans quoi s'était-il embarqué !

Estomaqué, le père Mailloux resta un instant interdit, assimilant ce que sa fille venait de lui annoncer. Où s'était-il trompé ? Il était sûr d'avoir bien manœuvré pourtant pour éviter justement que cela ne se produise. Il avait averti le marin, sa fille… Il devait vraiment se faire vieux ! Mais il avait encore des atouts. S'ils pensaient s'en tirer si facilement ces deux-là et lui jouer dans le dos, ils se trompaient lourdement. Il avait décidé qu'il finirait ses vieux jours dans cette maison, que sa fille prendrait soin de lui, et c'était ainsi que cela se passerait. Et si ce maudit embarras de matelot pensait partager ces années-là, il allait déchanter le pauvre ! Il n'endurerait pas d'étranger chez lui. Jamais !

— Jamais ! explosa-t-il en se levant brusquement.

Brandissant sa canne, qu'il avait toujours à proximité de lui, il en asséna un violent coup sur l'assiette pleine de légumes et de viande de Patrick.

La vaisselle de faïence explosa sous l'impact, barbouillant de bouillon le visage d'un Patrick O'Connor complètement sidéré par la réaction violente du père.

Mais la rage du vieil homme ne faisait que commencer.

— Jamais ! fulmina-t-il de nouveau.

Toujours à l'aide de sa canne, il fustigea le prétendant de sa fille à grands coups, sous lesquels Patrick dut se lever et reculer afin de se protéger.

— Papa! supplia Joséphine, en allant se placer comme bouclier devant Patrick. Non, papa, faites pas ça! Je l'aime!

— Ôte-toé de mon chemin! la menaça son père sans l'écouter. Quant à toé, sors de ma maison tusuite, ordonna-t-il en lui désignant la sortie. Pis j'veux pus jamais te revoir rôder dans le boutte. Retourne-toé donc chez tes pareils. On veut pas de toé par icitte!

— Mais monsieur Mailloux… tenta une nouvelle fois Patrick.

— J't'avais averti de pas approcher de ma fille, t'aurais dû m'écouter! J't'ai dit de sacrer ton camp, tu vas-tu comprendre le français, maudit de sale Irlandais!

Enragé, le père Mailloux tassa sa fille et alla ouvrir grand la porte. Puis, comme on chasse un chien galeux à coups de bâton, le vieil homme fonça sur le marin qui n'eut que le temps de crier:

— Moé être chez le curé, Joséphine, chez le curé! Moé va t'attendre! avant de se faire violemment pousser dehors.

Le père claqua la porte sur les cris désespérés du marin et se retourna vers sa fille à moitié affaissée sur le bord du mur.

— Pourquoi vous avez fait ça, j'comprends pas… larmoya Joséphine.

— Y a jamais un bon à rien de sale étranger qui va mettre la main sur mes affaires, gronda le père. Quand j'serai pus là, tu marieras qui tu voudras, mais en attendant, c'est encore moé qui mène icitte!

Joséphine se redressa:

— J'va aller le rejoindre d'abord. On se mariera sans vous, pis s'il le faut, j'irai vivre dans son pays! se révolta la jeune fille. Pis, c'est pas vous pis votre sale canne qui vont m'en empêcher! s'écria-t-elle tout en empoignant son châle qu'elle mit n'importe comment sur ses épaules.

Le vieil homme, resté dos à la porte, ne broncha pas. Redevenu très calme, il s'adressa froidement à sa fille :

— Pis les dernières volontés de ta mère pis ta promesse, que c'est que t'en fais, ma fille ?

Joséphine, estomaquée, resta sans voix devant ces arguments. Elle était sous le choc. Tout s'était déroulé si vite. Trop d'événements dans une seule journée… Passer du plus grand bonheur au plus grand désespoir… C'était trop… Elle s'écroula sur une chaise et se mit à sangloter, les franges de son châle trempant dans les restants d'un repas que personne ne mangerait.

— J'savais que ma fille était la droiture même ! dit le père devant la défaite de Joséphine. J'veux pus jamais en entendre parler.

Et il s'en alla tranquillement dans sa chambre, sans un regard pour sa fille éplorée. Pour lui, la question était maintenant définitivement réglée. Il pouvait aller faire une petite sieste l'esprit en paix.

~ ~ ~

Patrick n'en revenait pas. Il s'était fait jeter dehors sans ménagement. Le jeune Irlandais frissonna. C'était le début du mois de juillet et pourtant, l'air était encore frais. Il y avait si longtemps qu'il n'avait mis le nez dehors… se disait-il, tandis qu'il se dirigeait à grands pas vers la maison du curé, celle que Joséphine lui avait indiquée un jour. Joséphine… Elle devait être dans tous ses états. Rageant, il enfouit ses mains dans ses poches. Il revit le père de Joséphine, sa hargne, sa fureur… Le vieil homme l'avait blessé, non pas avec sa vulgaire canne de bois, non, il aurait pu la lui casser sur le dos s'il l'avait voulu… Non, c'était sa haine pour ses origines qui l'avait cruellement touché. Depuis qu'il avait quitté son Irlande, ce n'était pas la première fois qu'on l'attaquait à coups d'injures, qu'il subissait des injustices à cause de sa nationalité et qu'il devait faire face au racisme bête et méchant.

Il avait appris à hausser les épaules, à ne pas trop s'en occuper, mais là, c'était différent. Il n'était pas assez bien pour eux, pour marier une de leurs filles, pour y faire une descendance peut-être ! La colère l'étreignait à son tour. Jamais il ne pardonnerait au père de Joséphine de l'avoir humilié ainsi. Foutu pays, où ses habitants n'aimaient que ceux leur ressemblant… Non, ce n'était pas vrai… Joséphine l'avait aimé, elle trouvait même charmant son accent… Joséphine…

Quel avenir avaient-ils ? Il n'avait plus d'argent… Il se sentait perdu, rejeté et avait, plus que jamais, le mal du pays. Il voulait retourner chez lui… Qu'est-ce qui lui avait pris cet après-midi de promettre le mariage à cette Canadienne ! Il avait été enfermé trop longtemps. Ce n'était pas bon pour un homme de rester à ne rien faire ainsi, seul avec une femme à longueur de journée en plus. Il aurait été inhumain qu'il résiste encore… Et puis, il avait été sérieux, il l'avait demandée en mariage, oui ou non ? Il aurait bien pu la posséder, sans promesse ! « Allons, Patrick O'Connor, la colère te fait déparler… Tu l'aimes ben, la Joséphine… » Oui… Et s'il ramenait une femme sur sa terre natale ? Une épouse. C'était peut-être la solution. Il demanderait au curé de les aider. Ils auraient besoin d'argent pour le voyage… Où trouveraient-ils une telle somme ? Peut-être que Joséphine avait des économies ? Il le lui demanderait. Il ne doutait pas qu'elle serait au rendez-vous.

— Bonjour, mon brave !

Concentré dans ses réflexions, Patrick O'Connor n'avait pas remarqué l'homme à la soutane qui traversait le chemin pour venir à sa rencontre.

— Je m'en allais justement vous rendre visite ! dit le curé tout essoufflé.

Il venait d'avaler un gargantuesque souper. Ayant plusieurs familles à visiter ce soir-là, il s'était mis en route sans avoir pris le temps de digérer un peu. Il remontait péniblement la grande côte qui menait à la demeure des Mailloux quand il avait été intrigué par une haute silhouette qui dévalait la pente à grandes enjambées. Devant la mine sombre de l'Irlandais, le curé s'informa :

— Il y a quelque chose qui ne va pas ?

Patrick s'était arrêté de marcher et regardait le curé sans un mot.

— Mais répondez, voyons ! Je commence à craindre le pire. Que s'est-il passé ? questionna le curé en déposant par terre le lourd sac qu'il transportait.

Retrouvant la voix, le marin lâcha d'un ton plein de ressentiment :

— Monsieur Mailloux a mis moé à la porte !

— Allons bon ! s'exclama le curé. Ce n'est pas ça qui était convenu ! Je devais vous reprendre en charge quand vous auriez été guéri… dit-il en fronçant les sourcils. Puis, retrouvant son sourire, il enchaîna : D'ailleurs, je vous apportais justement un sac rempli de tout le nécessaire pour pourvoir à vos besoins personnels. Un bon chandail de laine, un peigne… commença fièrement à énumérer le prêtre.

— Pour moé ? s'étonna Patrick, en remarquant le volumineux bagage.

— Mais oui, mon brave ! Croyiez-vous qu'on allait vous laisser éternellement aux bons soins des Mailloux ? Je n'abandonne jamais une de mes brebis.

— Merci, merci beaucoup, balbutia Patrick, ému par tant de gentillesse.

— Mais je ne comprends toujours pas pourquoi monsieur Mailloux a défié mes directives…

— C'est Joséphine… balbutia le marin en baissant les yeux. Elle pis moé… avoua-t-il, nous… nous…

— Quoi, nous, nous… ? répéta le curé, ne comprenant pas immédiatement ce que le jeune homme voulait dire par là…

Mais rapidement, l'explication la plus plausible à toute cette histoire lui vint clairement à l'esprit. Et rien qu'à voir l'air coupable de ce jeune homme... Oh non... Jamais le père Mailloux ne lui pardonnerait... Et il serait en dette désormais envers lui... Il détestait perdre le contrôle d'une situation ainsi. Lui qui dirigeait sa paroisse de main ferme, épiant chaque faux pas, sachant tout ce que chacun pensait, disait, confessait. Il savait quand madame Tremblay refusait de faire son devoir conjugal ou quand monsieur Turcotte buvait un peu trop et il les remettait rapidement sur le droit chemin. Que ce jeune blanc-bec, là devant lui, lui ait fait perdre la face ainsi, et qu'il l'ait mis en position de faiblesse face à Mailloux, l'un de ses plus coriaces paroissiens, oh non, ce marin ne l'emporterait pas au paradis!

— Tu as trahi ma confiance! Vaurien! explosa le curé.

— Mais...

— Il n'y a pas de mais! C'est ainsi que tu mords la main qui te nourrit!

Le curé s'emportait et gesticulait dans la rue, tout en essayant de ne pas élever la voix, pestant contre tous les ingrats de la terre, tous ces gens pour qui vous vous fendez en quatre, et qui vous poignardent dès que vous avez le dos tourné.

— Profiter d'une pauvre et faible créature, pure, toute dévouée à son père et à son curé, une des meilleures âmes de ma paroisse! ragea-t-il les dents serrées. Malgré mes avertissements! Essaies-tu de nier? Oserais-tu? ajouta-t-il, comme Patrick tournait la tête de gauche à droite en signe de découragement.

— Non, non, mais...

— Tu apprendras qu'on ne peut se jouer de Dieu, le sermonna le curé. Quand je pense que je t'ai recueilli, soigné! De mes propres mains, je t'ai abreuvé, toi, un pur étranger!

Retrouvant tout à coup sa fierté, Patrick défia le curé:

— C'est ça! Moé être rien qu'un étranger! Moé pas assez bien! Ni pour monsieur Mailloux ni pour le curé! cria-t-il. Eh ben, l'Irlandais dit à vous d'aller chez le diable! En plus, moé pas vouloir de votre pitié! ajouta-t-il en envoyant valser le sac d'un coup de pied.

O'Connor sentait bouillir une telle violence en lui qu'il serrait les poings, tous ses muscles bandés, et il eut peur de perdre le contrôle, une folle envie de frapper le tenaillant.

Le curé recula devant cette agressivité et essaya de calmer le jeune homme.

— Allons mon brave... Nous allons retrouver notre sang-froid...

— Non! hurla Patrick. Moé pus rien vouloir entendre! Moé quitter ce pays, tout de suite! Pour toujours!

Et il s'enfuit en courant vers le bas de la ville.

« Nul doute que ses pas le conduiront vers le port, se dit le curé en regardant s'éloigner le marin. Il va probablement se faire engager sur un bateau. Il y en a tellement au port en ce moment, cela ne lui posera certainement aucun problème. » Tous ces marins qui grouillaient en ville, cela n'était jamais de bon augure... Comme il regrettait les mois de froidure! Tout se compliquait dès la reprise de la navigation. Cette saison s'annonçait plus difficile encore que les autres. Pas plus tard que la semaine dernière, il y avait eu une bataille dans un bar du port. Il avait dû administrer les derniers sacrements à un jeune matelot qui avait reçu un coup de couteau entre les côtes. Et ces filles de petite vertu qui ne cessaient d'apparaître il ne savait d'où! Tout avait mal commencé par plusieurs coups frappés à sa porte et un marin à moitié mort.

« Oh! bon débarras! » pensa-t-il en voyant disparaître complètement de sa vue celui qu'il avait pris sous son aile. Il ne l'avait pas gardé chez lui, il craignait trop de se faire voler, on ne peut faire confiance à cette racaille qui sillonne les mers. Il réalisait maintenant que jamais Joséphine n'était présente lors de ses visites. Elle se retirait dans la cuisine, les laissant seuls à bavarder... Il n'avait pu voir les signes précurseurs... et le père Mailloux ne lui avait jamais fait part d'inquiétudes après la première fois... Oh, il se sentait fatigué ce soir... Le prêtre regarda autour de lui. C'était l'été, il faisait beau, le soleil avait nettoyé la boue et la neige sale du printemps et maintenant sa ville rayonnait et était belle. C'était le temps des rires, de l'insouciance, des belles robes fleuries, des enfants qui jouaient dehors jusqu'à la noirceur...

Dans la maison de la veuve Collard, en face, un rideau bougea. Des fois, il n'avait plus le cœur à la vocation... Il aurait aimé être un fermier, suant, sans se poser de questions, de l'aube jusqu'au crépuscule. Une petite vie de labeur tranquille, avec une famille, une femme, un fils, sans porter sur ses épaules toute la misère du monde pour recevoir si peu en retour... Oui, peut-être aurait-il pu naviguer, comme ce Patrick O'Connor, sans attache, la liberté pour seul bagage. Il devait couver une grippe, celle qu'il avait combattue tout l'hiver... « Vaut mieux rebrousser chemin, se dit-il en ramassant le sac et en retournant lentement vers le presbytère. Ma servante m'apportera un bouillon chaud et demain, je ferai mes visites prévues... »

~ ~ ~

Tôt le lendemain matin, la servante frappa timidement à la porte du salon privé du presbytère.

— M'sieur le curé, excusez-moé de vous déranger, dit-elle en entrouvrant légèrement la porte. Mais y a là Joséphine Mailloux qui veut absolument vous voir. J'lui ai dit qu'y était ben trop de bonne heure à matin, mais a reste là... A dit que c'est ben important...

Le curé cessa ses prières et se signa avant de se relever du prie-Dieu où il était agenouillé depuis plus d'une demi-heure. Il avait eu besoin de se recueillir, de réfléchir ce matin. Il avait si mal dormi, des pensées impures dérangeant son sommeil. Une tentation non pas physique mais sentimentale le tenaillait au cœur, depuis la veille, en fait, depuis l'altercation avec le marin... Il avait déjà entendu parler de ces histoires d'horreur que l'on se chuchotait au séminaire, celles des prêtres que le démon essayait de détourner par divers moyens de l'amour du Christ. Était-ce ce qui lui arrivait ? Est-ce que le Malin tentait de le faire défroquer ? Le curé frissonna tandis qu'il se retournait vers sa servante. Oui, il devait se l'avouer, en demander pardon au Seigneur, mais hier, il aurait aimé suivre ce jeune homme, changer de vie... Cette sensation était difficile à expliquer, lui-même tentait d'y voir clair à la lueur de la ferveur chrétienne, mais tout ce qu'il pouvait dire, c'était que jamais sa soutane ne lui avait paru si lourde et son collet si étouffant...

— Fais-la entrer, ordonna-t-il à sa domestique. Et tu nous apporteras du café.

Allons, il devait chasser toutes ces mauvaises pensées... reprendre contenance, ne pas laisser paraître son désarroi, redresser les épaules, affirmer sa voix, saluer avec autorité.

— Bonjour Joséphine, assieds-toi, dit-il sèchement à la jeune fille qui entrait.

— Bonjour m'sieur le curé, répondit-elle d'une petite voix en lissant nerveusement les plis de sa plus jolie robe.

Pauvre Joséphine, elle avait tant pleuré depuis hier, son visage était tout boursouflé. Elle avait longuement réfléchi et avait décidé de venir rejoindre l'homme qu'elle aimait. Elle avait pesé le pour et le contre et avait conclu que c'était son père qui était en faute. Elle s'était donnée à Patrick, il avait fait d'elle sa femme, l'engagement était trop sérieux. Elle était prête à tout, le suivre au bout du monde s'il le fallait. Mais son plus grand espoir reposait sur monsieur le curé.

Il allait parler à son père, lui faire entendre raison. Mais comment aborder un sujet si délicat, pensait-elle en prenant timidement place sur une des belles chaises droites qui bordaient le petit salon. Elle était venue une seule fois auparavant dans cette pièce, se souvint-elle en regardant autour d'elle. Le décor était aussi majestueux et aussi intimidant que dans son souvenir. C'était un peu comme entrer dans l'antre d'une bête mystérieuse. Une bête à la robe noire, pleine de pouvoirs…

«Cette petite semble mourir de peur» se dit le curé en jetant un coup d'œil à la jeune fille. Il avait toujours été mal à l'aise avec ses paroissiennes, comme si elles n'oubliaient jamais qu'il n'était en fait qu'un simple homme de chair et de sang… Souvent, il s'était buté à deux yeux féminins reflétant le doute sur sa capacité de compréhension face à leurs problèmes, le mépris devant les solutions qu'il apportait… Et en plus, jeunes ou vieilles, ces créatures semblaient éprouver un malin plaisir à essayer le pouvoir de leurs charmes sur lui. Comme s'il représentait un défi. Combien de fois avait-il été irrité par ces têtes penchées légèrement de côté, ces sourires sensuels, ces bustes projetés en avant… Ah provocation, ah tentation, démon de démon!

Brusquement, le curé se détourna et, les mains jointes derrière le dos, alla se placer devant la fenêtre, le regard au loin. Joséphine ne savait plus quoi penser! Le prêtre semblait fâché! Que savait-il? Qu'est-ce que Patrick lui avait confié en se réfugiant au presbytère? S'était-il confessé? Avait-il dit qu'ils… qu'ils? Le curé savait-il qu'elle… Ah, du bruit dans le passage! Patrick, ce doit être Patrick! Il l'attendait, il l'avait entendue arriver! Lui et monsieur le curé allaient tout arranger. «On va se marier, Patrick, j'me suis tant ennuyée de toé, mon cœur bat à l'idée de te revoir, chus amoureuse de toé, j't'aime!»

— Le café, m'sieur le curé, annonça la servante en passant la tête par la porte restée entrouverte. J'me suis permis d'apporter des petits pains et de la confiture aussi. Vous avez même pas eu le temps de déjeuner à matin, le réprimanda-t-elle en lançant un regard mauvais à Joséphine.

— Allons, laisse-nous maintenant, lui répondit sèchement le prêtre sans même se retourner.

Offusquée, la servante déposa abruptement le plateau sur le guéridon et s'en retourna à la cuisine. Hum, il y avait quelque chose de louche dans ce tête-à-tête entre la fille Mailloux et le curé… Tout à coup, elle se souvint qu'il y avait un important époussetage à faire près du salon du curé. Elle devait se mettre à l'ouvrage tout de suite et si, par hasard, elle entendait des choses intéressantes, ce ne serait pas de sa faute ! Dieu ne l'avait pas privée de ses oreilles !

« Patrick, où es-tu ? Que se passe-t-il ? » D'instinct, Joséphine sentait que quelque chose clochait, l'absence de son amoureux, le silence du prêtre… Un long frisson d'appréhension lui parcourut l'échine.

— Une tasse de café ? offrit le curé en sortant enfin de son mutisme.

Joséphine refusa poliment. Soulevant les épaules d'indifférence devant ce refus, le curé se décida finalement à regarder sa visiteuse.

— Tu voulais me voir ? questionna-t-il. Je suppose que cela a rapport avec ce marin, enchaîna le prêtre d'un air supérieur.

Joséphine répondit aux deux questions par un timide signe affirmatif de la tête.

— Comment se fait-il que ton père ne soit pas avec toi ? reprit l'homme d'Église. C'est avec lui que je devrais régler cette histoire, décréta-t-il, méprisant.

Il sentait la colère revenir en lui… Ah, que cette situation était déplaisante !

— J'ai honte de toi ma fille ! explosa-t-il. Moi qui étais certain que tu saurais tenir ta place !

Joséphine rougit violemment ! Il savait, le curé savait ! « Mon Dieu

Seigneur, pardonnez-moi… Mais je l'aime pis y m'aime ! Ah Patrick !
Pourquoi t'es pas icitte ? »

— Tu aurais dû remettre cet étranger à sa place et t'arranger pour
qu'il ne s'approche pas de toi. Je ne sais pas exactement ce qui s'est
passé, mais si ton père a mis cet O'Connor dehors, c'est certainement
pour une bonne raison. Un homme a des besoins naturels, ma fille, tu
devrais savoir cela, non ? Si tu t'es mise à te pavaner devant lui et à
porter ta jolie robe, comme aujourd'hui, je comprends ton père d'avoir
mis un terme à cette provocation. Tu devras te repentir, ma fille !

— Mais monsieur le curé…

— Il n'y a pas de mais ! Tu m'as mis dans une situation embarras-
sante ! Ah, les jeunes filles d'aujourd'hui ! Tu devrais plutôt songer à te
trouver un époux au lieu de…

— Mais Patrick m'a demandée en mariage ! s'écria désespérément
Joséphine en se levant abruptement de sa chaise.

Un lourd silence suivit cette déclaration. Dans le salon, le curé,
abasourdi, dévisageait la jeune fille qui, les larmes aux yeux, l'affrontait
courageusement. Dans le corridor, la servante en échappa presque son
plumeau et retint sa respiration pour entendre la suite. « C'est la bonne
femme Savard qui va pâlir de jalousie quand a va apprendre ça. Elle qui
se vante de toujours tout savoir en premier… Allons, écoutons comme
il faut, y faudrait pas perdre un précieux détail ! »

— Je ne comprends plus rien… souffla le prêtre. Allons, ma fille,
reprenons depuis le début, ordonna-t-il en avançant un fauteuil devant la chaise de Joséphine tout en l'invitant à se rasseoir.

« Que c'est qui se passe ? Mais que c'est qui se passe ? Voyons
Joséphine, prends une grande inspiration, assis-toé comme le curé te
l'a demandé… reste calme… Pourquoi Patrick lui a pas parlé de sa demande ? J'comprends pus rien non plus… »

— Donc, tu me dis que le jeune marin a demandé ta main ? récapitula doucement le curé.

— Oui… répondit Joséphine. Oui, répéta-t-elle, en raffermissant sa voix. Oui, nous… nous avons découvert… que… nous… nous ressentions une entente certaine entre nous deux… pis, ben, y a dit qu'on allait se marier pis j'ai dit oui comme de raison… Ça fait qu'hier, y a demandé ma main à mon père… mais, mon père… y s'est mis à crier, pis y l'a battu à coups de canne pis… Oh, monsieur le curé! Papa, y veut pas que j'me marie! Y veut que j'prenne soin de lui, pis… oh, monsieur le curé!

Joséphine n'en pouvait plus. Se cachant le visage dans ses mains, elle éclata en sanglots.

«Ah ben, on aura tout entendu» jubila la servante. Elle se retint pour ne pas éclater de rire, imaginant le vieux père Mailloux avec sa canne… Elle ne pourrait attendre la fin de son service pour courir raconter sa nouvelle. Elle trouverait bien un prétexte pour sortir du presbytère. Une commission à faire au magasin général. Une bobine de fil noir… oui… pour repriser…

— Quelle histoire, dit le curé.

Une écrasante fatigue le submergea de nouveau.

— Ainsi, les intentions du marin auraient été honnêtes… murmura-t-il pour lui-même.

Joséphine releva la tête pleine d'espoir.

— Oh oui! s'écria-t-elle. Y est très gentil pis y va faire un bon mari, j'en suis sûre. Pis rien m'empêche de prendre soin de papa, vous le savez, m'sieur le curé, que chus ben travaillante.

— Oui, je sais, tu es une brave fille… Mais une brave fille qui s'est laissé tourner la tête… ajouta le curé sévèrement.

Il devait se rendre complice de monsieur Mailloux… C'était la seule façon de sortir gagnant de cette malencontreuse affaire. Ainsi, tout ne serait pas perdu… hum oui… Ah, qu'il aimait cette sensation de pouvoir, de contrôle, qui revenait en lui. Il se sentait renaître. C'était comme si sa clarté d'esprit lui était revenue tout à coup. Finis les épuisants moments d'égarement. La voix du Seigneur le guidait encore. Il avait gagné sa bataille contre le Malin. Il savait de nouveau quoi penser, quoi faire et quoi dire. Il ne perdrait ni la face ni l'argent du père de Joséphine…

— Mais oui, ma fille, tu t'es laissé prendre aux belles paroles de cet étranger ! Une chance que ton brave père a la tête sur les épaules, lui, et qu'il a su discerner le vrai du faux, le clinquant du joyau ! Non, laisse-moi parler. Tu ne seras pas la première à qui ce sera arrivé. Les créatures sont faibles, tout le monde sait ça. Ton père n'a fait que son devoir paternel et j'irai l'en féliciter, pas plus tard que tout de suite. Viens ma fille, rendons-nous chez toi.

— Non, c'est pas vrai ! J'aime Patrick pis on va se marier ! affirma Joséphine avec véhémence.

— Cesse immédiatement de crier, ma fille ! Comment oses-tu élever le ton devant moi !

— Où est Patrick ? J'veux le voir ! défia la jeune fille, debout de nouveau, regardant nerveusement vers la porte comme si son amoureux allait apparaître.

Pourquoi n'arrivait-il pas ? Pourquoi ne venait-il pas dans le salon, la prendre dans ses bras et l'emmener loin ? Loin de ce curé qui la rejoignait, qui la regardait comme une pestiférée, qui n'ouvrait la bouche que pour dire des énormités, énormités qu'elle ne voulait plus entendre…

— Cela va être bien dur, à moins qu'en plus d'être impertinente avec ton curé, tu saches aussi nager, ma fille.

— Nager ?

— Oui nager, car lorsque j'ai rencontré ton cher matelot hier, il criait haut et fort qu'il s'embarquait sur le premier bateau en partance.

— Patrick, parti ? Vous mentez !

— Oh, tu dépasses les bornes ! Le curé s'étouffa d'indignation.

— Vous mentez ! Vous mentez ! aboya-t-elle.

— Joséphine Mailloux ! Rassieds-toi tout de suite !

— Non ! Patrick doit m'attendre au quai. J'm'en va le retrouver, déclara-t-elle en sortant du salon.

D'un geste brusque, Joséphine repoussa la servante qui malgré elle lui barrait le passage et, sans un regard pour le curé, s'enfuit du presbytère. Le curé la suivit en lui criant :

— C'est ça, cours, cours ma fille, tu vas voir qui était le menteur. Et je t'attends à la confesse ce soir, tu m'entends, Joséphine Mailloux ? À la confesse ce soir ou j'irai te chercher par les oreilles !

Mais il avait beau s'époumoner, sous le porche de sa maison, la jeune fille ne se retourna même pas.

— Elle le regrettera, maugréa-t-il, songeur, tout en la regardant courir à sa déconvenue.

« Bon, c'est assez de se donner en spectacle en public » se dit-il en revenant à l'intérieur du presbytère.

— Qu'est-ce que tu fais là, toi ? dit-il devant sa servante dont il n'avait pas remarqué la présence dans tout ce tumulte.

— Ben, j'enlève la poussière c't'affaire ! ironisa-t-elle en lui mettant le plumeau sous le nez.

— Bon, bon donne-moi mon chapeau, je sors pour le reste de la matinée.

— Oui m'sieur le curé. Euh… Avec votre permission, moé, j'va en profiter pour aller faire quelques commissions… J'ai ben du reprisage à faire pis j'ai peur de manquer de fil… ouais du fil noir qu'y me faudrait.

~ ~ ~

— Maudit Patrick O'Connor, j't'haïs ! Tu m'entends, j't'haïs, j't'haïs… ah ! ! ! gronda Joséphine.

Une si grande douleur ne pouvait pas exister, c'était impossible. Pourtant, durant les neuf derniers mois, elle n'avait été que souffrance. Elle aurait dû être immunisée, endurcie. Mais… Ah ! encore une ! Au fil des mois, son cœur et son ventre étaient devenus de pierre, alors pourquoi cela faisait si mal ! « Mon Dieu, est-ce que c'est normal ? Maman, vous qui êtes au ciel, aidez-moé j'vous en supplie, aidez-moé ! Venez m'chercher, oh oui, venez m'chercher… ça fait mal, maman… pis chus toute seule… pis j'en veux pas, de ce bébé… Venez nous chercher, tous les deux, venez maman, j'vous en supplie ! »

Joséphine roula la tête de gauche à droite sur l'oreiller. Elle n'avait pas allumé et elle gisait, souffrante, dans le noir, en plein travail depuis des heures, sur le lit même où ce bébé avait été conçu. Malgré elle, les souvenirs refirent surface. Elle qui les avait enfouis au plus profond d'elle-même dut se résigner à les revivre encore une fois, la douleur annihilant toute volonté.

Elle se revit, dévalant la côte jusqu'au port, les paroles du curé la poursuivant. Tout le long de sa course, elle avait prié au rythme de ses pas. « Sainte Marie, Mère de Dieu, faites qu'y soit pas parti, Sainte Marie, Mère de Dieu, faites qu'y soit pas parti, Sainte Marie… » Elle avait eu beau parcourir, dans tous les sens, les installations portuaires, aucune trace de son amoureux. C'était un ouvrier du port qui avait mis fin à sa recherche. L'ayant remarquée et la voyant bouleversée, il s'était permis de lui proposer son aide. La même qu'il avait offerte la veille à un jeune homme à l'accent étranger qui cherchait du travail sur le premier bateau à lever l'ancre. Petite, Joséphine avait reçu un coup de sabot au ventre de la part d'un cheval. Les paroles de l'homme lui avaient fait le même effet que la ruade. Quelques secondes, son cœur avait cessé de battre, elle avait perdu le souffle et était devenue tout étourdie. Mais aucun doute, il s'agissait de Patrick. La description, l'habillement… Il s'était embarqué à l'aube. Il était parti, il l'avait quittée… De ses mains, elle avait exercé une pression sur sa poitrine puis d'une voix éteinte, elle avait réussi à remercier l'homme pour le renseignement. Elle ne sut comment elle avait trouvé la force de s'en retourner chez elle où son père et le curé l'attendaient. Elle les avait fixés, l'un et l'autre, attablés, de connivence… Ah! leurs regards vainqueurs… Ils avaient convenu de l'admonester comme il se devait. Le curé avec un bon sermon sur le respect chrétien, le père sur le devoir familial. Mais à la vue de la jeune fille livide et du regard froid et lointain qu'elle leur avait envoyé, ils n'avaient pu que la suivre des yeux lorsque, sans un mot, elle s'était décidée à gagner sa chambre. Depuis ce jour, elle n'avait plus adressé la parole ni à l'un ni à l'autre. Au début, elle avait conservé l'espoir de recevoir des nouvelles de Patrick, une lettre ou un retour… Mais au fil des semaines, elle s'était emmurée dans une profonde dépression. Elle ne mangeait presque plus et ne faisait que le nécessaire dans la maison. Son père ne pouvait pas vraiment se plaindre d'être mal soigné sauf que dès sa besogne terminée, elle se retirait en haut dans sa chambre. Elle ne pleurait pas, elle restait là, assise dans sa chaise, près de la fenêtre, immobile. Au village, elle faisait ses courses juste quand cela était vraiment nécessaire et restait imperméable aux commérages qui fusaient autour d'elle. Elle ne savait pas comment cela se faisait, mais tout le comté semblait au courant de sa mésaventure. Elle ne s'en était pas fait. Elle était habituée aux commentaires des autres. Elle et ses sœurs avaient toujours été tenues un peu à l'écart. Leur grand-mère maternelle, une pure Indienne, n'avait pas seulement légué à ses descendantes ses beaux cheveux noirs, mais également l'impardonnable faute d'être différentes. On tolérait leur père parce que celui-ci, avec son magasin, avait été prospère et quasi indispensable. Joséphine n'avait donc jamais vraiment eu d'ami et s'était habituée à vivre repliée sur elle-même. Même avec ses sœurs, elle gardait ses distances. Elle avait dû être un substitut de mère si jeune, il n'y avait pas eu de place pour les jeux et les confidences. Quand elle s'était rendu compte qu'elle était enceinte, elle en avait été presque indifférente. Grâce à son embonpoint, personne ne discernait sa honteuse condition. L'hiver avait passé, son ventre caché sous son épais manteau. Elle n'avait pas essayé de tuer la preuve de son péché. Elle savait comment faire. Elle aurait pu essayer le vinaigre ou la broche à tricoter. Mais à quoi bon ? De toute façon, elle était morte elle-même, c'était seulement son corps qui continuait à fonctionner, malgré elle. Un matin viendrait bien où lui aussi abandonnerait la partie… et tout serait réglé…

Pendant l'été, le curé avait essayé, à quelques reprises, de venir la sortir de sa torpeur, mais à chaque visite, il s'était buté à son impassibilité et comme il avait d'autres chats à fouetter que les états d'âme d'une jeune idiote, il s'était désintéressé de son cas. De toute façon, avec le sang de sauvage coulant dans ses veines, Joséphine était d'avance une brebis galeuse et nul ne pouvait blâmer le curé de l'abandonner à son triste sort. Le voisinage avait oublié rapidement cette histoire de marin et avait préféré se délecter des détails croustillants à propos du jeune Duchesne qu'on avait surpris, disait-on, avec une femme mariée ! Au printemps, le père Mailloux, n'en pouvant plus du silence pesant de Joséphine, avait accepté avec gratitude l'offre d'une de ses filles d'aller passer quelques mois chez elle. Jamais il n'aurait cru cela possible ! Lorsqu'il avait reçu l'invitation de faire le voyage jusqu'à Saint-Jean-Port-Joli, où son gendre avait hérité de la terre paternelle, il avait sauté sur l'occasion et n'avait eu aucun remords à laisser Joséphine derrière lui. Il avait appris qu'avec les femmes, mieux valait laisser couler l'eau sous les ponts…

C'est ainsi que, sans même avoir planifié quoi que ce soit, le destin ou la providence l'avait fait se retrouver fin seule dans la maison le 2 avril 1900 lorsqu'elle avait crevé ses eaux. Un linge à vaisselle sur l'épaule, elle se préparait à essuyer la tasse et l'assiette qu'elle venait négligemment de laver. Longtemps elle était restée immobile, laissant l'écoulement suivre son chemin naturel le long de ses jambes. Puis, d'un air détaché, elle avait déposé la serviette sur le dossier d'une chaise de la cuisine et lentement, mais résolument, avait gravi les marches de pin menant à sa chambre. Sans hâte, avec des gestes mécaniques, elle s'était déshabillée et étendue sur son lit, nue, se recouvrant d'un simple drap. Elle avait croisé les mains et fermé les yeux. Dans son linceul, elle était prête à accueillir sa délivrance. Elle croyait fermement que si elle ne faisait aucun effort pour l'expulsion du bébé, celui-ci mourrait, là dans son ventre, l'entraînant avec lui dans la mort, enfin…

La douleur sourde qui lui tiraillait les reins depuis le matin explosa soudain en une violence inouïe. Elle serra les dents. Puisqu'elle avait ignoré les nausées du début et plus tard les coups de pied qui la frappaient de l'intérieur, elle réussirait également à ne pas réagir à cette nouvelle torture.

— Ah! que j't'haïs! hurla Joséphine sous l'effet d'une contraction qui lui déchirait les entrailles. Maman, j'vous en prie, exaucez ma prière, faites que ça achève… Oh maman… sanglota-t-elle doucement, tandis que la vague de douleur refoulait enfin.

Trempée de sueur, épuisée, elle réalisa soudain que c'était la première fois qu'elle pleurait depuis très longtemps… très très longtemps. Elle n'eut pas le temps de penser plus longuement, le mal revenait, plus fort encore. Cette fois, de son poing gauche, sans s'en rendre compte, elle tordit un bout de son drap tandis que du droit elle martelait de petits coups secs le matelas de son lit. Elle n'avait presque plus aucun répit. Tout à coup, une irrésistible envie de pousser la prit. Elle ne pouvait faire autrement… Une fois de plus, son corps la trahissait et faisait fi de sa volonté qu'il réduisait en miettes. De ses deux mains, elle empoigna les barres de métal de son lit, ramena les genoux vers elle, et força, força, bloquant sa respiration… son visage devenait tout rouge. Une fois…

— Ça fait mal… ça fait mal, se lamenta-t-elle.

Une deuxième fois.

— Maman, maman…

Une troisième poussée. Et là, une chose gluante fusa entre ses cuisses, rapidement, trop facilement par rapport à l'étroitesse du passage. Joséphine haleta et reprit son souffle, les yeux tournés vers le plafond. Puis, lentement, elle descendit ses mains vers le bas de son ventre. Rien ne bougeait… Elle se souleva sur ses coudes et essaya de discerner le minuscule être gisant entre ses jambes. Un imperceptible miaulement, une légère plainte s'en échappa. Hésitante, maladroite, la nouvelle mère souleva son enfant. Tout à coup, une seule chose importa, que ce nouveau-né vive. Joséphine ne pensa plus. Paniquée, craignant que son bébé ne meure, elle se mit à le frictionner vigoureusement. Avec le drap, elle essuya sans ménagement le petit visage, dégageant le plus possible le nez et la bouche du liquide gluant qui les obstruait.

— Allez, respire, respire ! implora-t-elle.

Il ne fallait pas que son bébé meure, non, pitié ! Celui-ci laissa enfin sortir le pleur primal. Soulagée, Joséphine éclata en sanglots. Puis, précautionneusement, elle détailla son nouveau-né éclairé par un rayon de lune qui passait par la lucarne. Émue, elle réalisa qu'elle venait de donner naissance à un garçon. Le plus beau petit garçon du monde entier, et que déjà… malgré elle… malgré tout… enfin, elle l'aimait, oui pas de doute, elle l'aimait. Elle éclata d'un grand rire nerveux. Amoureusement, elle colla son fils sur son cœur.

— Mon bébé, mon p'tit bébé à moé…

Elle ne pouvait le garder... Elle serait bannie et ne pourrait subvenir à ses besoins... Oh, comment se résoudre à se séparer de lui? Tristement, elle dirigea son regard vers la lucarne et, mentalement, fit le chemin qui menait jusqu'à l'Hôtel-Dieu, l'hôpital... l'orphelinat... Elle se cacherait, passerait par la porte arrière... Elle qui, innocemment, avait cru ce jour être la fin de ses souffrances, sut, au plus profond d'elle-même, qu'au contraire, il en marquait le début et que la peine d'amour et les douleurs de l'enfantement qu'elle avait endurées ne seraient rien, non rien, à côté de ce qui l'attendait.

~ ~ ~

— Qui c'est qui veut que j'raconte une belle histoire? demanda Joséphine à la ribambelle d'enfants qui l'entouraient, sachant à l'avance la réponse enthousiaste et unanime qui ne manquerait pas de saluer cette proposition.

Les mains sur les hanches, elle sourit en voyant tous ces petits garnements courir d'un bout à l'autre de la grande salle commune pour venir la retrouver. «Quelle bande de chenapans» se dit-elle en prenant place dans son fauteuil berçant. Combien de fois leur avait-elle dit de ne pas se chamailler ainsi! Mais non, c'était toujours à qui serait assis le plus en avant, le plus près d'elle. S'ils avaient pu lui grimper sur la tête, au lieu de s'installer par terre en demi-cercle, les jambes repliées à la manière indienne, ils l'auraient fait.

Comme elle était heureuse! Voilà plus d'un an qu'elle travaillait à l'orphelinat et elle bénissait chaque jour passé depuis ce temps. Elle avait retrouvé son fils et peu importait qu'il ne sache pas la vérité, elle pouvait au moins le voir grandir et en prendre soin. Oh, cela n'avait pas été facile, se rappela-t-elle, alors que les souvenirs de trois années d'enfer remontaient à sa mémoire. Trois longues années, à s'occuper de son père et à ne cesser de penser au précieux trésor qu'elle avait dû se résigner à abandonner quelques heures à peine après sa venue au monde. Elle se revit, profitant de l'obscurité, affaiblie par son accouchement, se rendre en cachette à l'orphelinat, passant discrètement par les champs, contournant les habitations, marchant difficilement dans les sillons de neige et de terre mélangées, tenant son enfant fermement contre son sein. Elle avait enfilé un long manteau gris sous lequel son fils dormait à poings fermés, à la chaleur, inconscient de l'infini courage dont sa mère faisait preuve. À bout de forces, Joséphine était parvenue en vue de la bâtisse des religieuses. Après une brève hésitation et après s'être assurée que l'endroit était désert, elle avait délicatement déposé son nouveau-né, emmailloté dans un châle, sur le seuil de la porte cochère de l'Hôtel-Dieu (là où les miséreux et les quêteux pouvaient frapper à n'importe quelle heure et être certains d'avoir une réponse). À genoux près de son bébé dont elle n'avait pas relâché l'étreinte, la jeune femme avait déposé un long et doux baiser sur le front de celui-ci comme pour y tatouer son amour et y laisser la marque indélébile de son appartenance. Puis avec l'esprit de sacrifice que seule une mère peut démontrer, Joséphine s'était relevée prestement et sans hésitation avait fait sonner la cloche d'entrée avant d'aller rapidement se cacher dans un recoin sombre de la bâtisse. Longtemps, elle avait sangloté, à moitié accroupie dans l'embrasure, tandis qu'une religieuse désabusée avait pris tout son temps pour ramasser ce colis échappé par une cigogne incompétente.

Au milieu de l'été, monsieur Mailloux était revenu du bas du fleuve. Au premier coup d'œil lancé à sa fille, le père avait perçu le changement. Joséphine avait énormément maigri mais surtout, son regard recelait une nouvelle expression. C'était elle qui lui avait adressé la parole en premier, lui souhaitant la bienvenue, poliment, sans animosité ni joie.

— Bonjour son père, l'avait-elle salué. Vous voulez une tasse de thé ou y fait trop chaud ?

Le vieil homme s'était installé à la table, perplexe, et avait accepté l'offre.

— Tout le monde sait qu'y faut combattre le feu par le feu, ma fille.

Joséphine avait pris la bouilloire déjà remplie d'eau et était allée la porter sur le poêle de la cuisine d'été. Quand elle était revenue du bas-côté, la jeune femme était allée s'asseoir près de son père.

— Pendant que l'eau chauffe, avait-elle commencé sans préambule, j'veux vous parler.

Le père Mailloux était resté sans voix. L'attitude de sa fille appelait au respect et il devinait que le bon vieux temps de la manipulation n'aurait plus cours dans sa maison. En quelques mois, sa fille avait vieilli de cent ans. Ayant toute l'attention de son père, Joséphine avait repris :

— J'ai ben réfléchi à tout ce qui s'est passé pis j'me dis que si Patrick m'avait vraiment aimée… ben, j'me dis qu'y serait pas parti. Ça veut pas dire que j'vous pardonne, ça veut dire que j'accepte ce qui est arrivé. Vous êtes mon père pis j'va prendre ben soin de vous si vous êtes toujours d'accord comme de raison.

Elle avait parlé calmement, presque sans émotion, comme si elle discutait de choses anodines et non d'un cœur brisé.

L'homme avait dévisagé la jeune fille devenue une inconnue à ses yeux. Il n'avait perçu aucune colère mais aucun amour également. Médusé, il n'avait pu qu'acquiescer silencieusement.

— Bon ben, le canard chante, avait annoncé Joséphine en entendant le sifflement de la bouilloire. Restez là, son père, j'vous ramène votre thé dans pas long.

~ ~ ~

Ainsi s'étaient écoulées les trois années suivantes entre un père ayant perdu tout ascendant et une fille devenue simple servante.

Quand son père était décédé, la délivrant ainsi de sa promesse, Joséphine n'avait même pas attendu la fin de son deuil. Elle avait mis sa part d'héritage à la banque, avait cassé maison, vendant ou donnant tout, ne gardant qu'un maigre bagage et s'était rendue chez monsieur le curé. Elle avait un plan dans la tête… En échange d'un substantiel don à la paroisse que la jeune ouaille avait offert à son curé, celui-ci n'avait pu refuser de faire pression afin de lui assurer un travail à l'orphelinat. Prendre soin des orphelins était l'apanage des sœurs Augustine, mais il arrivait fréquemment que celles-ci fassent appel aux services de jeunes filles pauvres en échange de leur subsistance. Première étape du plan : réussite complète. Deuxième étape : retrouver son fils, beaucoup plus facile qu'elle ne l'avait imaginé. Troisième étape : elle verrait plus tard. Pour le moment, elle voulait reprendre le temps perdu et lui donner le plus d'amour possible.

Étrangement, c'était cette partie qui lui avait donné du fil à retordre. Pendant les trois années de séparation, il ne s'était pas écoulé une seule journée sans qu'elle ne pense à son fils. Elle s'était imaginé son premier sourire, le cœur déchiré qu'il n'ait pas été pour elle… Chaque jour elle s'était demandé s'il n'avait pas eu mal au ventre ou s'il avait percé sa première dent, s'il marchait déjà à quatre pattes… « Aujourd'hui y a un an… P't-être qu'y fait ses premiers pas… Ce matin, y a dû connaître sa première neige… Le petit voisin va avoir deux ans ce samedi, mon bébé lui ressemblerait… p't-être un peu plus grand… et probablement roux » s'était-elle dit au souvenir des reflets cuivrés qui couronnaient la tête de son nouveau-né… Son fils avait certainement hérité de la couleur de cheveux de son irlandais de père.

Son fils… Combien de fois avait-elle eu envie de grimper sur le toit de la maison et de se mettre à crier à pleins poumons : « Moi,

Joséphine Mailloux, j'ai un bébé ! » Parfois, elle ne savait plus ce qui faisait le plus mal, la séparation d'avec son enfant ou le silence… le secret… si lourd. Personne ne se doutait que son mutisme et la perte de sa joie de vivre résultaient non pas du départ du marin, mais d'un enfant qu'elle avait eu et qu'elle ne pouvait cajoler, caresser, étreindre… Si elle avait quitté la ville chez une parente éloignée on s'en serait douté, on aurait additionné les événements, les dates, mais Joséphine ne s'était jamais absentée… Et comme cette fille avait toujours été solitaire et qu'on oubliait presque son existence, Joséphine avait pu rêver en paix au jour où, enfin, ses mains retrouveraient la douceur unique de la peau de son fils…

Elle était loin de se douter que ce serait lui qui refuserait tout contact. Elle revoyait encore son air buté, renfrogné, et le regard mauvais qu'il lui avait lancé… C'était sa première journée de travail, une des religieuses, elle ne se souvenait même plus laquelle, lui faisait visiter les installations et lui expliquait les divers modes de fonctionnement ainsi que les règlements. Joséphine la suivait silencieusement, les yeux grands ouverts, le cœur battant, étudiant chaque visage enfantin, éliminant ceux manifestement trop jeunes ou trop vieux, à la recherche d'une petite tête rousse. P't-être lui ?… Non, la couleur des cheveux… Ou lui ? Il avait son nez… Heureusement, la sœur n'avait rien remarqué de son trouble. C'était un véritable moulin à paroles et elle inondait Joséphine de détails et de recommandations. La nouvelle employée essayait de se concentrer sur ce que la religieuse lui disait :

— Ah, je dois vous dire, mademoiselle Mailloux, qu'on est ben contentes que notre mère supérieure ait décidé de vous engager. C'est pas qu'on n'aime pas nous occuper de tous ces pauvres orphelins, vraiment, j'veux pas me plaindre là, mais y a tellement de travail ! C'est un réel soulagement que de vous savoir ici… Mais, si vous voulez pas vous faire manger la laine sur le dos, ben, suivez mon conseil pis ayez la poigne ferme… Sinon… D'ailleurs, je vous mets en garde, surtout à propos de cet enfant-là. Celui-là, assis dans le coin là-bas, le poil de carotte… C'est une mauvaise tête! Rien à faire avec… C'est le mouton noir. Que voulez-vous, il y en a toujours un, même dans les meilleures familles. Méfiez-vous de lui, y fait rien que des mauvais coups…

— Y semble pourtant ben tranquille… fit remarquer Joséphine, le cœur en chamade à la vue du petit garçon aux cheveux roux.

— «Méfiez-vous de l'eau qui dort…»

— Oui, oui ben sûr, mais quand même…

— Si vous saviez tout ce qu'il nous a fait subir! C'est une pomme pourrie dans le panier. Tenez-vous en loin, c'est mieux pour vous.

— Allons, ma sœur, dit Joséphine, tremblante, vous êtes ben dure.

— Oh oui, je sais, mais son cas est spécial… Ce François, eh ben, on l'a trouvé sur le pas de notre porte… Y avait à peine quelques heures… Y avait même pas été lavé… imaginez! Allez donc savoir d'où cet enfant peut ben venir! Certainement pas d'une bonne terre, n'est-ce pas? Pis, regardez-le! Y passe ses journées à donner des coups de pied dans le vide… ou à tout ce qui bouge d'ailleurs. Y a pas un autre enfant qui ose l'approcher pis pourtant, y vient d'avoir trois ans au mois d'avril, imaginez. En plus, il mord! Y a déjà mordu sœur Joseph-de-L'Eucharistie jusqu'au sang… D'ailleurs, reprit la volubile religieuse avec le ton d'une conspiratrice, entre vous pis moi… eh ben… hésita-t-elle, eh ben moi, j'ai pour idée que c'est le diable en personne qui est en arrière de tout ça, souffla-t-elle d'une traite en se signant précipitamment. Enfin, vous verrez ben vous-même, conclut-elle, en se désintéressant subitement du diabolique enfant pour reporter son attention sur la jeune fille. Bon, mademoiselle Mailloux je crois que… Mais vous avez l'air toute bouleversée! C'est à cause de ce que je vous ai dit? Ah moi pis ma grande trappe aussi! Notre bonne mère me le reproche souvent. Allez, vous en faites pas. Occupez-vous-en pas pis tout va ben aller. Les autres enfants sont ben gentils, pis eux, nous connaissons tous, au moins, leurs origines… dit la nonne en plissant le nez de mépris en direction de l'enfant détesté. Tenez ! Ces deux petits jumeaux, reprit-elle. Eh ben, leur mère est morte en laissant quatorze enfants… Imaginez… Les plus vieux ont été recueillis par la parenté, mais les petits derniers nous ont été confiés. Nous les destinons à la vocation, soyez très vigilante, aucun retard à la chapelle, n'est-ce pas… Notre mère supérieure a le supporterait pas ! En plus, y est ben important qu'ils gardent le silence au réfectoire. Bon, je pense que j'ai rien oublié… Si vous avez pas de questions, je m'en va vous laisser… Ah, j'ai déjà pris du retard dans mon horaire… oh, là… Que je suis bavarde, que je suis bavarde ! Je devrai encore faire pénitence…

Et tout en continuant à marmonner, la religieuse avait quitté la pièce, sans même s'être rendu compte que Joséphine n'avait pas écouté un traître mot de ce qu'elle venait de dire, toute son attention étant portée sur le petit François… François, son fils, aucun doute… Elle le savait, le sentait, le ressentait… Son fils, elle avait retrouvé son fils ! « Merci mon Dieu, merci, merci ! » Elle avait tant prié pour qu'il n'ait pas été adopté. « Merci mon Dieu ! Merci ! » Oh ! elle savait qu'il était très rare qu'un bébé soit choisi par une famille. Qui voudrait s'embarrasser d'une bouche supplémentaire à nourrir, à moins d'y être obligé ? Des enfants plus vieux, d'accord ; les garçons sont aidants sur une ferme, et les filles utiles dans une maison, mais un bébé, abandonné par surcroît, il était presque certain qu'il serait encore à l'orphelinat. Joséphine avait eu beau retourner tous ces arguments dans sa tête, elle ne pouvait prendre aucune chance et elle avait prié, prié pour que son fils l'attende et soit là lorsqu'elle le retrouverait…. Et ce jour était arrivé et son vœu exaucé. « Ah merci mon Dieu, merci ! » C'était presque trop beau. « J'dois pas pleurer non, j'dois pas… » s'était exhortée Joséphine complètement sous le choc de ces retrouvailles. Elle avait eu beau s'y préparer, elle ne savait plus comment réagir… Elle hésitait entre un besoin de s'enfuir et une irrésistible envie de courir jusqu'au petit garçon, de le prendre dans ses bras, de l'étouffer de pleurs, de joies, de rires, de regrets… «Oh oui, des regrets» se disait-elle en voyant son enfant si malheureux, se remémorant les paroles hargneuses de la religieuse. «Mon bébé, que c'est qu'y t'ont fait? Que c'est que j't'ai fait?» s'était dit Joséphine en s'approchant doucement du garçonnet. À ce moment, François, subitement conscient qu'une inconnue le dévisageait en silence, lui avait foudroyé le cœur en lui plantant un dur et méchant regard droit dans les yeux. «Non, non mon bébé, avait-elle plaidé silencieusement à l'aide d'un timide sourire. Tu sens pas que chus ta maman? J'ai pas le droit de te le dire à haute voix, mais tu m'entends pas avec ton âme, ton sang? C'est moé ta maman! Souris-moé en retour… J't'en supplie, mon bébé…»

Timidement, Joséphine avait salué l'enfant.

— Bonjour… avait-elle réussi à articuler, étouffant sous un faux air avenant toute la détresse de ne pouvoir dévoiler la vérité.

— J'te connais pas, toé! avait répondu sèchement le petit garçon.

Joséphine s'était accroupie devant lui.

— J'm'appelle Joséphine… C'est moé… euh, qui va travailler icitte.

François l'avait toisée un long moment avant de déclarer le plus sérieusement du monde:

— T'es grosse!

Ahurie, Joséphine s'était relevée. Puis, comme lorsque son amour avait éclos dans toute sa splendeur pour Patrick O'Connor, la jeune femme était partie d'un immense éclat de rire. Et comme son père avant, François en avait été estomaqué. Lui non plus n'avait jamais entendu rien de comparable. La grosse madame ne s'était pas fâchée, au contraire, elle riait et dans ce son résonnait une telle tendresse que François en avait eu peur. Ce n'était pas normal… Il devait y avoir une attrape quelque part. Valait mieux prendre les devants et contrôler la situation. Alors, François lui avait envoyé un de ses fameux coups de pied dans les tibias en lui criant:

— T'es grosse, pis t'es pas belle!

Et il s'était enfui en courant, loin de la nouvelle employée qui se frottait la jambe en gémissant de douleur, son rire éteint abruptement.

Songeuse, Joséphine avait regardé l'enfant aller se terrer dans un autre coin de la salle. «Hum, ça prendra le temps qu'y faudra, mais j'va l'apprivoiser. Y a rien de plus fort que l'amour d'une mère… Tu l'apprendras malgré toé, mon beau p'tit François, tu verras!»

~ ~ ~

C'est ainsi que jour après jour, patiemment, Joséphine avait amadoué son fils, à coup de sourires et de douceurs, sans jamais se fâcher ou perdre son calme, malgré les centaines de bonnes raisons qu'il lui donnait de le faire. Au début, il l'avait poussée à la limite, lui faisant des grimaces, harcelant les autres orphelins, s'obstinant à lui désobéir. Un midi, il lui avait même craché au visage! Elle rétorquait simplement:

— C'est pas ben de faire ça, chus certaine que t'es désolé pis que tu recommenceras pus, hein mon p'tit poussin? T'es un gentil garçon, toé… Pis Joséphine t'aime beaucoup, beaucoup!

Cette dernière phrase, elle la lui répétait sans cesse, sans jamais essayer de le prendre dans ses bras… Et tous les soirs, lorsque enfin elle pouvait se reposer les jambes, enflées un peu à cette heure-là, dans la chaise berçante, elle invitait le petit François à venir la retrouver.

— Tu viens t'faire bercer à soir, mon p'tit poussin? Non? Alors p't-être ben demain…

Et tous les jours, elle réitérait sa demande, sans jamais insister. Elle attendait qu'il vienne de lui-même.

— Est-ce que tu viens t'asseoir sur moé aujourd'hui, François ? Non, alors p't-être ben demain.

Et une bonne fois, il y avait eu un demain. Joséphine venait encore une fois de poser son éternelle question et s'attendait à l'habituelle indifférence en retour quand soudain, comme s'il avait fait cela toute sa vie, François s'en était venu d'un pas décidé et, tel un conquérant, s'était installé carrément sur ses genoux, la tête haute, défiant quiconque de venir le détrôner. Elle avait réussi ! Lentement, pour ne pas l'effaroucher, comme si c'était la chose la plus naturelle au monde, quand au fond d'elle-même, elle criait au miracle, elle avait passé tendrement les bras autour de l'enfant pour le caler confortablement contre elle. Quel effort elle avait dû déployer pour ne pas se mettre à l'embrasser tout en lui chuchotant des mots d'amour ! Ce soir-là, elle avait instauré l'heure du conte. C'était tout ce qui lui était venu à l'esprit afin de retenir son fils le plus longtemps possible sur elle et ainsi ne pas négliger les autres enfants dont elle avait la charge. Elle ne pouvait le bercer tranquillement, en lui fredonnant des berceuses et rattraper ainsi le temps perdu. Les autres enfants auraient été jaloux et se seraient sentis délaissés. En plus, les sœurs n'appréciaient pas beaucoup ces moments de tendresse. Pour elles, c'était une perte de temps. Enfin, jusqu'ici les religieuses l'avaient laissée faire. Il faut dire que le silence qui régnait lors de son activité était accueilli avec soulagement par celles-ci.

— Qui veut que j'raconte une belle histoire ? avait-elle offert joyeusement.

Un ou deux enfants, elle ne se souvenait plus desquels, s'étaient approchés.

— Il était une fois… avait-elle commencé en se raclant la gorge.

Elle avait cherché les mots dans sa tête, dans sa mémoire, essayant de retracer des bribes d'histoires entendues ici et là, puis ceux-ci, petit à petit, avaient coulé doucement, s'enchaînant, se collant les uns aux autres en une histoire charmante et palpitante où des canots de la chasse-galerie survolaient d'immenses châteaux dans lesquels de belles princesses aimaient un peu trop danser... Elle avait découvert qu'elle avait un réel talent de conteuse. Elle captivait les enfants, les ravissait par un original mélange de contes de fées, dont une maîtresse d'école lui avait déjà montré les images dans un grand livre précieux hérité des vieux pays, et de légendes indiennes racontées par sa grand-mère. François adorait ces instants privilégiés. Il ne vivait plus que pour l'heure où enfin sa Fifine, comme il l'appelait désormais, se décidait à arrêter sa besogne pour s'asseoir dans la chaise à bascule afin de raconter une histoire. Il avait toujours gardé le privilège d'être le seul à s'y faire bercer, et profitait pleinement de ce droit acquis, se pelotonnant comme un chaton dans un couffin.

Si les religieuses avaient pris la peine de s'intéresser, d'un peu plus près, à leurs pensionnaires, elles auraient été stupéfaites de voir le changement survenu chez le jeune garçon. Finies les fameuses colères survenant à la moindre frustration, fini le vandalisme sur les murs, les bouderies pendant des heures. Oh, il survenait encore de petits incidents avec les autres enfants, surtout quand ceux-ci le traitaient de chouchou à Joséphine mais, dans l'ensemble, plus personne n'aurait pu le traiter d'émule du diable. Grâce à l'amour inconditionnel de Joséphine, François avait ouvert son cœur au monde. Il était capable, maintenant, de mettre ses petits bras autour du cou de Joséphine et de la faire rire en lui donnant le plus gros bec mouillé du monde ! Il pouvait croire qu'à l'avenir il pouvait être fin et gentil, lui aussi. Il commençait à rechercher des compagnons pour partager ses jeux et y trouvait du plaisir. Il ressentait le remords de s'être mal comporté et savait maintenant s'excuser et demander pardon. Tel Pinocchio, il avait été transformé en un vrai petit garçon par une bonne fée.

— Joséphine est dans la lune ! Joséphine est dans la lune ! se moquèrent les enfants en sortant la jeune femme de ses pensées.

Oui, depuis un an, elle était follement, merveilleusement heureuse ! Son fils l'aimait et même si elle ne pouvait se faire appeler maman, elle pouvait enfin agir comme telle, et en prime être celle de toute une ribambelle d'enfants ! Que demander de plus ?

— Bon, si j'comprends ben, tout le monde est prêt pour l'histoire ?

— OUI, OUI ! crièrent en chœur les enfants.

— Aujourd'hui, Joséphine va vous raconter l'histoire d'un chevalier... Hum, comment qu'on pourrait ben l'appeler, ce chevalier...

— François, François !

— Ah ben non, mon poussin... On a déjà choisi ton nom hier. Y me semble que ce serait plus juste de lui en donner un autre.

— S'il te plaît, Fifine, j'veux qu'y s'appelle encore comme moé !

— Mais...

— Dis oui, Fifine ! Je... j'passerai cent fois mon tour après ! s'exclama François, certain d'avoir trouvé là un argument de taille.

— Bon, d'accord, céda Joséphine en riant de l'exagération enfantine.

— Chouchou ! s'offusquèrent les enfants.

— Mais ça va être la dernière fois pour un bon boutte de temps, l'avertit-elle. Bon, j'commence. Il était une fois, un chevalier qui s'appelait... François. T'es content, là ?

— Oh oui ! fit-il en la remerciant d'un gros bisou sur la joue.

— Donc, le chevalier François, y habitait dans un beau gros château, avec un roi et une princesse. Un beau château qu'on avait construit avec les plus belles pierres rondes du monde. Pis le château, y avait une grande tour de chaque côté. Le chevalier, y devait se battre contre un esprit méchant qui se cachait sous la peau d'un gros loup noir qui venait tout le temps voler la nourriture du château. Un jour, le gros loup noir décida d'enlever la princesse pis de l'emmener sur l'étoile des loups pour la marier. Mais le chevalier François l'avait vu rôder près du château pis y avait reconnu les oreilles en forme de cornes de l'esprit-loup, ça fait qu'y avait décidé de le chasser. Alors, le chevalier François prit son courage à deux mains, pis y a mis sur son dos son armure. Parce que, comme tous les chevaliers, y avait une armure. Mais l'armure du chevalier François, a l'était pas comme les autres… a l'était magique !

— Oh ! réagirent les enfants subjugués par le récit.

— Oui, oui, magique ! renchérit la conteuse. À cause que, quand le chevalier la portait, rien pouvait le toucher. Le feu le brûlait pas, l'eau le mouillait pas. S'il recevait un coup de hache, ben c'est la hache qui cassait !

Joséphine laissa planer un court silence avant de reprendre :

—Y avait juste une place où l'armure, a l'était pas magique… pis a pouvait pas le protéger. J'gage que vous savez pas où ? Non ? Et ben c'était où les yeux.

— Les yeux ? s'étonna le jeune auditoire.

— Mais oui, les yeux ! Voyons, vous êtes ben durs de comprenure ! Eh que vous connaissez rien dans le ventre du bedeau ! C'est parce que si l'armure avait caché les yeux du chevalier François, y aurait pus rien vu ! Pis, un chevalier qui voit rien pantoute, ben, qu'y soit très fort ou pas, c'est pas bon à grand-chose !

— Mademoiselle Mailloux ? l'interrompit la mère supérieure, en faisant subitement irruption dans la salle.

Joséphine se releva prestement et repoussa François loin d'elle. Elle se sentait toujours nerveuse en présence de la religieuse. Elle craignait toujours que quelqu'un découvre la supercherie, qu'on la condamne et la montre du doigt en public… Sa vie serait finie, elle devrait s'enfuir ou… Elle alla au-devant de celle qui l'employait. Qu'est-ce qui se passait ? Cela l'intriguait et l'inquiétait en même temps.

— Oui, ma mère ? demanda poliment Joséphine.

— Faites aligner les enfants, en silence et en ordre, ordonna la religieuse.

— Faire aligner les enfants ? s'étonna la jeune fille. Mais pourquoi ?

— Ce n'est pas le temps de discuter, mademoiselle Mailloux, répliqua la religieuse sèchement.

Puis, claquant dans ses mains :

— Allons, dépêchons, dépêchons ! Les filles d'un côté, les garçons de l'autre. J'espère que ces petits ont les ongles et le visage propres, mademoiselle Mailloux ?

— Euh, oui ma mère.

Joséphine s'empressa de mettre les enfants en rang, rectifiant une tenue ici et là, passant un doigt mouillé de salive sur une joue tachée, lissant une mèche rebelle. Ce devait être une visite importante, peut-être celle de l'évêque ? Mais non, c'était impossible.

— Mais dépêchez-vous, voyons ! s'impatienta la mère supérieure. Monsieur et madame Rousseau sont pressés… Bon, allez, ça suffit. Que l'on fasse le silence, exigea-t-elle.

Une fillette se mit à pleurnicher. La religieuse lui lança un regard mauvais. Joséphine se hâta et prit place derrière la petite fille, la réconfortant par une douce pression sur l'épaule. Les garçons, en face, réussirent tant bien que mal à se tenir en ligne droite, les plus vieux fanfaronnant et jouant du coude en se demandant qui étaient ces Rousseaux.

— Pour la dernière fois, je veux le silence, gronda la directrice de l'orphelinat.

Tous les enfants, en rang d'oignons, obéirent et cette fois se tinrent silencieux. Puis, tous les regards convergèrent vers l'homme et la femme que la religieuse invitait poliment à entrer dans la pièce. Joséphine examina le couple. À leur allure, ils ne devaient pas être bien, bien riches, des colons sûrement. Le pantalon de laine foulée de l'homme et la robe sans dentelles de la femme en témoignaient. Assez âgés aussi, bien que... enfin, ils avaient certainement une dizaine d'années de plus qu'elle. Le monsieur, plutôt petit, les cheveux bruns frisés, semblait très mal à l'aise et ne cessait de tripoter une blague à tabac, qui pendait mollement, accrochée à l'une de ses bretelles de pantalon. Tantôt il l'enfouissait dans sa poche, pour la ressortir à peine deux secondes plus tard, comme s'il résistait à une terrible envie de fumer à laquelle il passait proche, à tout moment, de succomber. C'était un homme à l'allure ordinaire mais qui avait un visage honnête et sympathique. Son épouse, au contraire, était flamboyante. Très belle, une magnifique chevelure rousse la couronnant, la femme d'une trentaine d'années époustouflait par son allure royale. Cependant, Joséphine détesta d'emblée madame Rousseau. Elle était étrange, manquant de naturel. Toute habillée de noir, elle ressemblait à une de ces corneilles qui, du haut d'un poteau de clôture, vous regardent et dont Joséphine s'était toujours demandé s'il ne s'agissait pas là d'un autre déguisement du diable... Joséphine ne put réprimer un frisson de répulsion envers cette femme. La façon qu'elle avait de passer devant les enfants, leur prenant le visage, l'un après l'autre, le scrutant, comme si elle cherchait à reconnaître quelqu'un.

Mais, que voulait dire tout ce manège ? s'interrogeait Joséphine. Il ne pouvait y avoir qu'une explication : ce couple, ces Rousseau, venait adopter un enfant. Et comme ils se désintéressaient complètement des filles, il était évident que seul un garçon les intéressait. Son cœur se serra d'appréhension. C'était la première fois depuis son engagement qu'un tel événement se produisait... Oh, il y avait eu des plus grands qui étaient partis au noviciat, pris en charge par les écoles des frères ou par les trappistes, mais que la mère supérieure fasse montrer les enfants, c'était une première. Elle eut la confirmation de ses doutes lorsque l'homme du couple s'adressa à la religieuse :

— C'est ma femme qui va décider quel p'tit gars on va prendre, si ça vous dérange pas…

— Mais non voyons, mon cher monsieur Rousseau. Que votre dame prenne tout son temps.

« Oh, non, c'est ben ça ! Y veulent adopter un garçon. Joséphine, reste calme… Allons, sur tout le lot, y faudrait être malchanceux pour que ça tombe sur François. » Silencieusement, elle alla se placer derrière son fils, et le tint par les épaules, comme pour marquer sa possession. Pendant toute cette année écoulée, elle s'était cachée la tête dans le sable, elle s'en rendait compte maintenant. Elle enfouissait toujours plus creux ces sempiternelles questions sur ce qui se passerait plus tard si… Oh non, elle ne pouvait l'imaginer, c'était trop dur… Et elle s'était coulée confortablement dans la sécurité du jour présent.

— Vous comprenez, ma mère, reprit l'homme. J'viens de m'acheter une bonne terre, pis j'va avoir besoin de bras… Ça fait que ça m'prend un bon p'tit gars robuste pis franc, aussi, j'veux pas avoir de problèmes, moé.

« Y vont certainement opter pour le gros Joseph… Y est bâti comme un cheval pis y a presque huit ans… Allez, choisissez Joseph… C'est lui qu'y vous faut… Sainte Mère de Dieu… faites qu'y prennent Joseph ! »

— J'voudrais qu'y soit en bonne santé, c'est ben important… reprit l'homme tandis que sa femme continuait de passer en revue, scrupuleusement, l'un après l'autre, chaque orphelin de la rangée des garçons.

« Faites qu'y choisissent Joseph » ne cessait de prier Joséphine.

Mais la femme avait passé tout droit devant lui et s'y était même moins attardée qu'aux précédents. Oh, elle approchait inexorablement de François. Peut-être n'en trouverait-elle aucun à son goût, tout simplement. «Sainte Mère de Dieu, faites qu'y en trouvent pas...» Tout à coup, arrivée devant François, qui se dandinait d'un pied à l'autre, en ayant hâte de retourner à l'histoire du chevalier, la femme se figea. Joséphine resserra son étreinte. «Va-t-en, va-t-en! Reste pas plantée devant mon fils, tu m'entends, c'est mon fils... Oh! Jésus, Marie...»

Mais la femme ne se rendait pas compte de la muette supplique de la servante, toute son attention étant portée sur ce petit visage boudeur qui avait quelque chose de familier.

— Celui-là est ben beau... murmura-t-elle.

Son mari s'approcha à son tour et jeta un coup d'œil à l'intéressé.

— Oui, reprit la femme en s'agenouillant devant François. Y m'rappelle mon p'tit Xavier. Que c'est que t'en penses, mon mari?

— Ben, c'est toé qui décides comme de raison, mais y me semble un peu chicot...

— Oh, non, non, n'ayez crainte, intervint la mère supérieure.

Jamais elle n'aurait souhaité que les Rousseau remarquent ce François, cette plaie, mais elle ferait tout pour les encourager et ainsi assainir l'orphelinat.

— Cet enfant, s'empressa-t-elle de continuer, après s'être avancée près du couple, est fort comme un roc! Il n'a jamais été malade, il est d'une excellente constitution! les rassura-t-elle.

— C'est un vrai p'tit homme, déjà... dit la femme Rousseau en caressant délicatement les cheveux roux de François qui se détourna de ce geste.

— Comment y s'appelle? questionna le mari.

— François, répondit la sœur, et il a quatre ans. Je ne peux que vous le recommander, mon cher monsieur Rousseau, en plus votre dame semble l'aimer.

— Viens voir ta nouvelle maman… susurra la femme en jetant les bras autour de l'enfant.

Mais François refusa ce contact et voulut le fuir en cherchant protection auprès de Joséphine.

Joséphine le prit vivement dans ses bras et eut l'impulsion de partir à courir, loin, très loin, emmenant son fils avec elle. Elle pourrait s'embarquer sur un bateau, atteindre l'Irlande et rechercher le père naturel de François… ou se cacher avec lui dans la forêt et vivre à la manière de ses ancêtres ou…

— Mademoiselle Mailloux, posez immédiatement ce garçon par terre !

Le commandement claqua comme un coup de fouet, ramenant le silence et l'ordre dans la pièce. Les yeux de la mère supérieure brillaient de colère.

Ce fut l'homme qui prit la situation en main.

— Non, non, laissez faire, ma mère. De toute façon, on doit partir. Viens Rose-Élise, dit-il en aidant sa femme à se relever. Tu l'sais que tu relèves de maladie, c'est pas raisonnable de t'fatiguer longtemps comme ça, pis on a un grand voyage demain.

— Mais, j'veux cet enfant… c'est celui-là que j'préfère. Y est roux lui aussi !

— Oui, oui… chus ben d'accord pour ce garçon. Bon, j'sais pas si y a des affaires à régler ou à payer… demanda-t-il en s'adressant à la religieuse.

— Allons dans mon bureau, répondit-elle, heureuse du choix.

— On va venir le chercher ben de bonne heure demain. On prend le train à sept heures. Viens Rose-Élise, j'ai plein de détails à régler encore… Allons, viens, insista-t-il.

— Suivez-moi, ça ne sera pas très long, juste quelques formalités et j'vous raccompagne, mon cher monsieur Rousseau, offrit la religieuse.

— Merci pour toute, ma mère. Viens Rose-Élise, s'impatienta-t-il.

— On va être heureux ensemble, mon Xavier, tu vas voir, souffla la femme à l'enfant avant de suivre son mari et la religieuse hors de la salle.

Joséphine était déchirée et restait là, debout, son fils dans les bras, complètement estomaquée. «Non, c'est pas vrai, c'est pas vrai! se répétait-elle. C'est un mauvais rêve… Non…»

— Fifine, c'est qui la madame? C'est-y ma maman?

Mais François s'interrompit brusquement en voyant les larmes jaillir des yeux de Joséphine.

— Tu pleures?

Les autres enfants les entouraient maintenant et tous se tenaient cois devant la peine évidente de leur protectrice. Ils étaient désemparés, ils ne l'avaient jamais vue pleurer et en plus personne ne comprenait pourquoi. Parce que François se faisait adopter? Mais c'était le rêve de tous ici! François se tortilla et descendit par terre. Attrapant le bord de la jupe de Joséphine, il la tira vers la chaise berçante, quittée un peu plus tôt.

— Viens Fifine, viens finir de conter l'histoire du chevalier. J'me souviens où t'étais rendue.

Atterrée, Joséphine se laissa entraîner, puis pousser dans la chaise. François regrimpa sur ses genoux, tandis que les autres enfants reprenaient également leur place par terre.

Doucement, François essuya maladroitement les larmes coulant sur le visage défait de Joséphine et de sa petite voix, il la consola:

— Fifine, pleure pas, moé j'veux pas qu'a soit ma maman. Pleure pus… Moé, j'veux que ce soit toé, ma maman…

Elle baissa les yeux sur son enfant…

Son fils, son fils était adopté, ils viendraient le lui prendre demain matin et elle ne pouvait rien faire pour les en empêcher, rien. Elle ne le reverrait jamais plus, oh Seigneur, non ! Lentement, elle regarda autour d'elle et comprit l'image pitoyable qu'elle offrait en remarquant l'état d'inquiétude dans lequel ses petits poussins étaient. Elle devait se reprendre… « Seigneur Dieu tout puissant, donnez-moi la force d'accepter cette nouvelle épreuve. Aidez-moi à trouver les bons mots à dire à François. Pardonnez-moi d'avoir été égoïste pis d'avoir voulu le garder pour moi, enfermé, dans cet orphelinat… Oui, je l'aime assez pour le laisser partir, oui, comme dans l'histoire de Salomon… »

— T'en fais pas, François, parvint-elle à répondre avec un sourire vacillant. Joséphine pleure presque pus maintenant… C'est juste qu'a l'est ben contente pour toé, parce que tu vas avoir enfin une famille… Un papa, une… maman.

Joséphine ravala un sanglot. Que ça faisait mal, on lui arrachait le cœur, les entrailles, une deuxième fois. Être éventrée vivante eut été moins souffrant.

— On va faire une prière au p'tit Jésus, tous ensemble, pis on va y demander que François, y soit ben heureux dans sa nouvelle vie…

~ ~ ~

Pauvre François, il ne comprenait rien à ce qui lui arrivait ! Et c'est à contrecœur et apeuré qu'il suivait, malgré lui, ses nouveaux parents. Les Rousseau, originaires de La Malbaie, avaient tout vendu pour acquérir, trois ans auparavant, cinq lots sur la Pointe-Taillon, une presqu'île du lac Saint-Jean. La Pointe, comme on la désignait communément, était un endroit de colonisation très recherché. On y venait des États-Unis et même de l'autre continent pour y faire son avenir. Les dépliants vantaient la beauté exceptionnelle du site, la richesse de sa terre gorgée d'alluvions, l'abondance de sa faune et de sa flore, une réussite certaine, y promettait-on ! Longtemps avant que les bottes des colons n'y sillonnent profondément le sol, les légers mocassins des Indiens, eux, y avaient dansé, remerciant les esprits pour cette merveilleuse création. Ces Montagnais, doux peuple nomade, en avaient fait le point de rencontre idéal pour leurs différents clans. Leurs cheveux noirs libres de toutes plumes flottant dans le vent, ils vivaient simplement. Mais c'était avant que leurs pas de danse ne tournent en rond dans leur réserve de Pointe-Bleue, avant que tout ne soit compliqué et qu'ils ne sachent plus comment exister... Le petit François, lui, ignorait tout de l'histoire des Indiens, du lac Saint-Jean et de sa Pointe-Taillon et, ce jour-là, tandis que ces deux étrangers lui intimaient de se calmer et de marcher plus vite, peu lui importait de l'apprendre. Tout ce qu'il voulait, c'était retourner là-bas et retrouver Joséphine. Il lui avait promis de faire ça comme un grand, de ne pas pleurer et de ne pas donner de coups de pied, mais il n'aimait pas cette madame, elle serrait trop fort son poignet et ça lui faisait mal ! Il avait pourtant essayé de la repousser de toutes ses forces, mais elle ne cessait de vouloir l'attirer contre elle. Sa Fifine lui avait expliqué que maintenant, il avait un papa et une maman, et qu'il devait être gentil, parce qu'il était chanceux qu'ils aient voulu de lui, mais elle ne sentait pas bon sa nouvelle maman, ça lui levait le cœur !

— Non, j'veux Fifine !

Mais son corps entier avait beau crier, se révolter, rien n'y faisait, les griffes de la bête étaient solides. Il ne pouvait pas s'enfuir. Tout était si étrange ! C'était la première fois qu'il quittait la sécurité de l'orphelinat. Il y avait plein de bruits qu'il ne connaissait pas et les Rousseau couraient presque maintenant, par crainte de rater leur train. François se mit à pleurer et essaya encore une fois de dégager son bras. La femme le tira violemment par en avant.

— C'est pas le temps de niaiser à matin, j'ai mal à tête, tiens-toé tranquille un peu !

Alors François oublia toutes ses belles promesses et avec un grand élan de la jambe, il flanqua le plus grand coup de pied de sa vie ! V'lan, en plein tibia de la femme ! Rose-Élise Rousseau hurla de douleur et lâcha la main de l'enfant pour se frotter la jambe sur laquelle elle sentait déjà une bosse poindre. Le mari, qui marchait en avant, se retourna brusquement. François réalisa qu'il était libéré de la poigne de la femme. Il eut le temps d'enregistrer que l'homme déposait les bagages qu'il transportait pour revenir vers lui, le reprendre, l'emprisonner, non !

— Non ! cria-t-il avant de prendre ses jambes à son cou et de courir le plus vite possible.

— Baptême de baptême ! s'exclama Ernest Rousseau avant de partir à la poursuite de son fils adoptif.

L'homme ne fut pas long à rattraper le petit fuyard. Il l'attrapa par le collet et le retourna vers lui. François était déchaîné et se mit à frapper l'homme de toute la puissance de ses poings et de ses pieds.

— Ça suffit ! lui commanda Ernest d'une voix tonitruante.

François n'avait jamais eu affaire à un homme encore, son monde était celui de religieuses et de servantes. La voix grave et forte de son père adoptif lui fit le plus grand effet. Instinctivement, il sentit l'autorité de l'homme et sut qu'il devait s'y soumettre. Il se calma immédiatement.

— Bon, écoute-moé ben, mon p'tit bonhomme. J'le sais que c'est pas facile, tu nous connais pas encore. Mais tu vas voir, on va être une bonne famille pour toé, si t'es un bon fils pour nous, comme de raison. Maintenant, t'es François Rousseau, pis, y a pus rien qui peut changer ça. C'est moé ton père astheure pis c'est moé qui décide, pis toé, tu obéis. T'as ben compris ça ? Bon, ben viens-t-en sinon on va finir par le rater, ce baptême de train !

François acquiesça et accepta de suivre docilement son père adoptif. Les Rousseau accueillirent avec soulagement ce changement d'attitude. Rose-Élise avait mal à la tête de ces cris perçants et Ernest remettait en question leur choix. Mais, enfin, ils approchaient de la gare et le petit s'était finalement calmé, sûrement que le reste du voyage se passerait mieux. Ernest se détourna vers son fils et lui fit un sourire rassurant, mais celui-ci avait le regard comme éteint et n'eut aucune réaction en retour. Jamais Ernest n'avait vu un enfant dans cet état, mais, pensa-t-il, comme tous les petits garçons, celui-ci ne résisterait certainement pas au plaisir de découvrir l'énorme locomotive noire qui soufflait d'impatience de partir. Cependant, même la nouveauté du long voyage en train qui reliait Chicoutimi à Roberval ne dérida pas l'enfant. Ils allèrent souper et dormir dans une auberge de la ville. Là aussi, le mutisme du petit garçon en dérouta plusieurs, mais on mit cela sur le compte de la fatigue.

Ce n'est que le lendemain, rendu au quai de Roberval pour s'embarquer sur le bateau qui les mènerait de l'autre côté du lac, que François cessa d'être apathique. Jamais il n'aurait soupçonné que quelque chose d'aussi merveilleux puisse exister. Ce lac était immense, à perte de vue. Il s'en dégageait une légère brise qui vous chatouillait le visage et vous donnait envie de rire. Une odeur inconnue, mais en même temps familière vous engourdissait l'esprit de bien-être. Ce lac vous clapotait une berceuse que vous n'aviez jamais entendue auparavant, mais que vous connaissiez par cœur. Ce lac était le ventre de la mère retrouvée, le sang du père aimé. Ernest, près de lui, sentit cette subtile métamorphose. Encouragé, ne voulant surtout pas que l'enfant ne se referme de nouveau sur lui-même, inquiet d'avoir été trop dur la veille, le père adoptif se mit à lui expliquer, en long et en large, le reste du voyage avec le plus de gentillesse et de douceur possible. Bientôt « le Nord » les prendrait à son bord. Après une longue traversée, le vapeur accosterait sur la rive d'en face, au village de Péribonka. Puis un deuxième bateau, plus petit, leur ferait traverser la rivière et… Mais François ne l'écoutait pas. Il était occupé à autre chose. Debout, sur le bout du grand quai, face à cette immensité bleue, François se réconciliait avec sa vie qui avait si mal débuté.

~ ~ ~

Le soleil brillait fort en cette chaude journée du mois d'août, mais pas autant que les yeux de François, lorsqu'il foula pour la première fois la terre de son nouveau chez-lui. Depuis l'embarquement, au quai de Roberval, tout n'était qu'émerveillement. Il se gavait de tant de beauté qu'il ne sentait même pas la fatigue l'envahir. Sur le bateau, le vent avait fouetté son visage et il avait adoré cela! Du haut du pont, il essayait de scruter le fond de l'eau et essayait d'apercevoir des poissons. Un des matelots lui avait dit qu'on pouvait en pêcher des longs de même! Il regardait la terre au loin disparaître de sa vue, fermait les yeux quelques secondes, et se concentrait sur le bruit des vagues frappant la coque. C'était fantastique, comme s'il avait toujours appartenu à ce monde marin! Il se sentait léger, détendu tout à coup. La journée d'hier lui semblait si loin… Pourtant, il avait eu tellement de difficulté à s'endormir la veille, il aurait tout donné pour se retrouver à l'orphelinat, dans son petit lit… Il s'était senti si malheureux, les larmes coulant sur cet oreiller inconnu et trop dur. Il avait mal… Il avait peur… Il s'était réveillé en sursaut, perdu dans cette chambre qu'il ne connaissait pas, puis avait fait docilement ce que les Rousseau lui demandaient.

— Xavier, habille-toé pis fais pas de bruit, j'ai encore mal à tête… Xavier, viens te laver le visage… Xavier, mets pas tes mains dans tes poches, c'est pas poli… Xavier, tiens-toé comme il faut… lui ordonnait sa nouvelle mère.

Il haussait les épaules et obéissait, sans rien répliquer, ne comprenant pas pourquoi la femme s'obstinait à l'appeler par ce stupide prénom.

Bouderait-il ainsi longtemps, se demandait le père… Déjà que Rose-Élise s'était encore levée du mauvais pied ce matin… Ah, comme il avait hâte d'être de retour chez lui. Bientôt, ce soir… Voilà si longtemps qu'il rêvait de ce grand jour ! Il avait acheté sa terre, en bon argent sonnant, l'avait défrichée, seul, puis avait construit de ses propres mains, avec le bois coupé, les bâtiments pour les animaux, puis une bonne maison pour installer sa femme qui attendait chez une de ses sœurs qu'il soit prêt à aller la chercher. Il en avait abattu de la besogne, ce n'était pas croyable ! Mais cela valait la peine. En plus, il arrivait avec un fils. Quand Rose-Élise lui avait parlé de cette idée de fou la première fois, il n'avait rien voulu entendre. Mais oui, il aurait besoin de bras, oui, une descendance pour porter son nom… oui pourquoi pas… Cependant, il devait la laisser choisir. Mais, il regrettait. On ne choisit pas un enfant à la couleur de ses cheveux ! Il était évident que sa Rose-Élise manquait de patience et que le petit avait du caractère. Malgré tout, le garçon avait quelque chose de plaisant… Ah, baptême, ce qui était fait était fait. Ça ne donnait jamais rien de revenir en arrière.

— Allons, en route tout le monde, on a encore une grosse journée devant nous.

— Ce voyage est ben long ! se lamentait Rose-Élise.

Ils s'en allaient s'enterrer au bout du monde ! Elle n'aurait jamais dû suivre son mari mais Ernest était inflexible. Elle n'avait pu que lui arracher la concession d'aller chercher un petit gars… un nouveau petit Xavier… Elle avait cru voir une ressemblance avec son fils décédé, mais parfois, celle-ci s'estompait et laissait place à un étranger. Ah, qu'elle avait mal à la tête ! Et en plus, ils avaient dû prendre un deuxième bateau. Cela avait aggravé sa migraine. Mais arriverait-on un jour ? L'après-midi tirait à sa fin quand le deuxième bateau accosta enfin sur le bord de la Pointe. À la demande d'Ernest à un bon voisin, son nouveau cheval gris les attendait, attelé à une petite charrette qui fut vite remplie à pleine capacité par la malle de voyage de Rose-Élise, les bagages à main et toutes les provisions que les Rousseau avaient achetées au magasin général de Roberval avant de s'embarquer. Ils avaient encore à parcourir une bonne distance sur un étroit chemin de terre battue avant d'atteindre la ferme. Ernest offrit à François de l'installer entre un gallon de mélasse et une poche de farine, mais celui-ci refusa catégoriquement, car alors, il n'aurait pu faire rouler les roches du chemin sous ses pieds, ni casser des bouts de branches pour s'en faire des épées imaginaires, ni s'amuser à voler en rond comme ces gros oiseaux, là en haut dans le ciel, des urubus comme son père adoptif venait de le renseigner, non, assis dans la charrette, il n'aurait pas pu se sentir aussi libre, aussi vivant que tout ce qu'il découvrait autour de lui. Surtout que Rose-Élise semblait avoir oublié son existence et n'essayait plus de le ramener constamment à elle ! Son père ouvrait la marche, guidant le cheval par la bride, tandis que Rose-Élise fermait le cortège, le nez sur ses bottines à huit trous, bougonnant à chaque pas. Entre les deux, François accumulait tous ces nouveaux trésors qui s'offraient à lui.

À la moitié environ du parcours, Ernest décréta une halte pour que Rose-Élise puisse se reposer. Elle marchait de plus en plus péniblement, ne prenant même plus la peine de chasser les nuages de mouches noires et les mouches à chevreuil qui les harcelaient. Elle avait chaud, sa longue robe noire pesait si lourd sur ses hanches qu'elle avait l'impression de s'enfoncer dans la terre au lieu d'avancer. Pâle, près de s'évanouir, elle se laissa tomber sur le sol et s'adossa sur le tronc d'un maigre bouleau. Elle dénoua les rubans de son chapeau de voyage, retira celui-ci et s'en servit mollement comme éventail. Ce repos serait le bienvenu. De toute façon, elle était si souffrante qu'un pas de plus et elle s'évanouirait. Ses migraines augmentaient en fréquence et en intensité. Pourquoi devait-elle endurer cela, pourquoi ? Au début, ce n'était qu'un malaise, un élancement qui se pointait derrière les oreilles, enserrant la nuque, puis se dirigeant vaguement vers le front. Ensuite, l'attaque se précisait et toute sa tête enflait, devenant dure comme de la pierre, contenant une pression inimaginable. Alors, le plus minuscule mouvement de son corps, le moindre bruit, la luminosité déclenchaient en elle une souffrance intolérable. Chaque pensée se heurtait au mur du mal dans son crâne, la vie devenait un enfer. L'enfer, qu'elle méritait sûrement. Oui, c'était cela, Satan plongeait sa fourche dans sa tête pour lui donner un avant-goût de ce qui l'attendait… Elle avait été méchante, elle n'aurait pas droit au paradis parce qu'elle avait été une mauvaise mère… Elle avait laissé mourir ses enfants, elle n'avait pu les sauver…

Rose-Élise ferma les yeux, assommée par la douleur. Ernest noua mollement la bride de son cheval autour d'une branche et le laissa brouter ce qu'il pouvait dénicher de comestible. Puis, il entreprit de se préparer une bonne pipée, tandis que François, lui, profitait de l'arrêt pour pousser plus loin son exploration. Il choisit d'escalader le petit rocher qui s'élevait au bord du sentier. Gravissant la roche à quatre pattes, concentré sur sa périlleuse escalade, haletant, ne voulant pas perdre pied, il ne releva la tête qu'au moment de se redresser. Il lança les bras au ciel en signe de victoire et voulut crier son héroïsme, mais ce qu'il vit lui coupa le souffle. Sous ses yeux s'étendait ce qui serait désormais son royaume. De ce point de vue, il pouvait à nouveau admirer le lac qui s'était caché depuis qu'ils s'étaient enfoncés dans la forêt. Il était séparé de l'étendue d'eau par une forte pente sablonneuse recouverte de hautes herbes folles qui se raréfiaient au fur et à mesure de la descente pour faire place en bas à une magnifique et large plage où les vagues s'amusaient à broder une jolie dentelle dorée. François était conquis. Sa nouvelle patrie était si belle, couchée ainsi, son corps aux longues courbes épousant la forme de celui, presque gigantesque, du lac qui l'entourait affectueusement de son long bras. Il n'avait peut-être que quatre ans, pourtant son cœur d'orphelin sentit qu'il avait enfin trouvé son port d'attache. Comme c'était grâce à sa famille adoptive qu'il l'avait découvert, François se promit d'essayer, tel qu'il l'avait juré à sa Fifine, d'être un bon fils pour les Rousseau, pour qu'ils n'aient pas matière à se plaindre de lui. À choisir entre l'orphelinat et l'agrément de cette nature, il n'y avait pas à hésiter, même si cela voulait dire ne plus jamais revoir Joséphine. C'était le prix à payer.

— C'est beau, hein mon gars ?

Ernest avait rejoint François sur le sommet du rocher. Il se tint à ses côtés et silencieusement alluma sa pipe.

Il en pompa plusieurs coups avant d'ajouter :

— Notre maison est par là, à gauche. Regarde, tu peux voir une partie du toit à travers les arbres.

— J'viens tout juste de finir de la bâtir, reprit-il après un long silence. Le boutte de terre que j'ai défrichée pour la culture s'étend en avant d'elle jusqu'à la terre des battures, la meilleure ! dit-il fièrement.

— Vous avez-tu des vrais animaux sur votre ferme, monsieur ?

— C't'affaire, ben oui, voyons ! s'esclaffa Ernest. Une vache pour le lait pis le beurre, une couple de moutons pour la laine, des poules en masse pis deux cochons à engraisser. Moé, c'est une fromagerie que j'va avoir ! J'va en commencer la construction l'été prochain. Tu vas voir, c't'une bonne terre pleine d'avenir, mon garçon... T'es pas ben vieux encore, mais tu vas pouvoir commencer à m'aider. J'va tout te montrer.

À nouveau le silence. Ils ne s'étaient pas regardés. Ils se parlaient côte à côte, face au paysage. L'un à faire sauter un petit caillou entre ses mains, l'autre exhalant de grosses volutes de fumée qui chassaient les moustiques.

Ernest hésita avant de reprendre la parole.

— Euh, tu pourrais p't-être nous appeler papa pis maman, que c'est que t'en penses?

Mais au lieu de répondre, François demanda d'un ton sec:

— Pourquoi qu'a m'appelle toujours Xavier? C'est pas mon nom!

Ernest tint sa pipe entre ses dents et se retourna vers l'enfant. Lentement, il s'assit sur la roche et invita son fils à l'imiter.

Il aimait bien ce garçon. Il était spécial. On ne devait pas le traiter en bébé, mais jouer cartes sur table avec lui. Il reprit une bouffée de sa pipe et profita qu'il expirait une longue fumée bleuâtre pour bien choisir ses mots.

— Tu vois, commença-t-il, ta mère pis moé, avant, on a eu des p'tits enfants, comme toé... Mais... Y ont tous été malades en bas âge, pis le Bon Dieu est venu les chercher les uns après les autres. Notre p'tit dernier, y s'appelait Xavier... C'est le seul qui s'est rendu jusqu'à trois ans. On pensait ben le réchapper celui-là.... Mais le Bon Dieu en a voulu aussi... Rose-Élise a pas eu la vie facile... Des épreuves comme celles-là, ça rend une créature malade... Y faut la comprendre, y faut être patient avec elle. C'est ma femme, pour le meilleur pis pour le pire.

Ernest réalisa qu'il ne s'adressait plus vraiment à l'enfant. Il reprit:

— J'ai tout quitté pour venir m'installer icitte. J'me suis dit que ça lui changerait les idées, qu'y nous fallait un nouveau départ. C'est pour ça qu'on est allé te chercher à l'orphelinat. On peut pas rester sans descendance, c'est pas bon pour un homme. J'ai besoin d'un fils pour m'aider à la fromagerie, pour prendre la relève plus tard, pis assurer nos vieux jours. On travaille fort chez les Rousseau, mais on est toujours récompensé de ses efforts, toujours. Quand tu vas être en âge d'aller à l'école, tu vas y aller. J'veux que mon fils sache lire pis écrire ! On a beau dire, l'instruction c'est important. Hé baptême, y faut que j'arrête de radoter... dit-il d'un air découragé. Pour ce qui est de ton nom, reprit-il, ben, j'ai pensé qu'on pourrait t'appeler François-Xavier. François-Xavier Rousseau... Moé j'trouve que ça fait un beau nom d'homme, pas toé ?

François resta muet.

Ernest lui caressa affectueusement la tête. Il voulut de nouveau tirer sur sa pipe, mais celle-ci s'était éteinte. Il avait trop parlé... « Ernest Rousseau, t'es juste un vieux fou, se dit-il. Cet enfant est ben trop jeunot pour comprendre ces choses-là. T'aurais mieux fait de te taire au lieu de lui mélanger les idées de même. T'as jamais su dire les choses importantes... » Ernest se maudissait ainsi, tout en resserrant sa précieuse pipe dans sa pochette de cuir après l'avoir secouée doucement sur sa cuisse pour la vider. Il se releva, époussetant son pantalon des traces de tabac noirci.

— Bon, c'est assez la paresse. Allez bonhomme, on repart.

Il s'apprêtait à retourner au cheval quand François l'interpella :

— J'veux ben pour mon nouveau nom. François-Xavier Rousseau, ça va être correct.

L'homme et l'enfant se regardèrent droit dans les yeux. Ému, l'aîné scruta l'air important et sérieux que le plus jeune se donnait. Ernest hocha la tête d'étonnement.

— Hé ben baptême, tu sais que t'es vraiment un drôle de p'tit bonhomme, toé ! Tu veux que j'te dise ? Tu vas faire le fiston du siècle !

Il éclata de rire, imité bientôt par François qu'Ernest avait soulevé par les aisselles afin de le faire tournoyer dans les airs. Leur agitation attira l'attention de Rose-Élise. Se redressant, elle mit sa main en visière et observa la scène. Son mari tenait l'adopté à bout de bras et semblait le présenter en offrande au ciel. En équilibre précaire, le petit garçon exultait. Avec elle, l'enfant ne parlait pas, il ne s'était pas jeté dans ses bras, il ne lui souriait pas à elle... Chaque fois qu'elle l'approchait, elle le sentait reculer. Ce n'était pas son Xavier, oh non ! Xavier était mort... les autres aussi... tous, tous morts... Et Ernest qui s'amusait avec celui-là comme si de rien n'était, comme s'il les avait oubliés, comme s'il ne souffrait plus, lui... Ce n'était pas juste... pas juste. Le père cessa les jeux et cala son fils sur ses épaules. Souriant, il s'adressa à son épouse :

— Ç'a l'air d'aller mieux, ma femme. Allons-y, j'ai hâte que tu voies la maison, lui dit-il en déposant l'enfant sur le dessus de la charrette. Plus tard, on retournera acheter du tissu pour faire des rideaux, ajouta-t-il en détachant son cheval. Tu les choisiras à ton goût, comme de raison. Quant à toé, mon bonhomme, j'm'en va te faire un bon lit de bois pas plus tard que cette semaine. Tout le monde est paré ? Bon, allons-y, baptême, qu'on arrive au plus sacrant !

Et, tout en sifflant, Ernest reprit la route. Rose-Élise traînait toujours de la patte derrière le chargement. Après un moment, l'homme s'adressa à sa femme :

— Oh, Rose-Élise, j'voulais t'dire, j'crois que notre François-Xavier, commença-t-il en insistant fortement sur le prénom et en décochant un clin d'œil complice à son fils, oui, ben j'crois qu'il aime ben notre p'tit coin de paradis !

Rose-Élise arrêta sec de marcher et, les mains sur les hanches, rétorqua à son mari :

— Tu parles d'un paradis, persifla-t-elle.

Ernest arrêta l'attelage et se retourna, surpris de la colère de sa femme.

— On pourra pas aller nulle part sans avoir à traverser ce maudit grand lac ou ben la rivière, continua sa femme. Rien que pour aller à messe, y va falloir prendre le bac pour se rendre à Péribonka. Même pas foutu d'avoir une église. C'est pas un p'tit paradis icitte, icitte c'est la misère noire ! J'aurais mieux fait de pas te suivre, ni de prendre cet embarras-là avec nous autres, en plus ! acheva-t-elle en désignant du menton le petit François.

Sidéré, Ernest resta immobile devant cet éclat et la méchanceté des paroles. Son fils descendit prestement du chariot et vint mettre sa main dans la sienne.

Ce geste ne fit que renforcer la haine de Rose-Élise.

— Oh envoye ! s'impatienta-t-elle, en donnant un coup de pied sur une des roues de bois de la charrette, j'ai pas envie de mourir icitte, envoye, avance ! cria-t-elle à son époux.

« Mais quelle mouche l'a piquée ? » se demanda Ernest tout en obéissant. Ça devait être à cause de ses maux de tête. Pourquoi la vie était-elle si compliquée ? Baptême de baptême, pas moyen d'être heureux, juste un petit peu…

Il serra la main de son fils, comme pour lui dire : « T'en fais pas, chus là » et pour se réconforter lui aussi, s'accrocher à un peu de tendresse, pour ne pas se sentir seul, pour ne pas pleurer…

— Viens, mon bonhomme, notre chez-nous nous attend, murmura-t-il.

~ ~ ~

Au fil des mois qui suivirent, François-Xavier s'habitua à son deuxième prénom. Les grandes journées, passées à l'extérieur, avaient chatoyé ses cheveux de reflets encore plus rouges et avaient renforcé sa santé. Comme un petit chiot, il suivait Ernest à la trace. Habitué à l'horaire rigide de l'orphelinat, il se levait aisément à l'aube et accompagnait son père à l'étable. D'ordinaire, il se contentait de balayer l'allée tandis qu'Ernest trayait la vache. Mais, quelquefois, il s'essayait à prendre un pis dans sa main et à en extraire du lait sous l'œil amusé de son père. Le train fini, c'est affamés qu'ils retournaient à la maison dans l'espoir d'un bon déjeuner. Mais, ces dernières semaines, c'était plus souvent qu'autrement Ernest qui le préparait, seul, à son retour, Rose-Élise restant couchée de plus en plus tard le matin. Ses migraines la clouaient au lit. Ce dont ne se plaignait pas François-Xavier. Autant il adorait son père adoptif, autant il détestait sa mère. Les rideaux de la fenêtre de sa chambre fermés, les seuls de la maison qu'elle ait confectionnés en fin de compte, Rose-Élise passait des heures, seule, sans rien faire. Ernest l'avait emmenée voir le docteur, mais celui-ci n'avait rien décelé si ce n'est qu'elle se laissait aller et qu'une femme de son âge devait cesser de faire des caprices et mieux prendre soin de sa maisonnée. Ernest ne savait plus quoi penser. Un jour, elle faisait irruption dans la cuisine, bien coiffée, sa belle robe du dimanche sur le dos, souriante, lui offrant de lui préparer de bonnes patates fricassées ou sa tarte préférée. Un autre, c'était une échevelée qui surgissait dans son éternelle robe noire, sale, un accroc dans le bas de la jupe. D'une humeur massacrante, elle se plaignait de tout et de rien.

— Comment ça se fait qu'y a pus de p'tit bois pour allumer le poêle ? T'es trop fainéant pour t'en occuper, Ernest Rousseau ? C'est toujours moé qui est prise pour tout faire icitte dedans ! se plaignait-elle.

Ou encore :

— On pourrait avoir une plus belle maison, non ? Y me semble que j'mériterais ben un peu de luxe dans ma chienne de vie ! Si t'allais travailler dans les chantiers cet hiver, comme tout le monde, tu pourrais ramener un peu de piastres pour faire changement, mais non, monsieur a décidé qu'il aurait une fromagerie ! Toé pis tes grands rêves de fou ! C'est comme le reste, ça marchera pas ! T'es juste un bon à rien !

Son visage se déformait, elle en crachait. Elle devenait méconnaissable, plus rien à voir avec la jeune fille timide et souriante qu'il avait épousée, fier comme un coq, confiant dans l'avenir… Maintenant, cela commençait à ne plus être vivable. Les premières fois, quand elle était dans ses bons jours, il s'accrochait à l'espoir que tout s'arrangerait et lors de ses crises d'humeur, il essayait de la calmer et de la raisonner. Mais à présent, il ne se faisait plus aucune illusion quant à ses soudaines gentillesses et mettait fin aux récriminations par un tonitruant « Baptême de baptême ! », accompagné d'un violent coup de poing sur la table ou en quittant tout simplement la maison, la laissant chialer dans le vide. Pourtant, il avait fait de son mieux pour prendre soin d'elle et pour la comprendre ! Hélas, ce n'était jamais assez. Elle trouvait toujours quelque chose à critiquer. Pourtant, il ne lui demandait presque plus rien. En plus du roulement de la ferme et de la construction de la future fromagerie, il voyait aussi au lavage, au ménage et à la cuisine. Il n'était pas une créature, lui ! On ne lui avait jamais appris à boulanger ou à laver le linge sale ! Mais enfin, il s'en sortait avec une sorte de crêpe recouverte de mélasse et des patates jaunes, plus brunes qu'autre chose… Quant au devoir conjugal… Il y avait belle lurette qu'il ne l'avait plus touchée. Au début, il voulait seulement la ménager, elle avait été si éprouvée, et après tous ces deuils successifs, il ne voulait pas risquer de la mettre pleine encore… mais plus tard, il s'était fait repousser, comme s'il avait la gale… Il y avait des limites à ce qu'un homme pouvait accepter, alors il faisait sa petite affaire, discrètement, dans un coin caché de la grange, en imaginant une belle créature qui le caressait tendrement… mais qui disparaissait toujours, en laissant derrière elle une gênante trace de regret. Parfois, il sentait le découragement l'envahir. Il avait eu à faire face à bien des épreuves dans sa vie ; le froid, il en avait perdu un bout d'orteil, la faim, il n'avait eu souvent que ça à manger, et la mort s'était acharnée sur son nom… Une chance qu'il avait la foi. Chaque soir, il se mettait à genoux devant le crucifix de la cuisine et, la tête baissée, il remettait sa vie entre les mains de la Divine Providence et demandait à Dieu de ne pas l'abandonner, de le guider de sa Lumière… Et, invariablement, ces moments de recueillement lui redonnaient la force de poursuivre, de se tourner vers son fils, qui partageait maintenant ses prières, de le prendre dans ses bras, de le chatouiller et de se mettre à se tirailler avant de l'envoyer se coucher.

~ ~ ~

François-Xavier… Rose-Élise lui faisait la vie dure… Lui qui croyait que la présence de l'enfant allait arranger les choses, c'était pire depuis son arrivée. Le comportement de Rose-Élise était tellement déroutant. Elle ne sortait pas de la ferme, ne faisait aucun voisinage. Si François-Xavier se trouvait sur son chemin, elle le repoussait sans ménagement avec un soupir d'exaspération. Il aurait fallu être aveugle pour ne pas s'apercevoir de la haine que Rose-Élise ressentait envers l'enfant. Toujours en train de le rabaisser, de le critiquer, de le traiter d'abandonné. Elle avait même commencé à le talocher. Ernest s'interposait chaque fois qu'il le pouvait.

— Baptême, Rose-Élise, pas besoin de le claquer. Y a rien fait !

— Comment ça, rien fait ? Comment veux-tu que je l'élève si t'es toujours à prendre pour lui ? Tu veux en faire un moins que rien, comme toé ? De toute façon, j'vois pas pourquoi j'm'époumone pour quelque chose de perdu d'avance. On n'aurait jamais dû le ramasser, celui-là !

Le petit garçon recevait les injures, se réfugiant près de son père. Pendant un an, Joséphine lui avait répété qu'il y avait du bon en lui, qu'il était beau, qu'elle l'aimait. Maintenant, Ernest lui disait la même chose, mais, en d'autres termes. « Tu apprends vite mon garçon », « Chus content de toé ». Et l'attention de son père contrebalançait la rudesse de la femme. Et puis, il n'était pas fou! Il se tenait le plus loin d'elle possible. Ce n'était pas pour rien qu'il était toujours sur les talons d'Ernest. D'instinct, le petit garçon s'arrangeait pour ne pas se retrouver seul avec la femme, mais ce n'était pas toujours possible…

Il était sept heures et demie environ et il venait de se mettre au lit. Grelottant, il s'emmitouflait dans ses couvertures, essayant de se réchauffer les pieds. On était rendu à la fin de novembre, mais la neige n'était pas encore arrivée, au grand désappointement de François-Xavier. Peut-être se réveillerait-il demain et que tout serait blanc? Tout à coup, il entendit un léger craquement. Automatiquement, il tendit l'oreille, arrêta de respirer, et son cœur s'emballa. C'était toujours comme cela. Il s'endormait, non pas au son d'une berceuse ou d'une histoire, mais à l'écoute du moindre bruit de la maison. La peur le tenaillait et le réveillait en sursaut trois ou quatre fois par nuit. Oh, il n'avait pas peur du noir ou des monstres sous son lit, comme les autres enfants, non, il avait peur de Rose-Élise. Il n'avait pas la permission de suivre son père aux derniers travaux de la journée. Ernest était inflexible sur ce point et il est vrai que, levé depuis l'aube, travaillant plus fort que n'importe quel gamin de son âge, il était fourbu à la nuit tombée. Mais si Ernest avait su que Rose-Élise profitait de ces moments pour venir harceler François-Xavier, il serait intervenu avant… Mais son fils ne lui avait jamais confié ses craintes. François-Xavier ne voulait pas se plaindre. Il avait si peur qu'ils ne le renvoient à l'orphelinat comme sa mère adoptive ne cessait de le menacer. Alors, il se taisait et pendant qu'Ernest coupait un peu de bois ou allait aux dernières corvées, François-Xavier subissait les fréquentes visites de sa mère. Elle profitait de ces moments de solitude pour monter à sa chambre et venir lui piquer une de ses crises. Des fois, elle l'appelait juste Xavier, l'embrassait et le berçait dans ses bras, en lui chantant une chanson d'enfant. Mais c'était rare qu'il s'en tirait à si bon compte… Habituellement, elle lui crachait des bêtises au visage, le prenant par les épaules et le secouant au point qu'il se frappait la tête sur le rebord du lit. Quelquefois, elle cessait subitement de le rudoyer et se mettait à pleurer en se tirant les cheveux et en se plaignant qu'elle avait mal à cause de lui parce qu'il était mauvais. Elle lui faisait promettre d'être sage à l'avenir, ce qu'il faisait, les larmes aux yeux, pour qu'elle parte enfin et le laisse en paix… Dernièrement, il avait été relativement tranquille. Probablement à cause de l'hiver et de la noirceur qui arrivait si tôt et du fait qu'Ernest, ayant beaucoup moins d'ouvrage, restait souvent à l'intérieur le soir à fumer une bonne pipe près du poêle à bois. François-Xavier s'endormait heureux, se délectant de la rassurante odeur du tabac.

Le bruit se répéta. Cette fois, François-Xavier se rassit brusquement dans son lit. Il oublia le froid, qui tantôt était insupportable, et se concentra sur le soudain silence de la maison. Il n'entendait plus rien… Son père était-il sorti ? Chut ! Encore ce craquement ! Oh non, on dirait les marches de l'escalier… Oui, quelqu'un les montait une à une, lentement… Rose-Élise ! Terrifié, François-Xavier se cacha sous ses couvertures et retint sa respiration, immobile, son ouïe décuplée suivant la progression de sa mère adoptive. « Est sur le palier… Est rendue dans le corridor… A se tient dans le cadre de la porte… J'entends sa respiration… Papa, j'ai peur… »

Rose-Élise, un chandelier à la main, s'avança silencieusement jusqu'au lit de l'enfant et resta debout un long moment à étudier la forme allongée que la lueur de sa bougie faisait trembloter. Son mari avait mis plus de soin à bâtir cette couchette qu'à lui faire une table de chevet, comme elle le lui avait demandé. Il n'avait pas le temps, rétorquait-il, pour un meuble dont on n'avait pas vraiment besoin. On savait bien, il n'y avait rien de trop beau pour son adopté de fils, par exemple… Rose-Élise alla déposer le chandelier sur la commode et revint retirer d'un coup sec la couverture et dévoiler ainsi un François-Xavier en robe de nuit, crispé, aux yeux fermement clos.

— Regarde-moé, gronda-t-elle, j'sais que tu dors même pas pour de vrai, envoye, regarde-moé…

Oh que le ton était de mauvais augure, pensa François-Xavier en ouvrant les yeux. À contre-jour, la silhouette de Rose-Élise se dessinait en une longue forme inquiétante et presque démoniaque.

— C'est toé qui as cassé mon beau miroir à main ?

Elle parlait tout bas, détachant chaque syllabe. Elle était trop calme… François-Xavier n'osait répondre. Ça sentait le piège à plein nez ! Il n'avait jamais entendu parler de ce miroir avant, il n'en connaissait même pas l'existence !

— Tu peux ben t'taire, j'le sais que c'est toé, affirma-t-elle en se penchant sur lui.

François-Xavier était figé d'effroi. Le souffle qu'il recevait en plein visage empestait la méchanceté pure. Une drôle de senteur, un peu comme celle qui se dégage de cendres refroidies. Il ne sut pas comment il fit pour réussir à faire bouger sa tête de gauche à droite afin de démentir l'accusation.

— Menteur ! hurla-t-elle subitement. J'le sais que c'est toé !

Elle l'agrippa aux épaules, lui enfonçant les ongles dans la chair.

— Tu vas me montrer où tu l'as caché, pis vite à part de ça !

— J'le sais pas, gémit François-Xavier, j'ai rien fait ! se défendit-il.

— Ben non voyons donc, y a jamais rien fait, lui d'abord, dit-elle sarcastique.

Elle le gifla à toute volée.

— Tu me prends pour une folle ou quoi ? Tu penses que j'te vois pas aller ! Maudit hypocrite ! siffla-t-elle. J'va te faire cracher le morceau, moé, tu vas voir !

Elle le secouait sauvagement, maintenant.

— Maudit enfant à marde ! Chus assez écœurée de toé ! Tu penses que j'me rends pas compte de rien ? Envoye, donne-moé mon miroir !

Enragée, elle le jeta violemment en bas du lit. Le pauvre petit garçon pleurait en même temps qu'il continuait à nier le vol. Rose-Élise l'empoigna par le poignet et le remit debout. D'une main, elle lui tordit le bras derrière le dos, de l'autre, elle lui tira les cheveux par en arrière.

— T'as l'air fin, là… Tu ris pus pantoute astheure !

Abandonnant sa prise, elle le frappa violemment à la figure, une claque si forte que l'enfant se mit à saigner du nez. La pensée de François-Xavier perdait prise. Il avait essayé de tenir sa promesse, il avait essayé d'être un bon fils, de mériter sa nouvelle famille. C'est vrai qu'il était allé jouer souvent sur le bord du lac, malgré l'interdiction, et qu'une fois il avait bourré ses poches de bébés chenilles ; il devait en avoir une centaine, qui débordaient de leur nouveau nid, faisant des acrobaties le long de ses manches et de son pantalon. Rose-Élise avait hurlé de dégoût. «Pardon, pardon, je le ferai pus jamais. Pardon, pardon !» L'avait-il dit, l'avait-elle entendu ? Il ne le savait pas. Les coups pleuvaient sur sa tête, tout tournait autour de lui.

— Papa, venez m'aider, papa Rousseau… supplia-t-il.

— Papa Rousseau, ah ben… répéta Rose-Élise. On sait ben, chus pas assez bonne pour toé ? Tu trouves que chus pas une bonne mère ! Ça fait assez longtemps que tu m'traites comme du poisson pourri, tu vas t'excuser !

De force, elle l'agenouilla par terre.

— Envoye, fais-moé des excuses !

Elle le poussa à plat ventre et lui tordit un bras derrière le dos. On entendit distinctement le bruit de l'os qui se déboîta. Elle le retourna face à elle, s'assit à califourchon sur lui et se mit à le rouer de coups, dans les côtes, au visage, partout où ses poings rageurs trouvaient une cible.

— Rose-Élise? T'es en haut? appela Ernest en entrant dans la maison.

Inquiet des bruits sourds provenant de l'étage, Ernest, de retour après avoir été vérifier une génisse qui n'avait pas mangé de la journée, déposa brusquement sa lanterne sur la table de la cuisine et, sans prendre la peine de l'éteindre ni d'enlever ses bottes boueuses ni son manteau, il grimpa les marches quatre à quatre.

— Rose-Élise! s'écria-t-il en s'immobilisant au pas de la porte de la chambre, sidéré devant l'horreur qu'il découvrait.

La femme se retourna brusquement.

— Baptême, Rose-Élise, que c'est que t'as fait? demanda Ernest d'un ton douloureux en réagissant enfin.

Rapidement, celui-ci souleva la marâtre de sa proie et, sans ménagement, la repoussa de côté. Il prit son fils dans ses bras et sans un regard pour sa femme, il se mit à lui chuchoter des paroles apaisantes tout en essayant d'évaluer la gravité des blessures.

— Chut… mon p'tit bonhomme, ton père est là, chut… Ça va aller maintenant, ton père est là…

Il fouilla dans la poche de sa veste et en sortit son mouchoir avec lequel il se mit, avec précaution, à éponger le sang qui maculait le visage de son fils.

En état de choc, François-Xavier hoquetait, ne cessant de répéter:

— J'm'excuse, j'm'excuse, j'm'excuse…

— Chut, ça va aller, j'te l'jure…

Puis, ramenant son attention vers sa femme, prostrée dans le coin de la chambre, se frottant nerveusement les mains l'une contre l'autre, Ernest ordonna rageusement:

— Toé, sors d'icitte tusuite!

Rose-Élise ressemblait à un animal traqué et apeuré. Ses yeux étaient exorbités et son souffle rapide. Puis, son expression changea du tout au tout. Un demi-sourire détendit les traits de son visage.

— Chicane-moé pas, c'est lui qui m'a volé mon miroir à main, mon beau miroir…

Sa voix était devenue enfantine et prenait des inflexions chantantes.

— J'va être sage, la plus sage de toutes les p'tites filles, sage comme une image !

Elle se mit à rire, d'un petit rire aigu et faux.

Ernest regarda son épouse, les mains paume contre paume, jointe en prière, pouffant de rire. Tout cela n'avait aucun sens. Il devait se rendre à l'évidence, sa Rose-Élise avait perdu l'esprit. Délicatement, il déposa son fils sur le matelas.

— Chut, aie pas peur, j'va revenir tusuite, tu m'entends, j'va revenir tusuite.

François-Xavier ne répondit rien. Ernest alla relever sa femme. Il la prit par le coude et l'entraîna en bas. Sans dire un mot, les lèvres serrées, se retenant pour ne pas la frapper à son tour, il la conduisit jusqu'à la chambre du rez-de-chaussée où il l'enferma en bloquant solidement la porte avec le dossier d'une chaise. Rose-Élise, qui s'était laissé docilement conduire, réalisa soudain qu'elle était prisonnière. Elle se mit à tambouriner sur la porte, tout en essayant en vain de l'ouvrir.

Ernest attendit un instant, s'assurant de la solidité de son verrou improvisé. De l'autre côté de la porte, Rose-Élise pleurnichait :

— C'est pas juste, pas juste, j'ai rien fait, j'veux pas être punie, c'est pas juste…

De grosses larmes se mirent à couler sur les joues de l'homme. Il se retourna face au crucifix accroché au mur.

— Vous m'éprouvez beaucoup, oui beaucoup... dit-il la gorge serrée.

Il ferma les yeux un instant, puis, d'un pas lourd de chagrin, ignorant les supplications de sa femme, il retourna en haut prendre soin de son fils. Demain, il irait chez le curé de Péribonka, lui saurait quoi faire.

~ ~ ~

Dieu merci, le bac était encore en service. Il n'y avait pas à dire, un hiver tardif avait du bon ! Grâce à l'inhabituelle clémence du climat, Ernest put traverser jusqu'à Péribonka, où le curé Lapointe le reçut promptement. Le curé ne connaissait pas vraiment cette nouvelle famille de colons, et fut bien intrigué lorsqu'ils débarquèrent dans son presbytère. Mais rien qu'à la vue de l'enfant blessé et du comportement bizarre de la femme, il comprit le but de la visite. Après avoir écouté les explications du monsieur Rousseau, tandis que sa ménagère prenait soin de l'épouse en la traitant comme la petite fille qu'elle semblait être redevenue, il s'empressa de quémander les services du docteur Picard. Le docteur examina l'enfant, nettoya ses blessures et replaça l'épaule blessée. Étonné du courage du jeune garçon qui souffrait en silence, il enroula le petit bras dans une écharpe et laissa François-Xavier rejoindre son père. Ensuite, le médecin resta un moment avec Rose-Élise et revint confirmer ce que le curé appréhendait : il s'agissait là d'un cas très grave de maladie mentale et, hélas, certainement incurable. On ne pouvait se permettre de mettre l'enfant en danger et Rose-Élise devait être soignée dans un endroit spécialisé pour les gens comme elle. Le médecin en connaissait un, mais c'était à Québec... et les coûts...

Ernest avait mis de côté un bon montant pour l'implantation de sa fromagerie. Sans hésitation mais le cœur brisé, il convint qu'il donnerait toutes ses économies pour que ces drôles de docteurs, là-bas, soignent sa Rose-Élise. Il fut convenu que d'ici son départ, elle resterait au presbytère.

— N'ayez aucune crainte, monsieur Rousseau, Antoinette, ma ménagère, s'occupera très bien de votre femme. Je comprends que vous ne puissiez laisser votre ferme.

— C'est surtout parce que j'ai ben peur de pas être capable de retraverser. Les grands froids vont finir par poigner, pis avant que le pont de glace se fasse, on en a pour un bon boutte de temps.

— Vous en faites pas. Je vais garder votre épouse jusqu'à ce que le docteur Picard ait tout arrangé.

— Ça ne devrait poser aucun problème, confirma le médecin. J'ai un de mes confrères qui travaille là-bas. Le temps de lui envoyer un télégramme lui décrivant l'état de madame Rousseau pis tout sera réglé.

Les trois hommes étaient assis dans le salon et discutaient, tout en jetant de fréquents coups d'œil à la femme qui se laissait docilement dorloter par la servante.

— J'va vous coiffer un peu les cheveux, d'accord? dit Antoinette, une brosse à cheveux à la main.

La pauvre femme était tout échevelée. «Non mais quelle misère de voir quelqu'un rendu de même. Après tout ce qui lui est arrivé, pas étonnant qu'elle ait perdu la raison. Voir ses enfants mourir l'un après l'autre, quelle pitié...»

— J'veux des tresses, répondit Rose-Élise en faisant la moue.

— Oui, oui, Antoinette va vous faire des belles tresses qu'a va attacher en couronne sur le dessus de votre tête.

Rose-Élise tapa dans ses mains de contentement:

— Oui, oui une couronne!

— Vous voyez, monsieur Rousseau, ma ménagère Antoinette, elle a le tour. Faudra pas vous en faire, dit le curé en se faisant rassurant.

— J'vois ben, m'sieur le curé… soupira Ernest. Mais, si vous pouviez la bénir, même si… enfin vous comprenez ce que j'veux dire, j'serais plus tranquille pour son départ.

— Mais oui mon fils. Je ne pourrai pas la confesser, mais je la bénirai de tout cœur.

— Comme ça, vous la garderez icitte jusqu'à ce qu'a puisse avoir une place à Québec ? Mais le voyage, lui ? On peut toujours ben pas la mettre dans le train tuseule ? s'inquiéta subitement Ernest.

— Je voyagerai moi-même avec elle, intervint le docteur. Il y a longtemps que je me promettais d'aller visiter ce nouvel établissement. Mon confrère m'en a tant parlé. J'en profiterai pour passer le temps des Fêtes à la haute ville. Ma famille est encore là-bas, vous savez, il y a si longtemps qu'ils me pressent de venir les voir.

Ce jeune médecin avait bien du courage et du cœur aussi. Venir pratiquer dans une région lointaine remplie de pauvres colons ne devait pas être un choix facile.

— Vraiment, docteur, j'peux pas vous demander ça, c'est trop, voulut refuser Ernest.

— Mais non, rétorqua le médecin. Ça va me faire un réel plaisir.

— Antoinette aussi a de la parenté dans ce bout-là, n'est-ce pas ? demanda le curé à sa servante.

— Oui, monsieur le curé, sur le bord du fleuve, répondit celle-ci.

— Des petites vacances méritées, ça vous tenterait pas un petit brin ? s'informa le curé, les yeux pleins de malice.

— Des vacances ?

La ménagère du curé n'en croyait pas ses oreilles.

— Ben certain que j'aimerais ça ! reprit la femme, excitée. Mais avec Noël le mois prochain, vous laisser seul, c'est pas ben ben raisonnable !

— Allons, allons, je suis un grand garçon, Antoinette, plaisanta le curé. Puis vous savez bien que mes paroissiens veulent tous me recevoir à manger, au point que je soupe souvent deux fois dans une même journée, dit le curé en s'esclaffant avant d'insister gentiment :

— Acceptez, Antoinette. Madame Rousseau semble être si calme avec vous, vous avez le tour.

— C'est sûr que j'aimerais pas que ma Rose-Élise fasse de la misère au docteur, intervint Ernest.

— Bon, ben, puisque m'sieur le curé insiste, c'est d'accord, déclara Antoinette, contente à la perspective de ce voyage inattendu.

— Mais j'insiste, j'insiste !

— Ben baptême, que du monde bon comme vous autres existe, ça me dépasse, dit Ernest en se levant.

Ému, il continua timidement :

— Je... J'sais pas comment vous remercier... J'savais pas quoi faire d'autre que de venir vous voir, m'sieur le curé. On peut dire que vous êtes un homme de Dieu, vous, un vrai. Pis vous, m'sieur le docteur, j'en connais pas gros qui se seraient dévoués comme vous. Pis vous aussi, mademoiselle Antoinette, ma Rose-Élise a sent ben votre bonté. Merci, merci beaucoup.

Le silence se fit et tous se tournèrent vers Rose-Élise qui chantonnait doucement tout en s'admirant dans le petit miroir d'argent que la ménagère lui avait prêté.

— Bon, ben j'va y aller, moé... dit Ernest en se raclant la gorge, se retournant pour ne pas pleurer encore, pas devant les autres, non.

— Juste encore une chose, monsieur Rousseau, s'opposa le médecin.

— Votre fils, expliqua-t-il, euh, il ne parle pas... J'ai examiné ses blessures et... non, rien de grave, rassurez-vous, s'empressa-t-il de préciser devant l'air inquiet du père. Non, c'est que parfois, et bien parfois, on a déjà vu ces... dérèglements se transmettre de mère en fils et...

— Non, pas de danger, l'interrompit Ernest comprenant où le docteur voulait en venir. C'est mon fils adoptif… expliqua-t-il en désignant l'enfant qui se cachait derrière lui.

Ernest prit l'enfant par la main et le ramena doucement devant lui. Celui-ci se laissa faire docilement. C'est vrai qu'il n'avait pas dit un mot depuis la veille. Au milieu de tous ces événements, Ernest n'avait pas porté attention à ce silence. Tout s'était bousculé dans sa tête, et il avait agi d'instinct, mettant femme et enfant dans la carriole et poussant le cheval jusqu'à l'embarcadère. «Le curé, le curé, se disait-il. Il faut que j'me rende chez le curé.» L'attitude de Rose-Élise le déroutait tellement…

— Dans ce cas, précisa le praticien, il doit s'agir d'un mutisme provisoire.

— Un quoi? demanda Ernest.

— Oui, dit le médecin, en s'approchant de François-Xavier et en lui soulevant le menton. Tout devrait rentrer dans l'ordre…

L'enfant restait impassible, le regard éteint.

— Mon fils serait-y malade aussi? s'écria Ernest.

— Non, pas vraiment, répondit le docteur. Je crois que son esprit veut tout simplement fuir un trop mauvais souvenir.

Gentiment, le bon docteur ébouriffa les cheveux de François-Xavier qui resta complètement indifférent à la caresse.

— Soyez très doux avec lui, parlez-lui tout le temps, rassurez-le et ne le laissez pas un seul instant.

— Combien de temps cet état… peut-il durer? s'informa le curé, en examinant l'enfant à son tour.

— Je voudrais bien pouvoir le dire, mais qui sait? Un jour, une semaine, des mois? On a déjà vu des cas qui ne se sont jamais remis… mais, ne soyons pas pessimistes et puis, c'est connu, les enfants, ça guérit vite!

— Allons, mon fils, soyez courageux, déclara le curé en mettant sa main sur l'épaule d'Ernest, manifestement éprouvé par les paroles du docteur. Nous allons prier.

À ces mots, tous se mirent à genoux et avec ferveur entamèrent un *Pater*.

Tous, sauf un petit garçon recouvert d'une armure magique qui le rendait invincible et une femme, contemplant l'image d'une petite fille insouciante et heureuse qu'un joli miroir à main, enfin retrouvé, lui renvoyait.

~ ~ ~

Le visage tuméfié de François-Xavier désenfla et, petit à petit, ne présenta plus aucun signe visible de l'agression. La neige tomba et le temps des Fêtes arriva, mais le garçon n'avait toujours pas dit un seul mot. Ernest suivait les conseils du docteur et lui parlait sans arrêt. Au début, il cherchait quoi lui dire, puis il en vint à lui raconter n'importe quoi et même à se confier. Jamais il n'en avait autant dit à quelqu'un. Peut-être, dans le fond, croyait-il que l'enfant était sourd en plus d'être muet. Ses pensées les plus profondes, il les dévoila; ses secrets, il les partagea, et ses souvenirs, il les raconta, raconta et raconta...

— Mon père, un jour, y m'avait emmené à la pêche avec lui. J'm'en rappelle, comme si c'était hier, y a pas à dire, j'ai meilleure mémoire que j'pensais... Quand j'dis qu'y m'avait emmené à la pêche, j'parle d'un vrai voyage de pêche. On était partis trois jours dans le bois, que j'étais fier! C'est là que j'ai pris mon premier achigan. Pour le sortir de l'eau, j'm'étais mis à reculer dans le bois, pis ma ligne s'était tout enroulée dans les branches, ça fait que mon père a dû décrocher le poisson de dans les arbres!

Et Ernest se surprenait à rire de ses histoires, rire comme il y avait des années que ça ne lui était pas arrivé.

— Une fois, on avait eu une bordée de neige, tiens un peu comme aujourd'hui, mais c'était tombé d'un seul coup pendant la nuit pis quand on s'était levés le matin, ben baptême, j'te jure, il faisait noir comme chez l'diable ! Les fenêtres étaient bouchées de neige, pis la porte bloquée ben dur, ouais, j'm'en souviens encore, ma mère avait allumé une chandelle. Y avait fallu gratter avec un couteau, pouce par pouce, pour réussir à sortir !

Sans s'en rendre compte, d'anecdotes en anecdotes, il revécut son enfance et en même temps, sans le savoir, il en offrit une à son fils. Il lui parla de son chagrin lorsque son chien était mort, de sa peur lorsqu'il s'était perdu dans le bois lors du fameux voyage de pêche, de son inquiétude quand ses parents avaient décidé de quitter Québec pour descendre à Charlevoix. Et, à travers ces événements du passé, il transmettait les leçons de la vie qu'il avait dû apprendre par cœur et retenir à tout jamais. Comme avant, François-Xavier le suivait partout et l'aidait à faire les travaux, mais maintenant, c'était sans âme qu'il le faisait et surtout, muré en un anormal silence. Et puis, sa Rose-Élise lui manquait. Pas la Rose-Élise des derniers moments, mais celle qu'elle avait été et celle qu'elle aurait pu devenir si la mort du corps et de l'esprit n'était pas venue frapper si souvent à sa porte. Ah, la solitude ! Baptême que cette croix était lourde à porter ! Un fils muet, un lac gelé, une forêt emmitouflée, une maison isolée, un lit délaissé… autour d'Ernest, tout s'était tu.

~ ~ ~

— François-Xavier, François-Xavier, réveille-toé. J'ai changé d'idée, on part pour la messe de minuit ! s'écria Ernest en brassant énergiquement son fils endormi.

Croyant que le long trajet serait déconseillé pour la santé du petit garçon, il s'était résigné à rester à la maison en cette nuit de Noël. Et puis, non, la vraie raison c'est qu'il avait eu peur d'affronter les ragots du voisinage. La maladie de Rose-Élise devait faire jaser tout le canton. Oui, Seigneur Jésus, il avait honte et il avait peur que les gens lui tournent le dos, et il ne savait pas s'il pourrait supporter cela en plus de tout le reste.

— Baptême de baptême, j'ai jamais raté une messe de minuit de ma vie, c'est pas astheure que j'va commencer! s'était-il soudainement exclamé avant de monter réveiller son fils.

— Allons, gros paresseux, tu m'entends, on s'en va à messe de minuit! Dépêchons-nous!

Et c'est ainsi que François-Xavier fut sorti, à l'improviste, d'un sommeil protecteur et qu'il se retrouva, tout hébété, à moitié enfoui sous des couvertures et des fourrures, filant à toute allure dans une nuit noire et blanche. Ernest se faisait un devoir d'entretenir sa portion de chemin et c'est facilement que le traîneau glissa en direction de Péribonka.

— Pas chaud, hein, mon bonhomme? Mais baptême que c'est beau! s'exclama Ernest devant la splendeur du paysage tandis qu'il faisait ralentir le cheval à l'entrée de la forêt.

Le chemin rétrécissait et accentuait une forte courbe et il devait se contenter d'aller au pas pour un petit bout de temps s'il ne voulait pas risquer de verser.

— Regarde les sapins comme y sont chargés! J'ai toujours pensé que c'était pour ça que le Bon Dieu leur laissait leurs aiguilles l'hiver, pour qu'Il puisse les décorer de neige…

Ernest se remit à monologuer avec son fils tandis qu'il guidait l'attelage d'une main ferme.

— Ah pis baptême, chus pas capable d'attendre au jour de l'An pour te donner ton étrenne! déclara tout à coup Ernest en tentant d'atteindre la poche de son pantalon, empêtré dans les différentes épaisseurs qui le tenaient à la chaleur.

— Voyons baptême ! Tiens-moé les rênes un peu mon gars, veux-tu ?

Et, sans attendre l'accord de son fils, il lui tendit les lanières de cuir.

Surpris, François-Xavier prit maladroitement les guides dans ses mains. Gauche à cause de ses mitaines et de son inexpérience, il relâcha les rênes et le cheval voulut s'arrêter.

— Non, pas comme ça, intervint son père, tiens-les serrées, oui c'est mieux, allez la jument, hue ! On dirait que t'as fait ça toute ta vie ! Bon, c'est pas tout ça, où c'est que j'ai mis ce cadeau-là, moé ?

Ernest laissa François-Xavier se débrouiller. Et tandis que l'enfant s'étonnait de se retrouver seul à conduire le cheval, le père s'amusait à se tortiller sur la banquette de bois, se relevant les fesses, fouillant de gauche à droite dans ses poches, faisant semblant de ne pas retrouver le cadeau qu'il avait caché dans sa main.

— Ben baptême, je l'trouve pas, j'dois l'avoir perdu, dit Ernest en cessant de gigoter et en prenant son air le plus désolé.

L'enfant lui jeta un coup d'œil en coin.

— Redonne-moé les rênes ! dit le père en les prenant de lui-même. Oups ! Que c'est qui est tombé, là sur tes genoux ? demanda innocemment Ernest.

François-Xavier baissa la tête et regarda le dessus de la couverture de fourrure qui recouvrait leurs jambes. Un petit paquet y était niché dans un repli.

— Mais baptême, j'jurerais que c'est le cadeau que j'cherchais, moé ! Ben oui, c'est ben lui. Ah ben baptême, un cadeau qui tombe du ciel ! On aura tout vu !

L'enfant ne broncha pas, les yeux rivés sur l'objet.

— Que c'est que t'attends pour regarder ce qui a dedans ? demanda

Ernest devant la paralysie de son garçon. Allons, mon bonhomme, ouvre ton cadeau, insista-t-il doucement.

Lentement, François-Xavier dénuda ses mains, puis avec d'infinies précautions, ouvrit le paquet. C'était un mouchoir de coton blanc dans lequel reposait une jolie petite croix de bois, finement ciselée d'un motif géométrique. Un long silence se fit, que seuls la forêt claquant des dents et le cheval, houspillant sous l'effort, osèrent troubler.

— C'est la croix de mon père, tu te rappelles, j't'en avais parlé… dit Ernest, désespéré devant l'absence d'émotion de son fils.

— J'sais pas si tu te rappelles… j't'avais raconté comment mon père l'avait sculptée…

— Oh, pis remets donc tes mitaines avant de te geler les mains… déclara brusquement Ernest, déçu par le peu d'entrain que son fils démontrait.

François-Xavier remit ses mains à l'abri et fit de même pour la croix, en la remballant bien comme il faut dans le bout de tissu. Un long frisson le parcourut. Il n'avait jamais reçu de cadeau… Il faisait de plus en plus froid et l'air vif lui piquait les yeux, le faisant pleurer un peu. Son premier cadeau et il était si beau… Grelottant, il renifla bruyamment. Les larmes commencèrent à couler… Un cadeau pour lui tout seul… à couler… De sa main, il s'essuya le nez… à couler… Une belle croix… Il inspira difficilement à coups de hoquets, «Papa Rousseau, un cadeau, papa Rousseau, venez m'aider, ça fait mal, j'ai peur, a me fait mal, a me fait peur, papa Rousseau… » à couler de plus en plus vite. Ernest s'aperçut de la détresse de son fils, arrêta brusquement son cheval, coinça la bride entre ses cuisses et empoigna son enfant qu'il serra contre lui. François-Xavier sanglotait, de petits cris perçants entrecoupant les pleurs. Ça ne se pouvait pas, une peine de même. Bien trop grande pour un si petit bonhomme. Jamais Ernest n'avait été témoin d'une telle affliction, mais il comprit que l'abcès se vidait, que le pus sortait enfin, signe de guérison. Comme tous les gros bobos, il n'en resterait qu'une cicatrice, la marque de ceux qui ont souffert. En de longs soupirs, l'enfant se calma peu à peu. François-Xavier prit le paquet, ressortit son contenu hors de son enveloppe de tissu et timidement dit à son père :

— J'avais jamais eu de cadeau... merci ben gros.

Il avait parlé ! Une phrase ! Toute une longue phrase !

— Oh baptême, mon fils, c'est toé qui viens de m'faire le plus beau des cadeaux !

Heureux, le père étouffa François-Xavier d'une forte étreinte.

— Si ça continue, j'va brailler comme un veau moé itou ! dit-il en relâchant son fils. Remettons-nous en route si on veut pas être en retard. C'est si beau une messe de minuit !

Le cheval hennit de contentement devant l'ordre de repartir.

— Je l'sais, ma vieille, nous autres aussi on a frette !

François-Xavier approcha la croix à hauteur de son visage et l'examina de plus près.

— Tu vas voir quand tu seras à la clarté, dit Ernest, a va briller. Y était habile de ses mains, mon père. Il a tout collé des petits grains d'or. Pas de la vraie comme de raison, mais celle qu'on trouve sur le bord des ruisseaux, l'or des fous qu'on l'appelle. J'te montrerai cet été.

— Est belle... dit François-Xavier souriant.

— Quand mon père me l'a donnée, y m'a dit : « Ernest, avec elle, t'auras toujours de la lumière, la vraie, celle du Seigneur. Quand t'auras l'impression d'être dans le noir, sors-là, pis tu verras... » Y savait parler, mon père...

Fatigué, et par l'heure tardive, et par sa crise de larmes, François-Xavier se colla contre son père et ferma les yeux, serrant précieusement son étrenne.

— La vie est parfois ben dure avec nous autres, reprit Ernest tout en fixant son attention sur le chemin.

— Ouais, ben dure, ajouta-t-il comme s'il pensait à haute voix. Pis, on a souvent de la misère à comprendre pourquoi...

Il soupira, regarda les cieux, puis son fils en train de s'assoupir.

Le petit garçon glissa un peu de côté sur le banc et se coucha à demi sur son père. Ernest souleva son bras et accueillit la tête de son fils sur ses genoux. Ah, que François-Xavier se sentait bien ainsi, à la chaleur, calé contre la sécurité paternelle.

— Tu dors ? demanda Ernest.

— Non, non, j'dors pas...

— Pis à l'église aussi tu vas rester éveillé ?

— Oui, oui, promit François-Xavier en bâillant.

— Ouais, chus pas si sûr que ça, moé. Ah, trois messes dans la même nuitte ! Mais ça vaut la peine ! Fêter la naissance du p'tit Jésus ! Lui aussi y a déjà été un p'tit gars comme toé. Sa mère a dû le mettre au monde en cachette dans une étable, à cause qu'on voulait y faire du mal... Pis, après, y a grandi pis y a connu ben des souffrances. On lui a dit des choses méchantes... On l'a battu, pis on l'a mis sur une croix, comme celle que j't'ai donnée. On lui a cloué les mains, pis les pieds... Pis là, y a pardonné... On va faire comme lui, mon François-Xavier, pis on va pardonner à ta mère... c'est pas de sa faute, est malade... J'm'en va prendre soin de toé, tuseul, pis on va ben s'entendre tous les deux... j'te l'promets.

François-Xavier se redressa et affectueusement, embrassa son père. Un merveilleux de petit bec, tout doux sur la joue.

— Ah ben baptême, deux cadeaux dans la même soirée ! Mon p'tit bonjour, toé ! fit Ernest, attendri. Tiens nous v'la rendus au grand bout droit du pont de glace. Tiens toé ben, parce qu'on va s'envoler, mon fils ! Hue la jument !

L'attelage fila à toute allure, traversant la rivière glacée, et à des lieues à la ronde, on entendit l'éclat de rire d'un enfant surexcité par la vitesse, accompagné par celui d'un père rempli de joie par le cadeau sans prix qu'il venait de recevoir.

~ ~ ~

À l'église, les cantiques furent grandioses et donnèrent des frissons dans le dos. Il régnait une telle effervescence que le curé Lapointe dut gentiment rappeler à l'ordre ses ouailles un peu trop bruyantes. Il devait avouer qu'il expédia quelque peu les deux dernières messes, les longues litanies en latin étant en train d'endormir son auditoire. Les femmes arboraient leurs plus beaux atours et exhibaient fièrement leurs nouveaux chapeaux. Mais c'est avec une réelle solennité que tous écoutèrent son sermon et avec ferveur qu'ils répondirent d'une voix unie et forte aux prières. S'il pouvait en être de même à longueur d'année, pensa le curé avec amusement. Non pas que d'habitude ses paroissiens manquaient d'assiduité, mais la routine revenant, ils marmonnaient plus qu'autrement et il manquait cette joie qui irradiait dans l'église en cette veille de Noël. Sur le parvis, les messes terminées, le curé Lapointe s'installa, bien emmitouflé dans sa pelisse, pour serrer les mains et offrir ses vœux. L'inquiétude passa sur son visage lorsque monsieur Rousseau et son fils s'approchèrent. Il avait beaucoup pensé à cette famille éprouvée ces dernières semaines. Il les regarda s'avancer timidement, l'homme un peu mal à l'aise et le petit garçon semblant se porter beaucoup mieux.

— Monsieur Rousseau! dit le curé en prenant soin de parler haut et fort, pour que tous entendent bien. Je suis content de vous revoir. Nous prions tous pour que votre femme aille mieux. Le docteur Picard est un bon docteur, vous avez bien fait d'accepter qu'il emmène votre épouse consulter les meilleurs spécialistes de Québec. En passant, j'ai eu des nouvelles de ma ménagère Antoinette. Est-ce que je vous avais dit que celle-ci a pris le train avec votre femme ? Elle m'écrit qu'ils ont fait un très bon voyage. Vous êtes un exemple à suivre, monsieur Rousseau. Tant de dévouement vous sera rendu. Bon, je vous souhaite un joyeux Noël pis à la prochaine !

Ernest avait écouté, bouche bée, ce long monologue du prêtre avant de saisir que le curé lui offrait ainsi, publiquement, sa protection et lui sauvait la face devant les racontars des gens. Évidemment, ceux-ci n'arrêteraient pas de colporter certaines rumeurs, mais jamais, après ce que le curé venait de faire, ils n'oseraient le faire ouvertement, et rapidement, les ragots cesseraient et tomberaient dans l'oubli, enfin il fallait l'espérer. Reconnaissant, Ernest redressa les épaules et voulut remercier chaleureusement le prêtre, mais celui-ci était déjà accaparé par d'autres colons qui voulaient absolument avoir l'honneur de la visite de leur curé.

— Ah ben, si c'est pas Ernest Rousseau en personne !

Surpris, l'interpellé se retourna. Son plus proche voisin, Alphonse Gagné, venait de sortir de l'église à son tour.

— Ah, Alphonse, comment ça va ?

Pourquoi poser la question, se dit Ernest, quand il était évident, aux yeux brillants et à l'haleine alcoolisée de l'homme, que celui-ci avait déjà solidement commencé à fêter. Âgé de quarante-cinq ans, portant fièrement une longue moustache recourbée, d'une maigreur extrême que même la pelisse ne parvenait pas à camoufler, l'homme répondit bruyamment :

— Ah ben, franchement, on peut pas se plaindre ! Un peu de raideur dans les genoux, mais, j'ai un p'tit médicament, si tu vois ce que j'veux dire… dit-il en tapotant la poche intérieure de son manteau d'hiver, là où une bosse bien visible indiquait la présence d'un flacon rempli de rhum.

Que de fois, depuis son arrivée sur la Pointe, Ernest avait décliné la généreuse offre de partager un peu de ce liquide dont son voisin était tellement épris. Il n'avait jamais aimé la boisson et ne comprenait pas le désir de s'abreuver d'étourdissements et de bafouillages. C'était pour lui une déchéance, une perte de contrôle sur soi-même qui rendait l'homme semblable à une bête. Pour cette raison, il n'avait jamais éprouvé de sympathie pour son voisin immédiat et essayait, dans la mesure du possible, de garder ses distances. Mais, dans ces pays difficiles, l'entraide entre colons était indispensable pour la survie et un voisin devenait aussi important qu'un membre de la famille. Ernest restait poli, refusant fermement sa part de la bouteille et faisait semblant de ne pas remarquer les jambes flageolantes et les mains tremblantes de l'alcoolique. Bizarrement, plus Ernest était réservé, plus Alphonse était familier. Et c'est à grands coups de claques dans le dos et de rires tonitruants qu'Alphonse lui faisait la conversation, ne s'offusquant jamais du manque de répartie de son compagnon, tandis que tous les deux réparaient un bout de clôture ou rentraient le foin.

— Bon, ben, nous autres, on va faire un boutte. J'pense que mon François-Xavier est en train de dormir deboutte, annonça Ernest en soulevant son fils dans ses bras.

— Euh… Joyeux Noël, Alphonse, ajouta-t-il en se dirigeant vers son attelage.

— T'es ben pressé, mon Ernest, dit son voisin en le retenant par le bras. Tu partiras pas d'icitte avant d'avoir promis de venir faire ton jour de l'An chez nous. Avec ta créature malade pis partie, y sera pas dit que moé, Alphonse Gagné, j'aurai laissé mon plus proche voisin fêter tuseul comme un chien.

— Mais… voulut s'objecter Ernest.

Embarrassé par cette soudaine invitation formulée haut et fort devant tout le monde, il ne savait comment la décliner. La dernière chose qui lui tentait était d'aller chez les Gagné. Une paire de claques dans le dos l'empêcha de poursuivre.

— Y a pas de mais qui tiennent ! Tu vas voir que chez les Gagné, on sait recevoir en grand. J'te jure que la femme a préparé de la mangeaille pour tout un chantier ! Cré-moé, on jurerait que ses pâtés à viande pis ses tartes au sucre sentent jusqu'icitte… Pas vrai, le p'tit, demanda-t-il en s'adressant à François-Xavier, tu l'sens, toé aussi ?

Celui-ci, à moitié assoupi, fit signe que non de la tête.

— C'est parce que t'as pas un gros nez comme le mien ! décréta Alphonse en s'exclamant. Oublie pas Ernest, ou c'est moé qui va venir te chercher la semaine prochaine ! Pis Joyeux Noël ! lança-t-il avant de se détourner vers une autre connaissance, laissant Ernest repartir vers son traîneau en portant le fardeau de son fils complètement endormi maintenant et celui d'une promesse faite malgré lui.

~ ~ ~

— Anna, viens voir qui j'ai ramené à maison ! cria Alphonse en ouvrant la porte à pleine volée.

Madame Gagné se détourna de son fourneau et s'essuya les mains sur un tablier distendu par un ventre proéminent. Grosse de son neuvième enfant et âgée de quarante-deux ans, elle était épuisée. Qu'est-ce que son énergumène de mari avait encore traficoté ? Levée depuis l'aube en ce premier janvier 1905, Anna n'avait pas arrêté de l'avant-midi pour que son dîner du jour de l'An soit une réussite. Machinalement, elle se frotta le bas du dos. Ce surplus de poids lui faisait la vie dure cette fois-ci. Une chance que ses trois grandes filles lui donnaient un bon coup de main, surtout sa Marie-Ange, sa plus vieille. Anna soupira tout en jetant un coup d'œil à sa fille aînée, occupée à sortir des tartes dorées à point du four. Âgée de quinze ans, celle-ci était devenue une vraie femme. La mère s'attarda à contempler cette beauté toute neuve et se dit que les garçons n'allaient pas tarder à rôder autour.

— Anna! répéta son mari.

— Oui, oui, j'm'en viens! Marie-Ange, veux-tu brasser le sucre à crème? demanda-t-elle. Ton père m'appelle. Adrienne, Angélique, venez icitte tusuite pour finir de monter la table, ça fait trois fois que j'vous l'demande! cria-t-elle à l'adresse de ses deux autres filles qui ne suivaient pas l'exemple de leur aînée et qui disparaissaient à la moindre occasion au lieu de faire leur ouvrage.

C'était compréhensible de la part d'Angélique qui, venant à peine d'avoir onze ans, préférait de loin partager les jeux de sa petite sœur de sept ans, Aline. Mais l'attitude d'Adrienne, qui en faisait le moins possible rendu à treize ans… «Oh, que j'me sens lourde et impotente…»

— Anna, t'en viens-tu coudon? s'impatienta son mari.

— Oui, attends un peu, j'peux pas laisser tout en plan de même… maugréa-t-elle.

Son mari avait quitté subrepticement la maison une demi-heure auparavant, refusant de lui dire pour quelle raison. Elle ne s'en était pas inquiétée outre mesure, habituée aux frasques et aux cachotteries de celui-ci. Elle releva une mèche de cheveux blonds parsemée de fils blancs que la sueur avait collée à son front et, de sa démarche de canard, comme elle se plaisait à décrire son pas de femme enceinte, elle se dirigea vers la porte d'entrée où l'attendaient son mari et son invité surprise. Avec un léger sourire, elle admira les murs tapissés du long corridor qui séparait la cuisine du salon. Alphonse n'était pas un mari facile. Il avait le péché de la boisson, ce qui le rendait de caractère rude, mais il avait su lui donner une merveilleuse maison à son goût. Il n'était pas regardant à la dépense et il avait considéré ses demandes sans jamais en discuter. Elle l'avait aimé pour cela, parce que pour le reste… Ah, mais qu'est-ce qu'elle avait ces temps-ci? À tout bout de champ, elle se perdait dans ses souvenirs ou dans de drôles de réflexions… Elle n'était pas comme ça avant. «Allons, chassons ces pensées bizarres et affichons un sourire de convenance» se dit-elle. À la vue d'Ernest restant gauchement debout contre la porte, gêné et triturant son bonnet de laine entre ses mains, et du petit François-Xavier à moitié caché derrière les jambes de son père, son sourire n'eut plus rien de forcé et elle s'exclama:

— Ah ben, si c'est pas notre bon voisin!

Contente de la surprise, elle s'empressa d'aller à la rencontre de ses invités. Elle tenait en haute estime cet homme travaillant et honnête.

— Entrez, entrez, monsieur Rousseau. Vite, dégrayez-vous pis venez vous réchauffer, dit-elle en tendant les bras pour aider Ernest et son fils à se départir de leurs vêtements d'hiver.

— Les garçons s'occupent des chevaux pis y s'en viennent, fit sèchement Alphonse, en tendant sa pelisse à sa femme.

— Bonne année, madame Gagné, salua poliment Ernest. On restera pas longtemps, j'voulais pas déranger, ajouta-t-il timidement en donnant son manteau et celui de François-Xavier à la femme.

Il ne savait pas que sa voisine attendait encore un bébé et, malgré son franc sourire d'accueil, il était évident que cette femme n'était pas en grande forme, les cernes foncés sous les yeux bleus, les traits tirés, le souffle court en témoignaient.

— Ben voyons, arrêtez-moé ça tusuite, rétorqua son hôtesse. Vous êtes toujours les bienvenus pis bonne année à vous itou!

Sans plus de cérémonie, Anna Gagné accompagna ses bons vœux du rituel baiser sur les joues. Embarrassé, Ernest rougit malgré lui à cette démonstration pourtant anodine.

— J't'en avais pas parlé, la femme, mais à messe de minuit j'avais invité Ernest à venir fêter avec nous autres. Chus allé à sa rencontre, juste pour être sûr qu'il se perde pas en chemin.

Son voisin le taquinait, Ernest s'en rendait bien compte. Une chance qu'il n'avait pas oublié sa promesse et qu'il s'en venait avec son fils vers la ferme des Gagné lorsqu'ils avaient croisé Alphonse. Il n'aurait pas trouvé agréable que celui-ci débarque chez lui. Il reporta son attention sur sa voisine qui le questionnait :

— Avez-vous des nouvelles de votre femme ?

— Pas vraiment, juste celles que le curé Lapointe m'a données. Ç'a l'air de ben aller vu les circonstances… répondit Ernest en baissant les yeux.

— J'm'en veux de pas avoir été la visiter plus souvent, reprit la voisine. Avoir su qu'était souffrante de même.

— Viens-t-en, mon Ernest, j'ai quelque chose de bon qui va te réchauffer le gorgoton, tu m'en diras des nouvelles, déclara Alphonse en entraînant son voisin vers le salon. Occupe-toé du p'tit, Anna, ajouta-t-il à l'adresse de sa femme.

François-Xavier était resté silencieux dans un coin. Il ne savait quoi faire. Suivre son père ? Le salon semblait être le refuge des adultes, avait-il le droit d'y aller ? Comment devait-il agir ? La dame semblait gentille, mais pourquoi son père le laissait-il tout seul ? François-Xavier eut envie de pleurer.

— Allons, on te mangera pas, dit Anna en lui adressant un sourire. Ti-Georges ! cria-t-elle tout à coup en direction du long escalier qui semblait monter jusqu'au ciel.

Jamais François-Xavier n'avait vu une si belle maison. L'escalier était bordé par une rampe aux barreaux torsadés qui se terminaient par une grosse boule de bois verni, du même ton brun foncé que les marches.

— Ti-Georges ! cria de nouveau la mère. Descends t'occuper du p'tit voisin ! Ti-Georges, c'est mon dernier, j'pense qu'y a le même âge que toé à peu près. Vous allez ben vous entendre, expliqua Anna à François-Xavier, qui n'avait pas encore soufflé mot. Ti-Georges ! Combien de fois j'tai dit de pas courir, pis de te tenir quand tu descends ! chicana-t-elle à la vue de son fils dévalant les escaliers sans se soucier des recommandations de sécurité de sa mère. Tu vas finir par débouler pis te casser la margoulette. Toé, j'te jure c'est des pelures de patates que le p'tit Jésus aurait dû t'apporter à matin, dit-elle avant de s'en retourner s'affairer aux préparatifs du repas.

Il restait encore tant de choses à faire. Dieu sait qu'elle n'avait pas arrêté cette dernière semaine. Pâtés à la viande, beignes, croquignoles… Enfin, cela valait la peine. Pour une fois qu'Alphonse n'était pas bloqué aux chantiers et qu'elle avait tous ses enfants autour d'elle et même en elle, pensa-t-elle en appuyant une main sur son ventre. Allons, pourvu que les filles aient mis la table au moins, soupira-t-elle en allant les retrouver à la cuisine.

~ ~ ~

Restés seuls, Ti-Georges et François-Xavier se détaillèrent de la tête aux pieds.

— Pourquoi t'as des cheveux rouges ?

— J'sais pas. Toé t'es frisé comme un mouton.

— T'as quel âge ?

— Quatre ans.

— Chus l'plus vieux, j'ai cinq ans. Ça fait que c'est moé qui décide.

— Chus plus grand que toé, ça fait que j'décide aussi.

— Bonne année grand nez !

— Toé pareillement grandes dents !

Satisfaits l'un et l'autre, ils partirent à rire. Peu après, Ti-Georges demanda :

— T'es-tu allé à messe de minuit, toé ?

— Ben oui, avec mon père.

— Bateau de chanceux ! Le mien, y a pas voulu m'emmener, se désola Ti-Georges en faisant la moue. Y a fallu que j'reste avec ma mère. As-tu vu mes grands frères en bas ?

— Oui, ils s'occupent de notre cheval dehors.

— Ben vite, viens en haut avec moé, chus en train de leur préparer un cadeau. Y faut pas leur dire, c't'un secret. Tu vas m'aider.

Sans cérémonie, Ti-Georges prit la main de François-Xavier fermement dans la sienne, mais au lieu de l'entraîner vers l'escalier, il l'emmena en direction de la cuisine.

— Chut ! Avant on va aller se chercher des beignes, expliqua le garçon.

— Mais… ta mère veut-tu ?

— On lui demande pas c't'affaire ! Envoye, viens-t-en ! ajouta Ti-Georges devant la réticence de François-Xavier. Ben attends-moé là, j'en prends pour deux, décida-t-il devant la peur de son nouveau compagnon de jeu.

François-Xavier attendit, le cœur battant, se demandant s'il ne devait pas avertir son père, quand tout à coup, il entendit madame Gagné s'indigner :

— Ti-Georges, mon vlimeux, t'es chanceux que j'puisse pas t'attraper !

— Envoye, bateau, grouille-toé, intima le voleur en apparaissant dans le corridor. Reste pas planté là, grouille-toé, j't'ai dit !

Et Ti-Georges poussa devant lui un François-Xavier tout éberlué, qui ne se rendit même pas compte qu'il montait l'escalier tant ils grimpèrent rapidement. La première chose qu'il réalisa fut qu'il était debout dans une chambre à plusieurs lits et que le jeune Georges se tordait de rire en exhibant fièrement deux beignets à moitié écrasés par la course folle. François-Xavier se mit à rire également. Il roula sur un des lits en se tenant le ventre à deux mains tant son fou rire lui faisait mal. Il hoqueta de plaisir, savourant ce moment magique comme seul un enfant peut le faire. Ti-Georges se jeta à côté de lui, essaya de lui fourrer dans la bouche un morceau de la pâtisserie qui n'atteignit pas le but escompté mais plutôt une oreille. François-Xavier riposta en écrasant en pleine figure de Ti-Georges le deuxième beigne. Tels deux chiots, ils se mirent à se chamailler amicalement, riant, criant, se débattant gaiement, s'entortillant dans les couvertures.

— Mais, que c'est qui se passe icitte ?

Des miettes du larcin partout, les deux enfants se retournèrent en même temps vers la porte. L'expression de peur que refléta le visage du jeune Gagné se transforma en un doux sourire lorsqu'il s'aperçut que ce n'était pas son paternel qui le surprenait dans sa joute avec le petit voisin. Un soupir de soulagement accompagna les explications qu'il fit à François-Xavier.

— T'en fais pas, c'est mon grand frère Ferdinand, déclara Ti-Georges en se levant pour aller se jeter dans les bras de son aîné.

— Arrête-toé là, lui intima Ferdinand. Tu vas tout salir mon linge des grandes occasions. J'te dis, toé, tu donnes pas ta place. Pis toé, le François-Xavier, t'es pas mal moins gêné que tantôt dehors. Vous avez l'air de ben vous accorder tous les deux !

Ti-Georges se retourna vers François-Xavier qui s'était levé à l'arrivée de Ferdinand. Il mit son bras autour de l'épaule de son nouveau compagnon et déclara :

— Ouais, François-Xavier, c'est mon ami à moé tuseul, astheure.

— Ouais, ben, dépêchez-vous de nettoyer tout ça, pis venez-vous-en manger. Ronald et Léopold sont rentrés, pis tout le monde doit nous attendre en bas pour commencer, répondit Ferdinand en quittant la chambre.

— Y est fin hein ? fit remarquer Georges, en parlant de son grand frère. C'est mon préféré. C'est plate, y va se marier cet été, pis y va partir vivre loin parce que sa fiancée, a s'appelle Marie des Neiges pis est assez belle, mais a reste dans le boutte de Montréal, pis Ferdinand y va s'en aller là-bas aussi quand y va être marié. J'le sais parce que ça fait de la chicane avec le père. J'les ai entendus tous les deux dans l'étable l'autre fois. Le père y disait qu'y fallait qu'y reste parce qu'y était le plus vieux des garçons. Ferdinand a répondu qu'à vingt et un ans y était assez grand pour décider de sa vie pis que Marie des Neiges a voulait rien savoir de venir habiter par icitte, sur des terres de colons...

— Ti-Georges, François-Xavier, descendez tusuite ou vous passez en dessous de la table !

— Vite, dit Ti-Georges, tout excité en se mettant à ranger la chambre. J'meurs de faim. J'ai eu un beau traîneau en cadeau à matin, pis toé ?

— Euh, mon père m'a donné ça, confia François-Xavier en lui montrant la croix reçue à Noël et qu'il gardait sur lui depuis ce temps.

— Est belle ! s'exclama Ti-Georges en arrêtant d'épousseter le lit des miettes de beignes pour contempler l'objet. Ouais, est belle en bateau !

Rapidement, il se remit à l'ouvrage et tenta de refaire le lit. Volubile il enchaîna :

— Mais, moé avec mon traîneau, j'va aller glisser en haut d'la côte. J'va pouvoir t'emmener, y est assez gros pour deux, ajouta-t-il tout en s'esquintant à essayer de remettre les couvertures à l'endroit. On pourrait y aller tantôt, reprit-il à moitié essoufflé par l'effort.

Il tirait à gauche, à droite... sans grand succès.

— C'est mon frère Ronald qui l'a fabriqué. Y fait n'importe quoi de ses mains. Y veut devenir artisan. Hé, tu pourrais m'aider un peu, non ? s'indigna-t-il tout à coup, en se rendant compte que François-Xavier restait planté debout à le regarder.

— J'arrive, répondit François-Xavier.

— Mais mon père, y veut que Ronald y fasse un curé. Envoye, laissons faire pis viens-t-en. On nous chicanera pas en plein jour de l'An, décréta-t-il en abandonnant le lit défait.

— Bateau, j'allais oublier les cadeaux que j'ai faits, dit-il en revenant sur ses pas.

Ti-Georges souleva un coin du matelas de son lit et en sortit fièrement une petite boîte de métal, dont il ôta le couvercle pour montrer le contenu à son ami.

François-Xavier regarda sans comprendre un hétéroclite amas d'objets divers.

Ti-Georges en vida le contenu et expliqua d'un air important :

— L'allume de bois c'est pour Ferdinand, y a commencé à fumer la pipe, le clou c'est pour Ronald, j'y va du plus vieux au plus jeune pour pas oublier. Le boutte de corde c'est pour Léopold, ça peut toujours servir. Le bouton pour Marie-Ange, Adrienne, j'lui donne le ruban pis pour Angélique, c'est cette roche, est belle hein ! Le vieux bonbon c'est pour Aline. T'as pas de sœurs toé ? Non ? Chanceux ! Attends, regarde, maman, elle, a l'a le plus beau cadeau, dit-il en montrant un petit morceau d'écorce de bouleau gravé maladroitement d'un joli cœur. J'l'ai fait tuseul. On dit que ta mère est bizarre pis qu'a l'est folle, c'est vrai ? lança tout à coup Ti-Georges.

François-Xavier hésita. Mais il avait déjà noué des liens solides avec Ti-Georges et sentait qu'il pouvait lui faire confiance dans cette amitié toute neuve.

— C'est pas ma mère. Pis c'est vrai, est folle ! Mais papa dit qu'est malade, pis qu'y faut pas lui en vouloir.

— T'as juste à devenir comme mon frère, pis j'te prêterai ma mère de temps en temps. Tu serais content ?

— Oui, reprit François-Xavier. A l'air ben gentille, ta maman.

— Ouais, mon père… J'ai pas de cadeau pour lui… J'ai rien trouvé… ajouta Ti-Georges embarrassé. C'est pour ça que j'les ai pas encore donnés…

— Attends, j'ai une idée. Offres-y ça, suggéra François-Xavier en tendant le mouchoir ayant servi à protéger sa croix.

— Bateau, ça va faire un beau cadeau, le père y en reviendra pas… Mets-le dans la boîte.

Ti-Georges referma le couvercle, heureux, savourant à l'avance la joie de sa famille lorsqu'elle en recevrait le contenu. Puis il s'écria :

— Le dernier rendu est un cornichon cornu !

~ ~ ~

Ti-Georges arriva à la cuisine largement en avance sur son nouveau copain. Le repas fut délicieux. Madame Gagné et Marie-Ange s'occupèrent de servir tout le monde. Ensuite, la maîtresse de maison envoya tout son monde au salon pendant qu'elle et ses grandes filles s'occupaient de la vaisselle. Elles rejoignirent les hommes un peu plus tard. Ti-Georges commença alors sa distribution de cadeaux. Les sœurs et les frères de l'enfant le remercièrent affectueusement, faisant semblant d'adorer leurs présents. Anna fut très émue à la vue du bricolage enfantin que son dernier fils lui offrit. Mais, lorsque Alphonse reçut son cadeau fièrement déposé sur ses genoux par des petites mains hésitantes, il regarda le mouchoir d'un air méprisant. Le père toisa son benjamin comme si celui-ci venait d'un autre monde et déclara qu'un mouchoir était bien la dernière cochonnerie dont il avait besoin, avant de le jeter négligemment sur le guéridon près de lui et de se verser une nouvelle fois à boire.

— Pis cesse de m'déranger, le jeunot, tu vois ben que chus en train de parler avec monsieur Rousseau, ajouta-t-il en chassant son fils de la main.

— Ça fait que mon Ernest, comme j'te l'disais, reprit Alphonse, imagine-toé donc que le gros ours noir était deboutte devant moé, c'était une femelle pis j'avais dû m'placer entre elle pis ses p'tits sans m'en rendre compte, parce que j'te jure qu'était pas de bonne humeur, la grosse… Pis là…

— Allons mon vieux, laisse-moé voir le cadeau que Ti-Georges t'as offert, intervint Anna.

Ah! que son mari n'avait pas le tour avec les enfants… Jamais un compliment, toujours le don de les rabrouer. Cela lui brisait le cœur chaque fois. Voir la déception s'installer sur le visage de son petit dernier alors que cette journée ne devait être remplie que de joie… Quelle tristesse!

— Quel beau mouchoir! reprit-elle en s'exclamant devant le bout de tissu fripé et défraîchi.

Ernest, qui avait reconnu sa possession, échangea un sourire de connivence avec François-Xavier et vint lui caresser les cheveux en une silencieuse approbation. Alphonse, fâché d'être interrompu encore une fois, commença à protester. Mais Anna ne laissa pas son mari reprendre la parole et enchaîna sur un ton faussement enjoué :

— Ti-Georges, c'était vraiment très gentil d'avoir pensé à nous autres de même. C'est une bénédiction du ciel que d'avoir un fils avec le cœur à bonne place.

Le petit garçon se dandina sur place et rougit de plaisir.

— Maintenant, Alphonse, chus certaine que tout le monde meurt d'envie de danser, enchaîna-t-elle en cherchant l'approbation des autres. Ferdinand, sors ton violon pis joue-nous un air! Allez la jeunesse, debout, dit-elle, en tendant la main à sa fille aînée, pis toé aussi Adrienne pis que ça swigne!

Personne ne se fit prier et tous se mirent à taper du pied et des mains, suivant le rythme endiablé du rigodon. Anna fit mine de ne pas s'apercevoir du regard courroucé de son époux et vint s'asseoir lourdement sur une chaise près d'Ernest. Elle regarda, satisfaite, ses invités et sa famille s'amuser comme des petits fous. Elle avait fait déplacer tous les meubles, rouler les tapis et ranger toutes les chaises de la maison le long des murs. Cela ne faisait pas du salon une salle de bal, mais suffisait à mettre les femmes au milieu, les hommes autour et changez de côté !

— Vous dansez pas, monsieur Rousseau ? demanda-t-elle gentiment à son voisin.

Celui-ci, perdu dans ses pensées, se disait que, curieusement, plus il y avait de monde dans la maison des Gagné et plus il se sentait seul. Il n'aspirait qu'à une seule chose maintenant, retourner au calme chez lui. Mais la vue de François-Xavier, qui s'amusait tellement, lui faisait retarder l'heure de son départ.

— C'est pus ben ben de mon âge, répondit poliment Ernest.

— Allons donc ! Que c'est que vous me chantez là. Moé, dans ma condition, j'peux pas me le permettre, mais vous y a pas de raison.

— Justement, madame Gagné, j'voulais vous dire que… vu votre état, ben, si jamais vous avez besoin de quelque chose, ben chus là. N'importe quoi, madame Gagné, n'importe quoi, j'va être paré.

Anna regarda dans les yeux cet homme si bon. Elle sut, à n'en pas douter, que son voisin pensait vraiment ce qu'il disait. Bonté divine, rare était cette race de gens.

— Merci, pis croyez que c'est pas tombé dans l'oreille d'une sourde ! Alphonse pis les gars vont retourner au chantier, ça va être ben rassurant de vous savoir si proche, si avenant.

— Quoi que ce soit, madame Gagné, quoi que ce soit !

~ ~ ~

— Va dans ta chambre t'habiller à chaleur, fiston, c'est aujourd'hui qu'on va chercher mademoiselle Coulombe.

— C'est qui, mademoiselle Coulombe? demanda François-Xavier tout ensommeillé encore.

Il était à peine cinq heures du matin et il faisait encore nuit noire dans la cuisine des Rousseau.

— Tu sais ben, la matante à Ti-Georges. Madame Gagné m'a demandé d'aller la chercher.

— C'est à matin qu'on va à Roberval? réalisa soudain François-Xavier, qui se faisait une grande joie à l'idée de cette expédition dont son père lui avait parlé quelques jours auparavant.

— Si tu peux te grouiller un peu de finir de manger pis monter comme j'te l'ai demandé, p't-être qu'un jour on pourra partir.

— Oui, papa, j'me dépêche, promit l'enfant tout excité.

Ernest s'était débarrassé des corvées rapidement avant de rentrer préparer à déjeuner. Attablés à la grande table de bois, le père et le fils terminaient leur repas à la lueur du poêle à bois dont Ernest avait laissé ouverte la lourde porte de fonte. L'homme sourit.

«Cet enfant-là mangerait à la journée longue» se dit-il en regardant affectueusement son fils tremper rapidement un gros croûton de pain dans son assiette remplie de mélasse. François-Xavier se leva, la bouche encore pleine, le menton barbouillé du visqueux sirop et courut à l'escalier menant à l'étage des chambres. Ernest, lui, se mit à préparer les provisions du voyage. Il ne leur fallait pas trop tarder. Traverser le lac jusqu'à Roberval en plein mois de février était risqué. Les gros froids de janvier étaient tombés et on pouvait s'attendre aux plus grosses tempêtes de l'hiver. Depuis qu'il avait déménagé dans la région, il avait entendu parler d'histoires de gens qui s'étaient complètement perdus sur le lac en pleine tourmente. L'enfer blanc qu'on disait. C'est donc avec appréhension qu'Ernest s'engageait dans ce périple.

« Mais une promesse est une promesse. Madame Gagné compte sur moé pour aller chercher sa sœur, alors, veux, veux pas, on va y aller. Non mais, l'hiver va-tu finir par finir baptême ! Que c'est qui m'a pris de venir m'installer par icitte, aussi ! C'est ma pauvre Rose-Élise, ben à l'abri à l'hospice de Québec, qui avait p't-être raison. Ah baptême, ça me ressemble pas de bougonner de même le matin… Roberval est toujours ben pas à l'autre boutte du monde ! C'est juste de l'autre bord du lac ! Pis madame Gagné a absolument besoin de sa sœur, avec le bébé qui s'en vient, pis toute la marmaille en plus, son aide sera certainement pas de trop, malgré les plus grandes qui font leur gros possible… Surtout qu'Alphonse pis ses trois grands gars sont repartis pour les chantiers juste après le jour de l'An. » Assurément, il ne pouvait refuser ce service. « Baptême, secoue-toi un peu, Ernest, vois les choses d'un autre côté. Pis pourquoi j'profiterais pas de ce voyage pour gâter un peu mon p'tit François-Xavier. Y s'en va bientôt sur ses cinq ans. J'pourrais p't-être avoir le temps de l'emmener au magasin général, lui faire se choisir quelque chose… une boîte de réglisse ou un sucre d'orge… hum, oui bonne idée… » Il imaginait déjà sa joie.

— J'ai pas pris de chance, j'ai mis mes deux paires de pantalons, pis trois paires de bas de laine, pensez-vous que j'va être correct ?

Ernest partit à rire. Son fils venait de dévaler les escaliers et se tenait devant lui, prêt, et parfaitement réveillé cette fois.

— Baptême, tu t'es habillé comme une pelure d'oignon. Faudrait qu'y fasse froid en coton pour que tu gèles ! Allons, mets ton manteau, pis on y va, si on veut revenir avant la nuitte ! répondit Ernest en entraînant François-Xavier dehors, après s'être assuré que tout était en ordre pour leur absence de la journée.

— Qui c'est qui va prendre soin de la vache à soir, papa ?

— T'inquiètes donc pas, les filles à madame Gagné vont venir s'en occuper, déclara Ernest en installant son fils dans le traîneau.

— Ti-Georges va être là aussi ?

— Ah ben ça, j'peux pas te dire ! s'impatienta Ernest en montant à son tour sur le banc. Allez, hue, la jument hue ! dit-il en donnant le signal de départ.

Le gros traîneau rouge se secoua. Encore endormi, il grinça de mécontentement de se faire déranger si tôt le matin, mais avec sa bonhomie habituelle, il ne fut pas long à faire entendre ses grelots, signe certain de sa bonne humeur retrouvée, et entama sa glissade vers le lac.

François-Xavier se mit à rire sous les cahots violents de la descente et se retint à deux mains aux rebords de bois pour ne pas tomber de côté.

— Doucement, doucement, intima Ernest à son attelage qui peinait et s'enfonçait dans la neige épaisse.

Une fois le lac atteint, ce serait plus facile. Il faudrait contourner les falaises que le vent avait formées, telles des vagues géantes, glacées en plein mouvement, mais après, l'équipage ne serait plus qu'un petit point rouge filant dans un désert blanc. Il n'aurait qu'à suivre les balises de sapins qu'on installait chaque hiver pour délimiter le chemin de glace.

C'était fantastique, grisant, cette impression que le lac entier nous appartenait ! Mais François-Xavier dut admettre que la courte halte qu'ils s'accordèrent à la petite cabane de bois où l'on pouvait s'abriter au milieu de la traversée fut la bienvenue. Il avait une de ces envies de pipi ! Pendant plus d'une demi-heure, il avait supplié son père de s'arrêter, mais celui-ci remettait toujours cela à plus loin.

— Tantôt mon gars, tantôt, répétait-il sans même ralentir le moindrement.

Ernest ne voulait vraiment pas traîner. Si jusqu'ici le trajet se déroulait sans incident, le retour risquait d'être plus problématique.

Pendant que son garçon se soulageait, Ernest entra dans la cabane. Le temps était trop doux, ça sentait la tempête de neige à plein nez, prédit Ernest en regardant l'horizon. Le jour s'était levé depuis une bonne heure et pourtant, tout était sombre encore. Dès que son garçon se serait soulagé, ils repartiraient. En attendant, Ernest prit une lanterne sur une tablette de bois, l'alluma et la cala solidement sur le rebord de la fenêtre à l'intérieur de la cabane… Comme il prévoyait le retour l'après-midi même, ce petit phare le guiderait au cas où… Cependant, il ne prit pas le temps de se préparer la bonne pipée dont il avait tellement envie.

— Allez! On repart!

Ernest s'assura de bien refermer la porte de l'abri et remonta dans le traîneau avec son fils. Ils venaient à peine de reprendre la route quand François-Xavier lui demanda le plus sérieusement du monde comment les petits sapins, qu'ils rencontraient régulièrement depuis leur départ, avaient fait pour pousser si vite. Ernest n'en revenait pas, être si petit, si naïf, si touchant… cet enfant l'émerveillait!

Aux dernières nouvelles, sa Rose-Élise allait de plus en plus mal. La vie n'était pas toujours réjouissante, mais grâce à Dieu, il avait François-Xavier pour le consoler par son innocence et sa candeur. Là, seuls au milieu du lac Saint-Jean gelé, tout petits dans cette immensité blanche, Ernest Rousseau se rendit compte à quel point son fils adoptif était devenu important pour lui et il réalisa qu'il l'aimait comme son propre enfant. François-Xavier commençait à se demander s'il n'avait pas dit une bêtise.

— Mon gars, dit Ernest, chus vraiment content d'être ton père… même si tu poses des questions idiotes en baptême, ajouta-t-il en riant, avant de donner un coup sec à la bride. Allez, Roberval nous voici!

~ ~ ~

— Voyez-vous quelque chose, mademoiselle Coulombe ?

Ernest était obligé de crier pour se faire entendre. Ce qu'il avait craint s'était produit. Il n'avait même pas parcouru la première étape du retour que la tempête s'était abattue sur eux. Ernest s'en voulait terriblement. Ils auraient dû attendre le lendemain avant de repartir, mais il avait cru fermement avoir le temps de revenir à la Pointe avant le mauvais temps. « Baptême de bon à rien » se disait-il. S'il avait eu plus d'expérience aussi. Il mettait en danger la vie de son fils et celle de la sœur de madame Gagné qui était sous sa responsabilité maintenant. Surtout qu'à Roberval, mademoiselle Coulombe ne les avait vraiment pas fait attendre. Fin prête, elle les surveillait par la fenêtre, son manteau sur le dos, sa malle dans l'entrée. Et on ne pouvait pas dire qu'ils s'étaient éternisés au magasin général, François-Xavier n'ayant pas hésité à choisir une petite figurine de bois représentant un homme à cheval qui ressemblait à un chevalier à l'armure magique, avait-il dit. Allez donc savoir ce qui se passait dans une tête d'enfant ! Non, ils ne s'étaient vraiment pas mis en retard, mais ce qui n'avait été que quelques flocons disséminés ici et là s'était rapidement transformé en une horde sauvage qui leur fouettait le visage.

— Non, m'sieur Rousseau, j'vois absolument rien, répondit la jeune femme.

— Pas même l'ombre d'un p'tit sapin qui aurait poussé par là, par hasard ?

Malgré le sérieux de la situation, Léonie Coulombe sourit à l'allusion. Peu après leur départ, le petit garçon endormi au chaud entre eux deux, monsieur Rousseau en avait profité pour lui raconter l'anecdote.

— Non, j'ai beau m'arracher les yeux, y a pas l'ombre d'un arbre ! se désola Léonie.

— Pourtant, reprit Ernest, on devrait pas être ben loin de la cabane !

Mais, en son for intérieur, il n'en savait plus rien. Tout n'était qu'un tourbillon hallucinant autour de lui… probable qu'il avait dévié de sa route, peut-être avait-il tourné en rond…

— Attendez! Là-bas, là-bas, y a p't-être ben une lumière!

D'énervement, Léonie s'était levée et pointait du bras entier la direction à suivre.

— Dieu soit loué, ça peut juste être le fanal que j'ai allumé, du moins je l'espère. Asseyez-vous, mademoiselle, on y va!

La cabane était bel et bien là, les attendant calmement, comme si elle ne s'était jamais amusée à jouer à la cachette avec eux. Le trio y trouva la sécurité pour le reste de la tourmente. Même le cheval d'Ernest y trouva refuge, abrité dans l'annexe de la cabane.

Ernest se dépêcha d'allumer la truie avant d'aller rejoindre ses compagnons de voyage qui grelottaient, assis sur l'unique banc de bois de la pièce. Léonie prenait gentiment soin de l'enfant, soufflant doucement sur les doigts glacés de celui-ci. Rapidement, l'abri devint plus confortable et François-Xavier alla dans un coin jouer au chevalier, imaginant des châteaux et des princesses. Ernest, lui, après avoir demandé la permission à Léonie, se permit enfin de s'asseoir et de fumer sa pipe. Léonie, adossée contre le mur, sourit timidement à l'homme. Malgré la tempête qui, furieuse qu'on lui ait fermé la porte au nez, rageait à l'extérieur, faisant trembler les murs, la jeune femme se sentait en sécurité et détendue. Au plus profond d'elle-même, Léonie sut qu'elle était en train de vivre un moment unique de sa vie. Non pas à cause des circonstances mais parce qu'elle reconnaissait les signes certains de l'amour, le vrai, celui simple et sans paroles, brut, sans fioritures, celui qui illumine sans aveugler, celui sans démesure, celui fait sur mesure… Ernest sourit en retour à la jeune femme. Il était étrange de se retrouver en compagnie féminine dans la promiscuité de cet abri. Et même s'il ne trouvait pas grand-chose à dire, Ernest fut certain qu'il n'oublierait pas de sitôt le joli visage de la jeune femme. Elle était plus blonde et surtout beaucoup plus jeune que sa sœur. Ernest lui donnait à peine vingt-cinq ans. La couleur de ses yeux était exceptionnelle. D'un vert magnifique, les yeux de chat de Léonie Coulombe auraient fait damner un saint, et Ernest entrevit l'enfer de ses nuits d'homme rêvant à son amour impossible…

~ ~ ~

La tempête avait été soudaine mais, heureusement, de courte durée. Ils atteignirent ainsi la ferme des Gagné en début de soirée. Ernest y déposa mademoiselle Coulombe et son bagage puis repartit tout de suite pour sa propre terre. Léonie fut accueillie comme une reine par son neveu et ses nièces. Il y avait si longtemps qu'elle les avait vus. Quant à sa sœur, comme elle semblait fatiguée et vieillie ! Un petit pincement de culpabilité au cœur, Léonie embrassa tendrement Anna et lui demanda :

— Alors, comment va ma grande tannante de sœur ?

— J'sais ben pas qui de nous deux est la plus tannante ! s'exclama Anna en riant. Allons les enfants, laissez votre tante respirer un peu, les chicana la mère. J'commençais à m'inquiéter, confia-t-elle. C'était pas beau dehors.

— Non, mais ç'a ben été, monsieur Rousseau est tout un homme !

— Ouais… mais marié, par exemple. Allez, assis-toé qu'on picasse un peu, l'invita-t-elle en tapotant le rebord d'une chaise de cuisine.

Toutes les deux étaient si contentes de se revoir. Elles avaient tant de choses à se raconter, à commencer par la mésaventure de la journée.

— T'es même pas venue nous voir pendant le temps des Fêtes, reprocha Anna à sa cadette un peu plus tard.

— J'ai pas pu, s'excusa celle-ci. Mais j'ai dans ma malle un cadeau pour chacun de vous autres !

À ces mots, tous les enfants revinrent s'attrouper autour de leur tante.

— T'étais pas obligée, mais tu vas faire des heureux là !

— J'espère ben ! Pis, Ti-Georges, t'as-tu été sage ?

— Oui, matante Léonie, jura le petit garçon, en prenant son air le plus angélique.

— On aura tout entendu ! s'exclama Anna.

Léonie fit la distribution de ses présents et mit de côté les cadeaux de ses neveux absents.

— Tiens, Anna, tu leur donneras quand y reviendront du chantier.

— Franchement, j'espère que tu vas rester assez longtemps pour leur donner toé-même.

— Tes filles sont grandes, Anna, tu vas avoir de l'aide en masse pour tes relevailles.

— Ça, c'est ben toé ! Tu entres par la porte d'en avant pis tu demandes où est la porte d'en arrière.

— J'te l'avais écrit que j'pourrais pas rester longtemps...

— Bon, bon, on en reparlera, dit Anna devant l'air renfrogné que prenait sa jeune sœur. Que ta robe est belle ! ajouta-t-elle en caressant le vêtement du bout des doigts. Tu dois faire pâlir de jalousie tout Roberval !

— Exagère`pas.

— Tu t'es-tu vue dans un miroir, une vraie grande dame !

— C'est rien que du beau tissu, Anna, c'est pas ça qui apporte le bonheur. Tu sembles dix fois plus heureuse que moé !

— Dix fois plus grosse tu veux dire ! plaisanta Anna, en désignant son gros ventre proéminent.

— Pour quand on attend les sauvages ? s'informa Léonie.

— Pour le printemps, au début avril environ. Bon, les enfants, apportez vos étrennes dans vos chambres ! Allez, dites bonne nuit à matante Léonie, pis ouste, j'veux pus voir le boutte du nez de personne pis pas un boutte d'oreille ! avertit la mère d'un air sévère. Tu veux un bon thé ? offrit Anna pendant que les enfants embrassaient leur tante à tour de rôle et se sauvaient à l'étage.

— Ça sera pas de refus certain, mais attends, j'va le préparer, répondit Léonie.

— Ben voyons donc, chus encore capable de faire bouillir de l'eau y me semble ! déclara Anna en faisant signe à sa sœur de rester assise.

Léonie regarda tendrement son aînée s'activer autour de la cuisinière à bois. Lasse, elle profita de ce moment de répit pour dénouer ses cheveux artistiquement coiffés en un bas chignon. Tandis qu'elle retirait une à une les pinces, elle se surprit à repenser à Ernest et se désola que cette rencontre soit sans avenir.

— T'as l'air triste à mourir, fit remarquer Anna peu après en s'asseyant avec, pour chacune, une tasse du liquide bouillant. Dis-moé pourquoi. Tes amours avec ton Anglais marchent pas à ton goût ?

Anna était la seule à qui Léonie s'était confiée, et ce, dès le tout début de sa relation avec John, il y avait de cela sept ans déjà…

— J'le vois pus depuis des mois, avoua la jeune femme.

Malgré la peine évidente de sa sœur, Anna soupira de soulagement. Ce n'était pas bien qu'une femme vive ainsi dans le péché. Elle avait pourtant essayé de la dissuader, mais Léonie n'en avait toujours fait qu'à sa tête.

— Maman avait ben raison de t'appeler son mouton noir… pensa tout haut Anna.

— C'est tout ce que tu trouves à dire !

Elle avait espéré un peu de réconfort de la seule personne au monde qui ne la jugeait pas. Mais il était vrai qu'Anna ne savait pas tout… Il y a des choses qu'on ne peut dire à personne, pas même à sa propre sœur.

— Ah, non, Léonie pleure pas ! Mais que c'est que tu veux que j'te dise ? T'es toujours si compliquée ! s'emporta Anna. T'aurais pu choisir un bon gars pis te marier, y en avait plein qui te tournaient autour, c'était pas le choix qui manquait ! Pis aujourd'hui tu te retrouverais pas vieille fille pis pas d'enfant !

— Oh Anna ! gémit Léonie en pleurant de plus belle, mais y avait promis de me marier !

— Je l'sais, je l'sais pis y te couvrait de cadeaux, de bijoux pis de robes... Y avait de quoi étourdir une femme ! concéda Anna en prenant sa jeune sœur par les épaules. Allez, pleure pus. J'aurais succombé moé aussi si un riche Américain s'était mis à mes pieds comme ça.

— Toé ? Jamais ! T'es la droiture même. Aide-moé Anna, j'sais pus quoi faire, t'es comme ma deuxième mère, aide-moé !

— Tu vas commencer par arrêter de pleurer, pis tu vas oublier cet homme-là. Y en vaut pas la peine.

Léonie réussit à sourire à travers ses larmes. Tendrement, elle regarda sa sœur. Elles avaient douze ans de différence et depuis qu'elle était toute petite, Anna l'avait toujours défendue et protégée envers et contre tous.

— Pis après, quand tu vas t'en retourner à Roberval cet été, continua son aînée, en lui caressant tendrement les cheveux, tu vas mettre fin aux commérages en fondant une famille, pas plus compliqué que ça !

— Pis avec qui s'il te plaît ?

— Ben attends que j'y pense. Oh oui ! Je l'ai ! Que dirais-tu du fils à m'sieur Plourde, celui qui travaille à la ferblanterie ? T'aurais p't-être des enfants aux yeux croches par exemple !

Et toutes deux éclatèrent de rire à la pensée du pauvre Georges Plourde qui louchait autant qu'il bégayait.

— Quand penses-tu qu'Alphonse va descendre des chantiers ? demanda soudain Léonie, redevenue sérieuse.

— J'espère qu'y va être là pour le bébé, mais ça m'étonnerait…

— Tu sais comme ton mari endure pas que je vienne icitte…

— Ah Léonie ! Que chus fatiguée de vous savoir à couteaux tirés tous les deux, vous pourriez pas faire la paix, non ?

— Chus désolée, Anna, mais j'pense pas qu'on s'entende jamais, ton mari pis moé.

— J'ai jamais compris pourquoi en plus, dit tristement Anna. V'là une couple d'années, tu passais ton temps à venir te promener chez nous, pis astheure, tu viens juste quand y est pas là.

— Anna, j'te l'ai dit, Alphonse, y aime pas me savoir sous son toit… Y me considère comme une femme de mauvaise vie.

— Alphonse a jamais pensé ça ! C'est sûr que si tu venais vivre avec nous définitivement, les gens oublieraient les ragots, pis tout rentrerait dans l'ordre, tu verrais.

— On pardonne aux hommes, Anna, pas aux femmes !

— T'exagères encore, p'tite sœur !

— Non, c'est vrai ! Souviens-toé de ce qui est arrivé à la maîtresse d'école du rang quatre à Saint-Thomas. On l'avait retrouvée au p'tit matin, battue pis… tout le reste… ben tu sais quoi ? Personne a pus jamais osé la regarder en pleine face. A l'a été obligée d'arrêter d'enseigner pis de partir se cacher on sait pas où. On lui a jamais pardonné pis c'était même pas de sa faute. Alors, imagine-moé…

— C'est une vieille histoire à ma grand-mère ! déclara Anna en haussant les épaules.

— Les vieilles histoires, ça existe pas, répondit Léonie. Pas pour ceux à qui c'est arrivé en tous cas…

~ ~ ~

Dans sa tête, Léonie se retrouva projetée en arrière dans le temps et l'affreux souvenir s'imposa à elle, aussi net et clair que si c'était arrivé hier. Elle était ici même, dans cette pièce, en pleine nuit, penchée sur le berceau dans lequel pleurait le petit dernier de sa sœur. Elle essayait de l'endormir, chantonnant doucement une berceuse, quand Alphonse était entré bruyamment. Il revenait de veiller chez un voisin et avait encore bu plus qu'il ne fallait.

— Où est Anna ? avait demandé son beau-frère d'une voix pâteuse.

— Est partie aider madame Tremblay à avoir son bébé. On pensait ben que celui-là était bon pour la nuitte, mais j'ai l'impression qu'y a encore une p'tite faim, dit-elle en prenant le nourrisson dans ses bras.

D'un pas lourd, Alphonse s'était approché d'elle. Il avait regardé son fils, qui cherchait instinctivement à téter, tournant la tête de côté, s'étirant le cou, les petits poings s'agitant dans tous les sens.

— Tu pourrais p't-être essayer de lui donner le sein toé-même, la belle Léonie, dit Alphonse, en fixant d'un regard concupiscent la jeune et ferme poitrine de la jeune femme, si provocante dans sa robe de nuit qu'elle n'avait pas songé à recouvrir, se sachant seule pour descendre à l'appel des pleurs de son neveu Ti-Georges.

Surprise, Léonie avait essayé d'assimiler les paroles du mari de sa sœur. Était-ce un genre de plaisanterie ? Avait-il vraiment dit cela ? Mais quand Alphonse était passé derrière elle et qu'il s'était collé intimement le long de son dos, elle n'avait plus eu aucun doute sur ses intentions.

— Recouche le bébé, lui avait-il ordonné durement, que j'te couche toé aussi.

— Non ! Alphonse, non… avait supplié Léonie.

— Fais ce que j'te dis ou j'va te mâter, moé, la menaça-t-il en l'empoignant par le cou.

Léonie était paralysée par la peur. Sa sœur l'avait avertie que quand son mari était pris de boisson, il fallait s'en méfier. L'alcool lui faisait tourner les sens qu'elle disait et mieux valait ne pas se mettre en travers de son chemin à ce moment-là. Elle avait remis le petit dans son ber. Traîtreusement, il s'était rendormi en suçant un coin de sa couverture. Alphonse n'avait pas lâché prise mais au contraire, l'avait resserrée et forcé la jeune femme à se diriger vers la seule chambre du rez-de-chaussée, celle dans laquelle trônait le lit nuptial, un grand lit aux montants sculptés en grappes de raisins dont un des ornements était un peu écaillé. C'est curieux comme de drôles de détails peuvent nous frapper dans de telles situations. Léonie reverrait toujours le petit éclat de bois manquant… L'homme avait refermé la porte derrière lui et, sans libérer sa proie, il s'était tenu un instant immobile, bloquant la sortie, sourd aux supplications de Léonie, souriant victorieusement. Il se savait, il se sentait tout-puissant. L'alcool le faisait déambuler dans un monde où il était le roi. Soudain, il s'était mis à lui pétrir les seins en haletant bruyamment. Il était parti d'un rire gras et une fois de plus, l'avait retournée, mais face à lui cette fois. Il avait détaillé sa victime, soupesant ses attraits, estimant la valeur de sa prise. Méprisant, il lui avait dit, tout en pressant douloureusement chaque sein :

— J'pense pas qu'y sorte grand lait de ça, à grosseur qu'ils ont.

— Alphonse, tu m'fais mal !

— Mais j'connais une place où on pourrait en trouver un peu de lait, mais du lait ben spécial pis rien que pour toé à part de ça, si tu têtes fort pis comme du monde, évidemment…

Tout en parlant, il avait poussé fermement sur les épaules de sa belle-sœur, forçant celle-ci à s'agenouiller. Il avait déboutonné son pantalon et, empoignant Léonie par les cheveux, il avait pressé son membre gonflé contre le visage de la jeune femme. Celle-ci avait voulu se dégager mais rien à faire, Alphonse était déterminé à arriver à ses fins.

— Envoye, c'est pas la première fois que tu fais ça certain…

La poigne était solide, les longs cheveux blonds enroulés autour des mains de l'homme, ivre du pouvoir qu'il détenait.

— Hum, oui, là comme ça... ouvre ben la bouche...

Et il lui avait imprimé de force un mouvement de va-et-vient.

Léonie hoquetait, étouffait, pleurait. Elle allait mourir, c'était certain. Il la poignardait de ce couteau de chair, vingt coups, trente coups, mille coups... Et la blessure s'élargissait de plus en plus, l'atteignant jusqu'au cœur, jusqu'à l'âme. Arme secrète des hommes aux effets dévastateurs, remplie d'un venin qui, explosant en petites détonations, empoisonne l'ennemi, prend possession de sa vie, le paralyse, souille à tout jamais chaque cellule de son corps, chaque goutte de son sang... Vaincue, honteuse, Léonie était restée à genoux, la mâchoire endolorie, un mauvais goût dans la bouche, le menton gluant. Le vainqueur était resté debout, contemplant, savourant, jouissant de sa domination. Puis, las de ce jeu à la victoire trop facile, Alphonse s'était laissé choir sur le bord du lit avec un grand soupir et il avait entrepris de retirer mollement ses bottes qu'il avait encore aux pieds.

— Pas de danger que ta sœur m'aurait fait ça, avait-il dit sans regarder Léonie, toujours prostrée devant lui. Ça prenait rien qu'une cochonne comme toé... Pis t'es mieux de pas aller te plaindre nulle part, t'en mangerais toute une ! avait-il continué sans même élever la voix. De toute façon, tout le monde sait quel genre de fille que t'es ! On en parlait justement à soir, à notre veillée entre hommes. Le vieux Hubert haïrait pas ça lui aussi, mais lui, il payerait par exemple, moé c'est pas pareil, chus de la famille !

Et il avait ricané, le rire s'amplifiant dans les oreilles de Léonie, comme si ses tympans étaient défoncés. Mue par un regain d'amour-propre, elle avait voulu se relever. Mais Alphonse l'avait rejetée par terre d'un coup de pied dans le ventre. D'un ton plein de mépris il lui avait lancé :

— C'est ça, va-t'en, pis laisse-moé dormir, mais tu vas sortir d'icitte à quatre pattes, comme la chienne que t'es.

Léonie s'était exécutée. Elle n'avait jamais appris à défier qui que ce soit. Elle avait ouvert maladroitement la porte, ayant cherché frénétiquement la poignée, puis se redressant, avait littéralement volé jusqu'à la chambre du haut qu'elle partageait avec ses nièces. La plus vieille s'était réveillée au son des sanglots de sa tante. Dans le noir Marie-Ange avait chuchoté :

— Matante, c'est-y vous ? Ça va pas ?

Léonie avait pris sur elle et menti.

— Oui, ma belle, je… j'me suis cognée… contre… contre un meuble… pis j'saigne un peu, j'pense… rien de grave, j'va me laver un peu… rendors-toé, ma grande.

— Dormez ben, matante !

La fillette de dix ans se rendormit aussitôt. À tâtons, Léonie n'avait eu que le temps d'attraper le pot de chambre dans lequel elle avait vomi violemment. Ensuite, elle avait cherché le bassin rempli d'eau fraîche pour le lendemain, s'était aspergé le visage et rincé la bouche. Mais si ces saletés se nettoyaient, elle était convaincue qu'il en serait autrement de l'éternelle crasse qu'elle porterait désormais sur tout son corps, imprégnée, tatouée, indélébile. Toute sa vie, elle aurait mal au cœur.

Le lendemain, Alphonse avait agi comme s'il ne s'était rien passé. Non, ce n'était pas vrai, il y avait quelque chose de changé. Maintenant, son beau-frère ne cachait plus la haine qu'il ressentait pour elle et avait commencé à lui lancer des petites phrases désagréables, même devant Anna, surtout devant Anna. Léonie était repartie le plus vite possible, n'en avait jamais parlé à sa sœur, et s'était toujours arrangée pour ne revenir qu'après s'être assurée qu'Alphonse était absent. À vrai dire, elle bénissait le ciel que les chantiers existent.

Sa sœur la tira de sa rêverie.

— Ouais Léonie, plus j'y pense pis plus chus convaincue que ce qu'y te faut pour te remettre sur le droit chemin, c'est un bon mari comme le mien. Bon, que c'est que j'ai dit de si terrible pour que tu te remettes à pleurer de même, Léonie, réponds-moé !

— C'est rien Anna, juste la fatigue du voyage pis l'énervement de la tempête… J'va monter dormir, d'accord ? renifla-t-elle en se levant.

— Ouais, tu te couches à l'heure des poules. J't'ai installée en haut avec les filles comme d'habitude. À moins que tu préfères coucher avec moé, mais j'risque de t'écraser.

— Pas de chance à prendre si j'veux pas me retrouver comme une crêpe demain matin, plaisanta Léonie sur un ton léger pour faire oublier ses larmes.

— En parlant de crêpes, t'en as promis à Ti-Georges. Oublie pas, parce que lui y va s'en rappeler. Pis c'est pas moé qui va les faire certain. Passer des heures deboutte devant le poêle, non merci.

— Profites-en donc, astheure que chus là, pis reste au lit demain matin, offrit la jeune sœur en embrassant affectueusement Anna sur la joue avant de se diriger vers l'escalier.

— Moé rester au lit ? Quand j'serai morte, pas avant !

~ ~ ~

La fin de l'hiver s'étirait tout comme la grossesse d'Anna qui n'en finissait pas. Enfin, l'enfant vint à se pointer en même temps que les premiers beaux jours d'avril. Anna s'en revenait du poulailler, appréciant cette belle matinée ensoleillée, quand les douleurs commencèrent. La première fut si forte, si surprenante, qu'Anna en échappa son panier rempli d'œufs pour se saisir le ventre à pleines mains. Pliée en deux, elle fixa, sans le voir, le visqueux mélange sur le reste de neige encore au sol. La crispation s'estompa doucement. Anna en profita pour essayer de se diriger vers la maison, mais la deuxième contraction la terrassa avant qu'elle n'ait pu faire un pas. Accroupie, frappant le sol d'un poing, outrée de tant de douleur soudaine, Anna essaya de se relever, elle ne pouvait accoucher ici... Elle avait tant prié pour que Ti-Georges soit son dernier enfant. Pendant quatre ans, elle avait vu ses prières exaucées et était certaine qu'elle ne serait plus jamais en famille. Surtout qu'elle avait atteint l'âge d'être grand-mère... Mais le Bon Dieu en avait décidé autrement. Elle tenta d'appeler au secours, mais la troisième contraction étouffa le son de sa voix. Les eaux du bébé s'écoulaient lentement par terre, comme les larmes qu'elle ne pouvait retenir. Il fallait qu'elle trouve le courage nécessaire pour se remettre debout. À demi redressée, elle réussit à se traîner un peu, mais la quatrième vague de souffrance arrêta sa progression. Reprenant son souffle, elle tenta à nouveau d'appeler à l'aide. Cette fois, le cri déchira l'air en même temps que les chairs de la mère.

~ ~ ~

Ernest profitait de la douce température et, tout en fendant quelques bûches, il enseignait à son fils comment s'y prendre avec une hache. François-Xavier, assis sur un rondin, écoutait nonchalamment les conseils de son père tout en jouant avec un petit couteau sur un morceau de bois. Tout à coup, l'enfant releva la tête, comme mu par un sixième sens. Il laissa échapper son ébauche de sculpture et resta là, les bras ballants, la bouche ouverte, les yeux ronds d'étonnement. Ernest arrêta net son élan de bûcheron et se retourna lentement vers ce qui causait tant de stupeur chez son fils. La surprise était de taille. Là, une grosse femme, qui lui rappelait vaguement quelqu'un, se tenait immobile, les larmes aux yeux, aussi émue que son fils adoptif. Le regard d'Ernest alla de l'un à l'autre, ne comprenant rien de la situation. Puis tout se précipita. La jeune femme s'agenouilla dans la neige, François-Xavier courut se jeter dans ses bras. Au nom de Fifine, que son garçon se mit à miauler, la lumière se fit dans l'esprit de l'homme. La femme était la fameuse Fifine de l'orphelinat.

~ ~ ~

Léonie était affairée à la cuisine, en train de boulanger sa fournée de pain, sous l'œil gourmand de Ti-Georges qui n'était pas encore assez grand pour aller à l'école, quand elle entendit le hurlement. Elle lâcha tout pour se précipiter à la fenêtre. Atterrée, elle y vit sa sœur indubitablement mal prise près des bâtiments.

— Ti-Georges, bouge pas d'icitte, tu m'entends pis touche à rien ! ordonna-t-elle.

Les mains collantes de pâte, énervée, elle eut de la misère à basculer la clenche de la porte. Celle-ci s'ouvrit enfin et Léonie courut jusqu'à sa sœur.

— Mon doux Seigneur, c'est le bébé qui arrive, c'est ça ? devina Léonie en aidant Anna à se relever.

— Mais non, j'veux juste que tu m'aides à faire une omelette, marmonna Anna en s'appuyant lourdement au bras de sa jeune sœur.

— Ben drôle. J'envoie quelqu'un chercher la pelle-à-feu, décida Léonie.

— Attends, souffla Anna, la sage-femme aura pas le temps de se rendre, j'le sens qu'y pousse !

— Quoi ! s'alarma Léonie.

— Ç'a ben l'air qu'y est pressé, celui-là, dit Anna avec un sourire crispé. Aide-moé à rentrer dans la maison, dépêche-toé !

La soutenant du mieux qu'elle put, Léonie réussit à emmener sa sœur jusque dans sa chambre.

— Ti-Georges, enlève-toé de dans nos jambes, dit sèchement Léonie à son neveu qui les suivait, inquiet. Va plutôt chercher monsieur Rousseau, tu sais comment y aller ? Dépêche-toé, monsieur Rousseau saura quoi faire, lui.

Anna intervint calmement :

— Ti-Georges, fais ce que matante Léonie dit. Mais, sois prudent, passe pas par le champ du taureau.

Ti-Georges détala sans prendre la peine d'enfiler le moindre manteau.

Anna soupira. Elle se serait bien passée de la nervosité de sa sœur, se dit-elle tout en se déshabillant maladroitement.

— Léonie, calme-toé, j't'en supplie. Passe-moé ma jaquette pis aide-moé à m'étendre, vite, on n'a pas grand temps…

— Mon doux Seigneur, Anna j'sais pas quoi faire, dit la jeune femme paniquée.

Anna éleva la voix.

— Calme-toé Léonie, tu m'entends, calme-toé tusuite ou sors d'icitte ! se fâcha-t-elle.

~ ~ ~

— Mon beau François, calme-toé, c'est moé Fifine, oui… Laisse-moé te regarder… Comme t'as grandi !

Ernest, mal à l'aise devant tant de démonstration, se racla la gorge. Joséphine, gênée, se releva.

— Oh, monsieur Rousseau, pardonnez-moé, mais j'me suis tellement ennuyée de mon p'tit François… On m'a toujours reproché à l'orphelinat d'être mère poule ! Vous vous souvenez de moé ? On s'est vus là-bas quand vous pis votre femme vous êtes venus chercher François.

— Oui, j'vous replace, confirma Ernest de plus en plus étonné par cette histoire.

Joséphine sortit un mouchoir de sa poche et, après s'être mouchée, commença à le triturer nerveusement entre ses mains. Elle avait tout planifié pour trouver le moyen d'aller rejoindre son fils. Des mois pour mettre à exécution son projet. Il lui fallait convaincre le curé de lui trouver un emploi à la Pointe-Taillon puis quitter Chicoutimi. Elle avait imaginé le déroulement de ses retrouvailles, répété ce qu'elle dirait au couple Rousseau. La vie s'acharnait peut-être à la séparer de son fils, mais celle-ci avait sous-estimé son propre acharnement.

— Ben oui, expliqua la jeune femme, imaginez-vous donc que la ferme du Français, vous savez, la grosse ferme de monsieur Normand là…

— Oui, j'connais, coupa Ernest.

— Il vient des vieux pays y paraît, continua Joséphine.

— Oui, j'sais.

— Un monsieur ben riche pis une ferme ben grande… enchaîna la visiteuse.

— Ouais, j'l'ai déjà vue, dit Ernest.

— C'est son intendant qui m'a engagée. Oui ben, imaginez-vous donc qu'y cherchait une femme pour tenir maison pis ben… imaginez-vous donc… que… eh ben…

— Comme ça vous travaillez chez monsieur Normand, résuma Ernest. Vous êtes venue à pied ?

— Y fait si beau à matin ! dit Joséphine. C'est mon jour de congé, ça fait que j'me suis permis de venir vous voir. J'espère que ça vous fâche pas trop que j'arrive comme un cheveu sur la soupe ? s'inquiéta-t-elle.

— Ouais, ben c'est toute une surprise ! répondit Ernest plus sèchement qu'il n'aurait voulu.

— Une baptême de belle surprise ! s'exclama François-Xavier qui s'était tu pendant l'échange du couple, surpris de l'inhabituelle froideur de son père et de l'évidente nervosité de la nouvelle arrivée.

Ernest éclata de rire et se dit que son fils avait bien raison de le remettre à sa place. Un instant il avait été jaloux de cette femme et avait été porté à la renvoyer chez son employeur et à l'éloigner de François-Xavier. De toute évidence, son petit garçon était heureux de ces retrouvailles, alors comment avoir le cœur de lui refuser ce bonheur ?

— Ben fiston, où sont nos manières ? se reprit Ernest d'un ton cette fois indubitablement plus aimable. Pis si on prenait soin de notre surprise pis qu'on lui offrait une tasse de thé ? Mademoiselle… Fifine ? dit Ernest en haussant un sourcil perplexe.

La jeune femme se détendit et rassurée, sourit à l'homme.

— Joséphine, pis c'est avec plaisir que j'accepte votre invitation mais à condition que ça soit moé qui prépare le thé !

~ ~ ~

— Tu voudrais-tu que j'te fasse chauffer du thé ? offrit Léonie, impuissante au pied du lit à regarder sa sœur souffrir.

— Léonie, tu m'énerves ! Pourquoi pas du gâteau tant qu'à y être !

Anna grimaça autant de douleur que de découragement face à l'inutilité de sa sœur. Haletante, elle souffla :

—T'es ben la seule femme du pays qui connaisse rien à la délivrance ! Va donc te laver les mains à place, la rabroua-t-elle.

Léonie s'exécuta et se dirigea vers la cuisine. Elle releva les manches de sa robe, remplit un bassin d'eau chaude et les plongea dans le récipient. Heureusement, Anna emplissait en permanence une bouilloire sur le poêle. Léonie se lava énergiquement les mains. Puis elle mouilla un linge, remit de l'eau à bouillir et revint rapidement au chevet de sa sœur. Celle-ci, en sueur, tenait les fameux montants de lit en forme de grappes de raisins à deux mains et forçait pour expulser son enfant.

— Tiens Anna, chut, repose-toé un peu… dit Léonie en humectant le front de sa sœur.

— Ben oui ! J'pense même que j'va dormir un peu ! se moqua rageusement Anna.

Anna se redressa subitement et redoubla d'ardeur dans ses poussées, mais ce bébé semblait coincé à la porte de sortie, ma foi du Bon Dieu !

— Pis là j'fais quoi ? s'informa Léonie d'une toute petite voix.

— Ah ! Léonie, va donc t'en faire toé du thé, s'impatienta la souffrante en lançant un regard mauvais à sa sœur.

— Ça va, ça va, j'ai compris… dit Léonie en battant en retraite. Tu m'appelles si t'as besoin de moé ? ajouta-t-elle.

— Aussi ben d'appeler Alphonse au chantier, ce serait aussi utile… maugréa Anna.

— Pas d'ma faute si chus la dernière de la famille, moé… bougonna Léonie en sortant de la chambre.

~ ~ ~

— Ouais ben, ça fait longtemps que j'avais pas bu du bon thé de même, mademoiselle Joséphine. Depuis que ma Rose-Élise… Ernest s'interrompit et baissa la tête.

— Euh… On m'a appris pour la maladie de votre femme. Pis justement j'avais pensé vous offrir mes services.

— Quoi ? dit Ernest, interloqué. Mais, mais j'ai pas les moyens d'avoir une femme à mon service, moé. Vous avez vu ma ferme, loin de ressembler à celle de m'sieur Normand !

— Je l'sais ben. J'garderais mon emploi chez le Français. Chus logée, nourrie. Mais j'viendrais en fin d'après-midi préparer le souper pis, mon jour de congé, j'viendrais faire la grosse besogne.

— Même ça, j'pense pas que j'peux me le permettre. La maladie de mon épouse me coûte pas mal cher pis…

— Mais pas question de m'payer ! assura Joséphine. Vous comprenez… j'me suis attachée à François, monsieur Rousseau.

— Appelez-moé Ernest.

— Écoutez, c'est important pour moé… Vous avez besoin de moé, pis moé, j'ai besoin de François.

— François-Xavier, rectifia sèchement Ernest.

Il y avait quelque chose qui le tourmentait dans cette histoire. Il avait l'impression de trahir Rose-Élise. Pourtant, l'attachement de cette femme pour son fils adoptif pouvait se comprendre. Elle avait dû prendre soin de lui dès son plus jeune âge. Les créatures agissaient parfois si bizarrement mais… tout ceci était si subit… Encore une fois ce fut François-Xavier qui décida de la suite des événements.

— J'veux pus jamais que Fifine parte, pus jamais !

Et l'expression déterminée de ce petit visage en disait long sur les conséquences d'un éventuel refus.

— Bon, ben, mademoiselle Joséphine, j'accepte votre aide, décida Ernest en chassant ses craintes.

C'est à ce moment que Ti-Georges entra en trombe dans la cuisine, demandant d'urgence de l'aide pour sa mère.

~ ~ ~

— Enfin les voilà ! s'écria Léonie en voyant l'attelage d'Ernest arriver. Elle quitta son poste d'observation et s'élança au devant des arrivants. Ernest n'eut même pas le temps d'immobiliser son cheval que déjà Léonie s'accrochait à la carriole en lui disant, paniquée :

— Ah monsieur Rousseau, je suis si contente de vous voir ! Anna est en travail pis j'sais pas quoi faire, j'vous surveillais de la cuisine, j'ai envoyé Ti-Georges vous chercher pour… pour…

Ernest sauta prestement en bas de la carriole et tout naturellement, prit les mains de Léonie dans les siennes et les retint longuement en disant :

— Calmez-vous, mademoiselle Coulombe.

Les beaux yeux verts de Léonie transmirent tout leur désarroi lorsqu'elle répondit d'un ton découragé :

— Tout le monde m'dit ça aujourd'hui.

— Ben, c'est que ça doit avoir du bon sens, plaisanta Ernest en relâchant Léonie pour lui présenter Joséphine. Celle-ci les avait rejoints et attendait, silencieuse, la suite des événements.

— Bonjour madame. J'm'appelle Joséphine Mailloux, pis chus venue aider, dit-elle calmement.

Léonie cligna des yeux comme si elle venait seulement de s'apercevoir de la présence de l'étrangère. Ernest la rassura :

— Mademoiselle Mailloux dit qu'a sait quoi faire, tout va ben aller, j'en suis sûr. Emmenez-là auprès de votre soeur, moé, j'va rester dehors pis m'occuper des deux garçons pis d'la ferme, comme de raison.

Léonie acquiesça et sans plus attendre, retourna vers la maison. Ernest suivit des yeux les deux jeunes femmes entrer précipitamment dans la ferme des Gagné. Ah, le mystère de la vie… Bientôt un nouveau petit être serait là. Un instant, il songea à ses propres bébés qu'il avait à peine eu le temps de bercer… Avec un frisson, il tourna le dos à ce monde de femme et entraîna François-Xavier et Ti-Georges vers l'étable. Il y trouverait bien de quoi s'occuper l'esprit.

Dans la cuisine, Joséphine se lava les mains avant de suivre Léonie jusqu'à la chambre d'Anna.

Celle-ci gisait dans son lit et n'eut même pas la force de questionner l'identité de la nouvelle venue. Elle se laissa examiner par Joséphine sans rien dire. Elle était dans un tel état d'épuisement que plus rien ne comptait vraiment à part le fait que cette souffrance devait finir. Péniblement, elle essaya de fixer son attention sur ce que l'étrangère lui demandait.

— Y va falloir aider ce p'tit bébé à passer. Vous risquez d'avoir ben mal, mais j'crois qu'on a pus le choix. On a-tu appelé un docteur ? questionna Joséphine en jetant un coup d'œil à Léonie restée en retrait pendant son examen médical.

— Y'en a pas su'a Pointe ! répondit celle-ci.

— Bon, on va se débrouiller, affirma Joséphine. Allez me chercher des serviettes propres. Tusuite !

Léonie ne se fit pas prier pour quitter la pièce. Elle n'en pouvait plus de voir sa sœur souffrir ainsi. C'était inhumain.

Soulagée d'être débarrassée de cette nuisance, Joséphine fit mentalement une prière, puis avertit la mère qu'elle introduisait ses doigts dans l'ouverture insuffisante pour la naissance.

— Voilà une p'tite madame ben courageuse… Oui, c'est ça, ça va aller, viens mon p'tit bébé, viens on abandonne pas, madame, le bébé a le cordon autour du cou… y est en train de s'étrangler… attention… poussez surtout pas…

— Ahh ! ! ! Ça fait trop mal ! ! ! hurla Anna.

— Vous en faites pas, j'ai souvent accouché mes sœurs, pis j'ai travaillé à l'orphelinat de Chicoutimi pis de temps en temps j'aidais à l'hôpital…

Joséphine parlait en essayant de paraître le plus calme possible mais en réalité, elle crevait de peur. Un bébé au cordon n'était jamais un accouchement facile et l'enfant survivait rarement.

— Allons, madame, encore un effort, pis vous aurez le plus beau bébé du monde dans vos bras... mentit Joséphine. J'le sais que j'vous fais ben mal... Attention, j'va l'avoir, j'dois baisser le menton... passer le cordon... voilà... Bon, maintenant, allez-y poussez! Poussez!!!

— Le v'là, Anna, le v'là! s'exclama Léonie revenue dans la pièce. J'vois ses cheveux, des cheveux tout blonds...

— Oui, confirma Joséphine, encore une poussée, cette fois c'est la dernière...

Joséphine tendit la main vers une des serviettes propres que tenait Léonie et doucement, accueillit la petite chose toute flasque au creux de celle-ci.

Délicatement, elle déposa le précieux paquet sur le ventre d'Anna et pendant de longues secondes observa le nouveau-né tout bleu se débattre mollement, la bouche entrouverte sur un muet cri de désespoir. Ce bébé était presque mort-né... Heureusement, Anna semblait plongée dans une bienheureuse inconscience. Hochant la tête de gauche à droite, Joséphine fit signe à Léonie que c'était peine perdue et, s'occupant du cordon, elle se prépara mentalement à se débarrasser d'un petit cadavre avant qu'Anna ne s'en rende compte. Léonie, comprenant l'horreur, mit un poing devant sa bouche afin d'étouffer le bruit de sa peine. Tout à coup, les petits bras et les petites jambes s'agitèrent comme dans une ultime tentative pour défier la mort. Surprise, Joséphine eut un mouvement de recul. Le bébé resta immobile quelques secondes puis inspira un grand coup. Sous les yeux estomaqués de la sage-femme improvisée, le nouveau-né se mit à respirer régulièrement comme si de rien n'était, recouvrant même une jolie couleur rosée.

— J'l'entends pas pleurer, s'inquiéta Anna en émergeant difficile-ment de sa torpeur. Y respire ? demanda-t-elle faiblement.

— Oui, oh oui, la rassura Joséphine avec un grand sourire de soulagement. A veut vivre celle-là !

— C'est une fille ? comprit Léonie en s'approchant, hoquetant d'émotion.

— Oui, une belle p'tite fille. A l'a encore un peu les pieds et les mains bleus, mais on va la frictionner pis ça devrait rentrer dans l'ordre, expliqua Joséphine en terminant de couper le cordon. Mais avant, ce trésor a droit à sa première tétée, reprit-elle en plaçant le bébé au creux des bras de sa mère, sa besogne terminée.

Du bout des doigts, Anna caressa le duvet, plein de miasme, de son nouveau-né.

— Merci, dit Anna, merci beaucoup, mais j'ai pas la force de la tenir.

Léonie s'empressa de soutenir sa nouvelle nièce.

— Est magnifique, Anna. Comment vas-tu l'appeler ? demanda Léonie.

— J'avais pensé à Julia, murmura l'accouchée. Est-ce que la mar-raine aime ça ?

Léonie réalisa que c'était à elle que la question s'adressait.

— Moé ? Mais… oh oui, la marraine trouve ça très joli, finit-elle par répondre, émue et fière d'être le choix de sa sœur.

— Avez-vous entendu, Joséphine, j'va être dans les honneurs ! J'va m'occuper de tout. Joséphine pourrait être la porteuse, si a veut ben comme de raison.

— Oui, oui madame… accepta-t-elle distraitement.

Joséphine était inquiète.

— Pis qui va être parrain ? demanda Léonie.

— J'avais pensé à Ferdinand, mais y est pas revenu du chantier, dit faiblement Anna. J'pense ben que monsieur Rousseau y voudrait…

— J'va aller lui annoncer la bonne nouvelle et dire à Ti-Georges qu'y a une p'tite sœur ! dit joyeusement Léonie en se précipitant à l'extérieur.

— Ça vous fera pas de tort d'être lavées toutes les deux, dit Joséphine, de plus en plus inquiète.

Au lieu de passer à l'acte, la jeune femme resta bêtement au pied du lit, les sourcils froncés. Quelque chose ne tournait pas rond. Le bébé tétait normalement, mais la mère était beaucoup trop blême et semblait sur le point de s'évanouir. D'un coup sec, Joséphine souleva la couverture avec laquelle elle l'avait chaudement recouverte quelques minutes plus tôt. Ce qu'elle avait craint, le pire des cauchemars, se concrétisait. Il y avait beaucoup trop de sang, ce n'était pas normal. Cette femme était en hémorragie. Sans plus tergiverser, Joséphine s'activa à essayer d'enrayer le flot de sang. Sans ménagement, elle pesa sur le ventre, imprimant des mouvements vers le bas. Mais la peau flasque refusait de se contracter une fois de plus pour expulser le placenta.

— M'sieur Rousseau est ben fier d'être le parrain, mais j'ai pas mis la main sur Ti-Georges, dit Léonie en riant tout en revenant dans la chambre.

Elle s'arrêta net à la vue des draps rouges et du visage livide de sa sœur.

— Que c'est qui se passe ?

— Ça marche pas, dit Joséphine, le reste veut pas sortir !

— Comment ça, le reste ?

Joséphine ne répondit pas et attrapa d'autres serviettes qu'elle roula en boule entre les jambes de la femme avant de se remettre à la masser encore plus vigoureusement qu'avant. Léonie s'approcha du lit.

— Anna, ça va ? Réponds-moé… Anna ?

Tout à coup, Anna agrippa le poignet de sa sœur.

— Léonie, écoute-moé, murmura-t-elle.

Elle devait trouver la force de parler.

— Léonie, mon pauvre Alphonse sera pas capable… promets-moé de t'occuper de Julia, prends-la avec toé, jure-le-moé…

— Dis pas ça, Anna, dis pas ça. Tu vas pas mourir, Anna !

Joséphine cessa toutes tentatives qu'elle savait vaines. Pieusement, elle s'agenouilla près du lit et commença à prier.

Dans la chambre, le soleil rentrait à flots, baignant la pièce d'une chaude lumière. Anna se sentait si bien maintenant, toute légère… sans plus aucun mal. Jamais, elle n'avait ressenti un tel bien-être. Une drôle de sensation… Elle avait envie de suivre cette lumière, de s'asseoir sur un de ses rayons et de remonter jusqu'à sa source. Elle avait la certitude qu'elle y trouverait le paradis. Elle se retourna une dernière fois, juste un peu, à demi. Elle vit son corps, inerte sur son lit, sa sœur sanglotant, hystérique, l'étrangère en train de prier, sa nouvelle petite fille qui grognait en cherchant le sein échappé à jamais. Un léger regret s'empara d'elle, elle pouvait revenir en arrière, elle en avait le choix, elle le savait, mais la luminescence était si belle, attirante, rassurante, beaucoup trop belle pour s'en détourner…

~ ~ ~

Les dernières volontés d'Anna furent respectées à l'exception près que Léonie demanda à baptiser l'enfant du prénom de Julianna. Son beau-frère Alphonse n'y fit pas objection. Taciturne, replié sur lui-même, il n'avait pas adressé la parole à Léonie depuis son arrivée, en catastrophe, des chantiers. Il ne prenait même pas la peine de répondre quand celle-ci lui parlait. Pourtant il leur faudrait bien, un jour ou l'autre, régler certains détails. Mais les semaines passèrent sans que rien ne brise le silence d'Alphonse. On ne pouvait pas dire que Julianna était un bébé facile. Elle pleurait beaucoup. Léonie passait son temps à l'avoir dans ses bras et à la bercer. Pour la calmer, pendant des heures, elle devait la promener dans ses bras. Dès qu'elle arrêtait le mouvement, la petite recommençait à pleurer. Le lait, se disait Léonie, ça doit être à cause du lait de vache qu'elle était obligée de lui donner.

Léonie manquait tellement de sommeil ! Debout dans la cuisine, tenant dans ses bras Julianna, âgée maintenant d'un mois et demi, qui n'avait cessé de pleurer depuis le matin, Léonie surveillait le lait en train de chauffer dans une casserole. Assis à la table, son beau-frère semblait perdu dans ses pensées. Ti-Georges, si triste depuis la mort de sa mère, se berçait dans la grande chaise berçante, la chaise préférée d'Anna. L'enfant regardait, sans le voir, le paysage ensoleillé de ce mois de mai.

— J'me demande ben à quoi ma pauvre Anna a ben pu penser en te confiant ce bébé, marmonna soudain Alphonse.

Surprise, Léonie jeta un coup d'œil en coin à son beau-frère.

— T'es bonne à rien, reprit-il en haussant le ton. T'es même pas capable de l'arrêter de pleurer ! Si cette Joséphine Mailloux jurait pas qu'a l'a été témoin des dernières paroles de ma femme, j'dirais que t'as tout inventé cette histoire pour te rendre intéressante.

— Franchement, Alphonse, voir si j'mentirais sur un sujet pareil ! s'indigna Léonie. Et puis la p'tite pleure à cause du…

Mais elle ne put terminer sa phrase, l'allusion étant trop forte à ce qui s'était passé entre eux.

— Si tu penses que j'va accepter que ma fille soit élevée par une catin ! protesta tout à coup Alphonse, en sacrant un violent coup de poing sur la table.

Ti-Georges cessa de se bercer et alla se réfugier derrière sa tante. Apeuré par la violence de son père, il se mit à pleurnicher. Le bébé pleura de plus belle.

— Franchement, Alphonse, tu pourrais faire attention... Ti-Georges...

Alphonse se leva en titubant et se dirigea vers Léonie.

— Lui? demanda-t-il en désignant son fils. Juste bon à se cacher derrière toé. Y était toujours dans les jupes à sa mère avant. Pis arrête de brailler toé aussi!!! ordonna-t-il, menaçant, au garçon. Anna a voulait pas d'autres enfants... A voulait qu'y reste le bébé de la famille, dit Alphonse en empoignant son fils par l'oreille. A disait que celui-là en valait trois à lui tu-seul pis que ses frasques allaient la faire mourir...

— Lâche-le, Alphonse, tu lui fais mal! s'interposa Léonie devant les cris déchirants de Ti-Georges.

Elle déposa Julianna, toujours en pleurs, dans son berceau près du poêle à bois et tenta de faire lâcher prise à l'ivrogne.

— T'as encore trop bu! eut le courage de critiquer Léonie en réconfortant Ti-Georges que son père avait libéré.

— Juste ce qu'y faut pour avoir le cran de parler à une traînée.

— Mais, que c'est que j't'ai fait pour que tu m'haïsses de même? hurla Léonie, qui n'en pouvait plus.

— Tout le monde sait ce que t'as fait. Tout le canton le sait! cria Alphonse. J'lui avais dit pourtant à Anna que j'voulais pus te voir icitte. A l'attirait le trouble dans la maison en t'invitant.

— Mais chus venue pour l'aider... se défendit Léonie.

— L'diable en personne, c'est ça que t'es... le diable! l'invectiva Alphonse tout en s'avançant lentement vers elle. Une tentatrice, une démone, qui est venue m'enlever mon ange sous mon propre nez. C'est p't-être toé qui l'as tuée, ma Anna?

Léonie niait en secouant la tête de gauche à droite, muette devant l'énormité de l'accusation.

— T'as toujours été jalouse de ta sœur parce que c'est moé qu'a l'a marié.

— Alphonse, t'es fou, dis pas des affaires de même... supplia Léonie, atterrée devant l'ampleur de telles paroles.

Tout cela dépassait l'entendement.

— Anna en voulait pus de bébé, a disait qu'a l'était trop vieille... A voulait pus que je l'approche... pendant des années... Mais un homme a des besoins, n'est-ce pas Léonie ?

La jeune femme reconnut la lueur dans les yeux de l'homme ivre.

— Mais, a va-tu se taire, sacrament ! cria tout à coup Alphonse en se tournant vers le berceau.

D'un air méchant, il se dirigea vers le bébé.

Léonie n'hésita pas. Elle prit le couteau de boucherie suspendu à un clou au-dessus de l'évier et en menaça son beau-frère.

— Si t'oses toucher à un seul cheveu de ce bébé ou à moé, j'te jure que j't'éventre comme le cochon que t'es !

Un soudain silence suivit cette déclaration. Même Julianna sentit qu'il fallait se taire et se tint tranquille. Ti-Georges, maintenant caché sous la chaise berçante, urina silencieusement dans ses pantalons. Ce ne fut pas la vue de sa tante brandissant la longue lame devant son père qui lui fit tant peur, mais le désir tangible de tuer qu'il reconnut dans les yeux brillants de celle-ci. Léonie et Alphonse s'affrontèrent du regard. La jeune femme tremblait de colère, mais la main tenant l'arme était ferme. Une terrible envie de s'avancer vers l'homme et de lui enfoncer profondément le couteau dans le bas-ventre, jusqu'au manche, la fit presque sourire. Comme il serait bon de sentir les chairs d'Alphonse se déchirer sous sa vengeance... Devant tant de haine, Alphonse ne put qu'abdiquer. Lentement, il se rassit à la table et se prit la tête entre les mains. Après un long moment, Léonie raccrocha son arme. De ses deux mains, elle s'agrippa au rebord de l'évier, bouleversée de la rage meurtrière qui, pour la première fois de sa vie, l'avait envahie. Alphonse, sachant le danger passé, s'adressa à sa belle-sœur d'une voix éteinte, mais sans appel.

— J'veux que tu sacres ton camp d'icitte le plus vite possible, pis que tu l'emmènes avec toé, déclara-t-il en désignant Julianna du menton. Astheure qu'est baptisée, pis qu'a porte mon nom, j'ai pus l'choix, mais c'est tout ce qu'a va avoir de ma part. Pour moé, est morte en même temps que sa mère... pis j'veux pus jamais entendre parler de vous deux, jamais.

Tout était dit. Alphonse se releva et sans un regard, sortit dehors, les mains dans les poches, et rejoignit l'unique ami qu'il avait : son flacon d'alcool, qui l'attendait, soigneusement caché dans un coin de l'étable.

~ ~ ~

Léonie s'en retourna à Roberval le lendemain même. Elle avait passé sa dernière soirée pratiquement enfermée dans sa chambre à prendre soin du bébé et à veiller aux préparatifs. Son beau-frère n'avait pas essayé de s'excuser ni de revenir sur la terrible sentence. D'ailleurs elle ne l'avait pas revu depuis l'épouvantable altercation. Évidemment, on fit appel à Ernest pour aller les reconduire au bateau. Le bon samaritain arriva tôt le matin devant la maison des Gagné. Ignorant tout de la situation, Ernest fut surpris de ne pas voir trace de son voisin, mais il mit sur le compte de la douleur de la séparation l'absence d'Alphonse. Aidé de Ferdinand et de Ronald, il embarqua la malle de Léonie et la ficela solidement à l'arrière de l'attelage. Rarement Ernest n'avait connu un matin si triste. Ces orphelins de mère faisaient pitié à voir. Du plus grand au plus petit, tous semblaient si désemparés. La

belle grande famille qui voilà à peine quelques mois chantait et dan-
sait au rythme du temps des Fêtes se retrouvait handicapée, démem-
brée, amputée de l'élément familial le plus important, celui qui
aplanissait les problèmes, celui qui les tenait réunis : leur mère. Seule
Léonie aurait pu colmater la brèche créée par le décès de madame
Gagné, et Ernest ne comprenait pas trop pourquoi celle-ci abandon-
nait sa famille au lieu de rester… Enfin, même s'il était parrain de la
petite Julianna, rien ne lui octroyait le droit de poser des questions
aussi personnelles. Il savait tenir sa place. Alors, respectueusement, il
laissa à Léonie le temps de dire au revoir à ses neveux et nièces puis
sans un mot, ils partirent en direction de l'embarcadère. Seul
François-Xavier les accompagnait. Son fils adoptif semblait lui aussi
ressentir la grande tristesse générale qui régnait et il avait attendu
sagement, dans la carriole, qu'ils soient prêts à repartir. Il n'était même
pas descendu retrouver son ami Ti-Georges. Celui-ci, accroché à la
main de sa grande sœur Marie-Ange, avait curieusement refusé les
adieux de sa tante… En y repensant, Ernest voyait bien que quelque
chose ne tournait pas rond. Mademoiselle Coulombe avait une
gravité au fond de ses beaux yeux verts qui laissait présager le pire…
Oserait-il en demander la raison ? Mais non, il ne pouvait se permettre
d'être trop familier avec la belle-sœur d'Alphonse, c'eut été vraiment
inconvenant et la jeune femme pourrait déceler le trouble qu'elle sus-
citait chez lui… Ernest soupira et se concentra à faire aller son cheval
au pas, attentif aux nids-de-poule de ce mois de mai boueux qui cas-
saient une roue de boghei dans le temps de le dire et qui auraient pu
blesser le précieux chargement qu'il transportait. Il n'aurait su dire à
quoi il était le plus sensible, à la minuscule Julianna dans son panier
d'osier, ne pleurant pas pour une des rares fois, ou à la présence de
Léonie qui tenait solidement le couffin sur ses genoux. Mais il n'avait
pas le droit de se permettre de telles pensées. C'était péché que d'ar-

rêter son regard sur les belles courbes féminines que soulignait le châle de laine entrecroisé sur la poitrine. Il avait une épouse qui souffrait, seule, à Québec. Il ne pouvait penser à une autre femme malgré le doux parfum sucré que dégageait mademoiselle Coulombe et qui ne cessait de le narguer. Mais peut-on éviter à l'orignal de se blesser les bois contre les arbres par mal d'amour ? Ernest soupira de nouveau et n'osa plus regarder sa passagère de tout le reste du trajet. Mademoiselle Coulombe y aurait certainement vu le désir qui y brillait. François-Xavier, lui, était très impressionné par la petite créature couchée dans le panier. Elle dormait, mais son visage ne cessait de faire différentes mimiques. On aurait dit qu'elle vivait toutes sortes d'aventures dans un monde rien qu'à elle. François-Xavier aurait aimé la tenir dans ses bras, mais c'était trop dangereux. Il se contenta de lui tenir délicatement une petite main, et il ne la lâcha plus jusqu'à leur arrivée. Vu qu'elle était la filleule de son père, il la considérait un peu comme sa petite sœur. Rendu à destination, c'est avec regret qu'il dut abandonner sa menotte.

— J'va vous monter votre malle sur le bateau, offrit Ernest.

— Pas besoin, j'va payer l'homme de la traverse pour le faire. Vous avez déjà été assez bon de même pour moé, le remercia Léonie.

— C'est rien que normal, c'est mon devoir de parrain après tout ! Vous allez me donner des nouvelles de ma p'tite Julianna ?

— Comme promis, régulièrement.

Elle hésita avant d'ajouter :

— Vous êtes ami avec mon beau-frère, je crois…

— C'est mon plus proche voisin, répondit prudemment Ernest, qui ne voyait pas trop où voulait en venir sa passagère.

— J'peux-tu vous demander quelque chose de… disons personnel ?

— Tout ce que vous voudrez, mademoiselle Coulombe.

— Je reviendrai jamais par icitte, ce serait trop long de vous expliquer pourquoi, commença-t-elle, embarrassée. Mais voudriez-vous essayer de surveiller Alphonse pour qu'y boive moins ? J'sais pas si vous êtes au courant, mais quand y boit, y devient euh… disons… ben, y perd un peu ses sens, si vous voyez ce que j'veux dire, pis j'm'inquiète pour mes neveux et nièces… Du temps d'Anna, a savait lui faire tenir la bouteille à distance, mais maintenant qu'est pus là…

Léonie se détourna pour cacher son envie de pleurer.

— Ouais, j'comprends, mademoiselle Coulombe. J'vous promets de veiller sur eux autres.

— Merci beaucoup. Vous êtes un homme dépareillé, m'sieur Rousseau.

Léonie déposa tendrement sa main gantée sur le bras d'Ernest. D'une légère pression, elle accentua le mot « dépareillé » qu'elle répéta doucement.

— Bon, j'pense qu'il faut que j'y aille, dit Léonie en retirant sa main, le bateau attend juste après moé.

— J'vous aide à débarquer, dit Ernest en s'empressant de sauter de la voiture et d'en faire le tour afin de cueillir le panier avec le bébé toujours endormi dedans, que Léonie lui tendait délicatement.

— Toé, François-Xavier, commença Léonie avant de descendre à son tour, tu vas prendre ben soin de mon Ti-Georges, promis ? insista-t-elle en plongeant un regard sérieux dans celui du garçon.

François-Xavier comprit et accepta la responsabilité. Il y a de ces enfants qui portent en eux la solennité d'une vieille âme, et François-Xavier était de ceux-là. Léonie remercia le petit garçon d'un baiser sur la joue et descendit prestement reprendre le panier des mains d'Ernest. Celui-ci s'éclaircit la gorge nouée d'émotion et dit d'un ton presque suppliant :

— J'espère quand même vous revoir un jour, mademoiselle Léonie…

— Ça m'étonnerait ben gros, se désola la jeune femme.

Malgré elle, elle tendit la main vers la joue de l'homme, mais ses doigts se refermèrent sur le vide, s'interdisant cette marque d'affection.

Léonie ferma un instant les yeux de souffrance, pleurant sur tout ce qui aurait pu être, qui ne serait jamais… Une larme s'échappa. Du bout des doigts, Ernest en suivit la trace sur la douce joue de la femme. Les grands yeux verts se rouvrirent sous la caresse de l'homme.

— Un jour, Léonie… un jour… murmura Ernest d'un ton affirmatif.

Léonie refusa cette idée de la tête puis, jetant un dernier coup d'œil autour d'elle, elle lança :

— J'remettrai jamais les pieds icitte, jamais, je l'jure.

Et avec un dernier au revoir de la tête, elle se dirigea d'un pas décidé vers le quai. Ernest la regarda parler avec les employés du traversier. Résigné, il débarqua la malle et remonta auprès de François-Xavier. Une dernière fois son regard croisa celui de Léonie, puis celle-ci tourna définitivement le dos à la Pointe-Taillon. Ernest fit faire demi-tour au cheval et se dirigea lentement vers sa ferme. Essayant de chasser ce pénible sentiment de perte qui lui écrasait le coeur, Ernest lança le cheval au trot et… tant pis pour les nids-de-poule !

~ ~ ~

Léonie déposa le panier dans sa chambre et se dépêcha d'aérer la maison. Une désagréable odeur de renfermé flottait partout et la poussière avait eu amplement le temps de s'accumuler pendant son absence. Sans plus attendre, elle enfila un tablier et entreprit un bon gros ménage. Pendant deux jours, Léonie frotta sans répit, ne s'accordant le droit de s'arrêter que pour s'occuper des soins du bébé et pour dormir un peu. Étonnamment, Julianna ne pleurait presque plus et passait son temps à dormir. Les rideaux furent lavés et séchés, dehors, ainsi que toute la literie de la maison. Les tapis furent vigoureusement secoués et les planchers de lattes de bois, impeccablement frottés à la brosse. Enfin, épuisée, mais contente de la besogne accomplie et n'ayant plus rien à nettoyer, elle cessa de repousser l'échéance et s'assit résolument devant son petit secrétaire d'acajou. Elle sortit son plus beau papier à lettre, prit sa plume et fixa un moment la page vierge. Elle avait décidé d'écrire à John et de demander son aide, mais d'une façon pour le moins particulière que sa sœur aurait certainement désavouée. Léonie avait pesé longuement le pour et le contre. Ce n'était pas un coup de tête, c'était une question de survie. À force de jongler à sa nouvelle situation, Léonie n'avait vu aucune autre solution pour pouvoir décemment vivre avec sa nouvelle filleule. Elle trempa le bout pointu dans l'encre et sans plus tarder, commença à rédiger sa missive.

Dear John... Elle hésita, se demandant si elle devait poursuivre en anglais ou non. Pendant ses années de fréquentation avec cet Américain, Léonie avait appris à parler anglais, mais elle ne se sentait pas tout à fait à l'aise pour l'écrire. Elle prit la décision de la rédiger en français, l'enjeu étant trop important pour se permettre un mauvais choix de mots.

Je sais qu'après notre dernière rencontre, reprit-elle en s'appliquant, *rencontre plutôt orageuse du mois de juillet dernier, vous ne vous attendiez sûrement pas à recevoir de mes nouvelles. Mais l'urgence de la situation m'y oblige.*

Léonie prit une grande inspiration et se lança :

J'ai l'honneur de vous annoncer la naissance d'une jolie petite fille âgée maintenant d'un mois et demi et prénommée Julianna. Malgré la pénible situation qu'est la mienne, j'ai décidé de garder ce cadeau auprès de moi. Aux yeux des gens de Roberval, cette enfant est celle de l'une de mes sœurs, morte en couches. *Ainsi, ma respectabilité est sauve même si après ce que vous m'avez fait vivre, les habitants de ma ville ne me considèrent plus guère comme étant une femme respectable. J'imagine que madame votre épouse n'apprécierait pas d'apprendre l'existence d'un enfant né hors mariage. Alors, si vous ne voulez pas que celle-ci sache ce que vous avez fait lors de vos voyages au Lac-Saint-Jean, vous allez devoir en payer les conséquences.*

La jeune femme se leva, alla voir si sa filleule dormait toujours et revint. Elle reprit la plume :

Vous verrez donc à l'éducation de votre fille. Je veux aussi que la maison que j'habite actuellement à Roberval devienne légalement ma propriété, libre de toute dette. Je veux également ne jamais vous revoir. Les seules lettres que je désire recevoir de vous seront celles contenant votre montant d'argent, lequel, je n'ai aucun doute, sera fort respectable et posté régulièrement, sans faute, et ce, jusqu'aux seize ans de Julianna. Après, vous pourrez considérer le mal que vous m'avez fait comme étant pardonné. Si vous vous acquittez honorablement de vos obligations, vous pourrez vivre en toute quiétude avec votre tendre épouse, sans que la chose ne vienne par hasard à ses oreilles, sinon...

Les dents serrées de colère, Léonie signa, cacheta sa lettre et inscrivit l'adresse de l'entreprise montréalaise dirigée par John. Dès demain, elle s'occuperait de l'expédier. Elle ne changerait pas d'idée, non, elle ne reviendrait pas sur sa décision, elle irait jusqu'au bout, mais pour expier ce terrible mensonge, devant Dieu, sur la tête de sa sœur adorée, elle jura de ne plus jamais se laisser aimer par un homme, plus jamais ! Elle se consacrerait exclusivement à élever sa fille adoptive qui, réveillée, la réclamait justement. C'était bien la première fois que Léonie fut enchantée d'entendre ces pleurs et d'y accourir.

~ ~ ~

François-Xavier tint sa promesse. Lui et Ti-Georges devinrent inséparables et les deux amis se considérèrent comme de vrais frères. Pour le petit Gagné, cette amitié fut la porte de salut. Car après la douloureuse perte de sa mère, la vie ne fut pas gaie à la ferme. Alphonse, son père, était d'une humeur massacrante à longueur de journée et n'ouvrait la bouche que pour aboyer des ordres ou admonester ses enfants, surtout son petit dernier. Sans que personne ne comprenne vraiment pourquoi, Ti-Georges était devenu son bouc émissaire. Alors rien de surprenant à ce que, dès qu'il en avait l'occasion, le petit garçon courait à toutes jambes jusque chez les Rousseau où il était toujours le bienvenu. Là-bas, il retrouvait une stabilité et une sécurité dont il avait follement besoin. Jusqu'à ce que Ti-Georges ait neuf, dix ans, Alphonse ne s'offusqua jamais des absences de son plus jeune fils. Au contraire, cela l'arrangeait.

François-Xavier et Ti-Georges eurent donc toute la latitude voulue pour mettre sur pied les plus fabuleux projets du monde entier ! Un été, ils se construisirent une jolie petite cabane sous les plus basses branches d'un gigantesque pin non loin du lac. Les deux comparses avaient pensé à tout : deux petits bancs en rondins pour s'asseoir et pique-niquer, une belle grosse roche roulée là à la sueur de leur front pour servir de table et quatre grands clous enfoncés dans le tronc de l'arbre. Un pour chacune de leurs frondes, un pour leur sac de billes et un pour le fanal. Ainsi, ils pourraient venir en cachette, la nuit tombée, essayer d'attraper leur plus grand ennemi, un gros raton laveur qui ne cessait de voler leurs provisions. La première rencontre avec Gros Noir, le nom qu'ils avaient donné à l'animal en raison de son masque prononcé et de sa corpulence, était survenue peu après la fin de leur construction. Fiers du travail accompli, ils avaient décidé d'aller se rafraîchir au lac avant de prendre leur premier repas dans leur nouvelle cabane. Joséphine qui, comme convenu, venait aider à la ferme des Rousseau avait cuisiné, à la demande de François-Xavier, à qui elle ne refusait rien d'ailleurs, de savoureuses galettes blanches. Après leur baignade, le rouquin et le frisé avaient décidé de faire la course, et c'était en riant qu'ils étaient arrivés nez à nez avec Gros Noir en train de s'empiffrer allègrement du délicieux dessert. François-Xavier avait protégé tout de suite son ami et s'était mis bravement entre l'animal et Ti-Georges. Nullement impressionné par les cris de rage des enfants, Gros Noir avait à peine relevé la tête de son festin et c'était presque avec un haussement d'épaules que le raton laveur avait décidé de s'en aller lentement, ne laissant que quelques miettes dans un panier renversé. François-Xavier avait suivi des yeux le voleur et décrété que le malfaiteur ne mettrait plus jamais la patte sur une de ses galettes. On ne touchait pas à ses possessions… Pourtant, les deux garçons avaient eu beau tout essayer pour faire fuir l'animal, celui-ci revenait quotidiennement dévaster leur cabane à la recherche d'autres provisions.

Aux grands maux les grands moyens, il fallait sortir l'artillerie lourde! décréta un soir François-Xavier. Une bonne volée de cailloux devraient parvenir à dissuader le malappris. Dès le lendemain, cachés stratégiquement près de la cabane, une belle grosse galette trônant sur la table de pierre, les deux gamins attendaient en silence, couchés côte à côte, que Gros Noir vienne se régaler. Ne quittant pas des yeux l'appât, écoutant le moindre craquement, leurs frondes bien en main, un tas de munitions près d'eux, les enfants attendirent. Sauf que François-Xavier n'était pas très patient, sa position était inconfortable, le bout du nez lui piquait et une mouche à chevreuil le harcelait. Ti-Georges ne cessait de le réprimander et de lui demander de cesser de gigoter. Enfin l'ennemi se pointa et sans aucun signe de peur s'approcha de l'offrande qu'il se mit sans tarder à grignoter. François-Xavier lança le signal d'attaque :

— Feu à volonté! cria-t-il en joignant le geste à la parole.

Les deux amis se mirent à bombarder l'animal des petites roches qu'ils avaient pris grand soin de choisir pour leur grosseur et leur forme ronde. Mais au lieu de s'enfuir, Gros Noir se mit à grogner en une espèce de chuintement menaçant tout en s'avançant vers ses attaquants. C'était bien là le dernier scénario que les garçons auraient imaginé ! Ils se faisaient attaquer par un raton laveur !

— Bateau, c't'animal est enragé !!! décréta Ti-Georges avant de prendre ses jambes à son cou et de déguerpir, bien vite suivi de François-Xavier.

Pressés de se mettre à l'abri, les enfants ne prirent pas les précautions habituelles et, ne regardant pas où ils allaient, c'est à pieds joints qu'ils marchèrent tous les deux dans le plus immense nid de guêpes. La douleur fut intense et c'est en pleurs avec chacun trois, quatre piqûres par jambe que les garçons entrèrent en trombe dans la cuisine d'été de la ferme des Rousseau. Ernest était absent, occupé dans les champs aux mille et une besognes d'un fermier. Heureusement, c'était le jour de congé de Joséphine et celle-ci se préparait à laver le plancher. Elle ne fut pas longue à comprendre le drame. Comme elle venait juste de remplir une bonne grosse chaudière d'eau bouillante en y laissant fondre un carré de savon, elle plongea une guenille dans l'eau savonneuse du seau et put rapidement soulager les enfants en pleurs. Quand, le soir venu, François-Xavier raconta à son père l'histoire de Gros Noir, celui-ci lui fit comprendre l'importance de partager la forêt avec les animaux de toutes espèces et lui dit que c'était pour ça que le Bon Dieu les avait punis.

— Tu comprends, mon gars, dit Ernest, vous avez dû construire votre cabane sur le territoire de Gros Noir. Y va falloir que vous vous installiez ailleurs.

— Vous pourriez pas l'attraper, vous, papa, pis le tuer avec votre fusil ? demanda le petit garçon avec espoir.

— François-Xavier, que c'est que j'viens de t'dire sur les animaux du Bon Dieu ? le gronda Ernest.

— Qu'on doit en prendre soin pis jamais faire mal pour rien, pour le plaisir… répondit son fils d'un air penaud.

— Bon ben ça fait que tu fais ta cabane ailleurs.

— Mais c'était la meilleure place ! revint à la charge François-Xavier.

— Pour Gros Noir aussi, faut croire, sourit son père.

Joséphine, qui avait assisté silencieusement à l'échange entre le père et le fils, intervint :

— T'aimerais-tu ça, toé, que le bonhomme sept heures y décide que ta chambre c'est sa place à lui astheure ?

— Non, non, répondit l'enfant apeuré.

— Bon ben grimpe te coucher tusuite, ordonna Ernest en souriant.

— Fifine, tu vas me raconter une histoire ? quémanda François-Xavier en montant les marches.

— Ben comme tous les soirs, mon François, pis après j'm'en va, y se fait tard. Envoye j't'e suis, j'va monter du beurre pour mettre sur tes piqûres, tu vas voir, tu t'en rappelleras pus le soir de tes noces, plaisanta-t-elle.

— Merci ben gros Joséphine, dit Ernest en se levant. Moé, j'm'en retourne dehors, j'ai encore ben de l'ouvrage tant qu'y reste de la clarté.

— Arrêtez de me remercier à tout bout de champ, vous savez ben comment ça m'fait plaisir de m'occuper du p'tit. Bonne nuit, m'sieur Rousseau, fit la femme en montant à l'étage.

Cela lui faisait plus que plaisir de s'occuper de François-Xavier… Joséphine n'en revenait pas encore de toutes les bontés dont la vie la comblait. Depuis des années qu'elle avait la chance de voir grandir son fils, de le cajoler, de le gâter, de soigner ses petits bobos, pensa-t-elle en souriant tendrement à la vue du petit garçon grimaçant de douleur pendant qu'elle appliquait le gras sur la jambe blessée. Bien sûr, la vie de colon sur la Pointe était à l'opposé de ce qu'elle avait vécu à Chicoutimi. Ici, aucune commodité de la ville, aucun service à proximité, il n'y avait même pas de curé pour surveiller vos moindres faits et gestes, la belle vie quoi ! De plus, cela lui permettait de pouvoir venir travailler chez les Rousseau sans reproche. Son sang indien ne lui faisait pas craindre la forêt à la brunante et, au contraire, ces longues marches entre la ferme du Français et celle des Rousseau la comblaient. Elle était en communion avec chaque élément de la nature. Quoi de plus mignon qu'un petit tamia en train d'engranger quelques cocottes, se pressant avant l'hiver, parcourant fébrilement le tronc d'un arbre mort, fourrageant parmi les feuilles orange, jaunes et brunes, courtepointe aux chaudes couleurs abritant le sol frileux. Et quel amusement que de suivre les pistes fraîches d'un lièvre si facilement reconnaissables dans la neige folle jusqu'à apercevoir un bout de fourrure récemment blanchie de camouflage. Joséphine avait même créé des liens avec une biche. Lorsqu'elles se croisaient au détour du sentier, le chevreuil s'immobilisait et plongeait ses grands yeux bruns dans ceux de la même couleur de Joséphine. La jeune femme s'arrêtait également et avec douceur se mettait à parler de n'importe quoi avec le bel animal. La biche écoutait attentivement, les oreilles s'agitant en un prudent frémissement. L'échange terminé, après un dernier regard appuyé, le gracieux animal repartait en sautant dans les nouvelles pousses d'aulnes et de fougères. Mais ses conversations préférées, c'est avec Ernest qu'elle les tenait. Un soir, en veillant sur la galerie, Ernest lui avait confié à quel point son épouse, toujours hospitalisée, avait souffert de la rudesse de ce coin de pays et que jamais elle ne s'était acclimatée. Même si elle avait vécu moins d'un an sur la ferme, elle avait juré que cela équivalait à une éternité. Joséphine avait assuré l'homme à quel point c'était le paradis ici pour elle. Ce sentiment de liberté que lui procurait la vie dans ces grands espaces était enivrant. Lorsqu'elle se tenait sur la grève, les pieds nus dans le sable chaud, face au lac, et que ses pensées s'égaraient vers un bel Irlandais, la brise du lac avait tôt fait de chasser les larmes et c'est le cœur léger qu'elle retournait en riant vers son fils, son François, qui grandissait, grandissait…

~ ~ ~

— Envoye, brêteux, on y va-tu à pêche, oui ou non ? cria Ti-Georges en arrivant devant la maison de son ami.

François-Xavier se dépêcha de terminer sa bouchée de pain et jeta un coup d'œil par la fenêtre. Une canne à pêche sur l'épaule, Ti-Georges l'attendait impatiemment, se dandinant d'un pied à l'autre.

— Joséphine, dis à papa qu'on prend la chaloupe, dit le garçon en se dirigeant vers la porte.

En ce beau dimanche matin, Joséphine se berçait doucement tout en brodant une taie d'oreiller tandis qu'Ernest était parti à Péribonka assister à la grand-messe.

— Sois prudent, mon grand, recommanda-t-elle en levant les yeux de son ouvrage. J'aime jamais ça te savoir sur le lac.

— Tu sais ben Fifine que j'ai le pied marin ! Pis j'ai douze ans astheure, il me semble que tu pourrais arrêter de me couver un peu, non ? ajouta-t-il tendrement en revenant sur ses pas flanquer un baiser sonore sur la joue de la grosse femme.

Joséphine sourit et admira l'adolescent sortir en trombe de la cuisine.

Dans la chaloupe, après avoir ramé un bon coup et s'être mis un peu au large, à l'abri des mouches, les deux amis appâtèrent leurs hameçons de frétillants menés attrapés juste avant dans le ruisseau. D'un geste synchronisé par l'habitude, ils lancèrent leurs lignes à l'eau.

Ti-Georges coinça le manche de sa canne entre ses genoux et s'étendit à moitié couché sur le banc avant de la chaloupe. En arrière, François-Xavier préféra déposer le long bâton de saule dans le trou percé à cet effet sur le côté de l'embarcation. Prenant les lourdes rames à deux mains, il se mit à faire avancer paresseusement le petit bateau, parallèlement à la rive, suivant une ligne imaginaire que les deux pêcheurs appelaient la faille et d'où ils avaient rapporté leurs plus beaux trophées de pêche. François-Xavier sourit au souvenir de l'immense ouananiche qu'il avait sortie de l'eau l'été auparavant. Le coup sec lorsque le saumon d'eau douce avait mordu à l'hameçon l'avait surpris, somnolent qu'il était à ce moment. D'énervement, il s'était levé et avait failli faire chavirer le bateau, au grand dam de Ti-Georges qui ne savait pas nager. Son ami le tira de sa rêverie.

— Ah la belle vie ! s'exclama-t-il en croisant les mains derrière la tête, souriant béatement.

— C'est étonnant que ton père t'ait pas trouvé de corvée à faire, railla François-Xavier.

— Hé, hé, c'est jour du Seigneur pour tout le monde ! répliqua le garçon.

— N'empêche que j'trouve que ton paternel exagère pas mal dans l'ouvrage qu'y t'donne, fit remarquer le rameur.

— Mon vieux a pas le choix ! Y reste rien que moé pis Aline pour aider…

Ti-Georges ferma les yeux et ajouta douloureusement :

— Depuis sept ans que maman est morte pis la maison a pas arrêté de se vider…

Lentement, au rythme du tangage, Ti-Georges se confia.

François-Xavier ne s'étonna pas. Ces moments de confidences étaient coutumiers. Ti-Georges était noir ou blanc, soit très exubérant, soit mélancolique. Et puis François-Xavier savait écouter. Jamais cela ne lui pesait. Au contraire, il ressentait la confiance que ces aveux témoignaient.

— Ferdinand s'est marié pis j'le vois pus jamais, continua Ti-Georges en ouvrant les yeux et en fixant le ciel bleu. Ronald, ben c't'un curé astheure, ça fait qu'aussi ben dire qu'y est pus de la famille... Léopold donne des nouvelles de temps en temps, mais y se montre jamais la fraise... J'te dis que chus grayé de frères ! fit-il sarcastique en se redressant pour vérifier sa ligne.

— Tu m'as, moé, lui dit François-Xavier tout en continuant à ramer.

— Ah ben bateau, on a mangé mon mené ! s'exclama Ti-Georges, dépité, en ramenant un hameçon vide. Passe-moé la chaudière, demanda-t-il en tendant la main vers le récipient de métal dans lequel barbotaient leurs appâts.

François-Xavier poussa délicatement du pied le seau.

— Pis mes sœurs, reprit Ti-Georges en choisissant le plus vigoureux petit poisson argenté, a se sont dépêchées de se marier...

Le garçon se tut un instant. À l'aide d'une longue aiguille, il s'appliqua à transpercer de son fil de pêche le leurre vivant de bas en haut, terminant par un solide nœud au bout de la queue.

— Voilà, dit-il satisfait en montrant le tout à son ami. Avec ça, j'm'en va attraper le monstre du lac, j't'en passe un papier !

Jetant le piège à l'eau, Ti-Georges se réinstalla en position d'attente.

— Tu vas voir, ça sera pas long qu'Aline va se marier itou... dit-il d'un ton découragé.

— Ben là, t'exagères ! A juste quatorze ans ! répliqua son ami.

— Regarde ben ce que j'te dis. J'y donne pas trois ans qu'a va convoler... Pis j'va me retrouver tuseul avec le père, conclut-il d'un air sinistre.

— Ouais surtout que ta tante Léonie est partie vivre à Montréal…

— Ah ben bateau ! s'exclama Ti-Georges tout à coup en se redressant tout énervé.

— T'as-tu pogné quelque chose ? s'informa François-Xavier en arrêtant de ramer, scrutant les profondeurs de l'eau, prêt à aider son ami à sortir sa prise.

— Au diable la pêche ! s'indigna Ti-Georges. J'm'en viens d'avoir une saprée de bonne idée ! Écoute-moé ben, là, là, on est trop jeunes encore, mais dans une couple d'années, on pourrait partir tous les deux pis s'en aller à Montréal pis on pourrait conduire les gros chars ou s'engager sur un gros navire pis devenir marins pis partir pour les vieux pays ou ben, j'sais pas moé, les pays chauds !

François-Xavier leva sur son ami un regard plein d'indulgence. Et voilà que son compagnon était reparti sur ses grands chevaux ! À bien y penser, François-Xavier le préférait ainsi…

— Pis que c'est que t'en penses ? insista Ti-Georges, attendant l'approbation de son ami.

Il en était ainsi entre eux deux. Car François-Xavier, par son attitude calme et protectrice envers Ti-Georges, était devenu tout naturellement celui qui mène, celui à qui on demande conseil, celui qu'on suit. Ti-Georges proposait, François-Xavier décidait. Le garçon aux cheveux rouges porta son regard au loin, vers sa terre adoptive, suivit des yeux le contour de la rive, devina la ferme paternelle, imagina le sentier rocailleux qui menait au grand chemin, vit la route qui passait devant la ferme du Français, le champ par lequel il coupait pour se rendre à la petite école de rang, le taureau du père Gédéon qu'il aimait défier, son cran préféré où sa talle secrète de bleuets poussait… François-Xavier se retourna et dit :

— Jamais Ti-Georges, jamais j'va partir d'icitte.

Ti-Georges sut que ce n'était pas une réponse à la légère. Avec un haussement d'épaules, le compagnon de pêche se calma.

— Ben rame d'abord pour pas que nos lignes s'emmêlent comme la dernière fois !

~ ~ ~

— Vous écrivez encore à mademoiselle Coulombe ? demanda François-Xavier.

— Comme à tous les mois, mon garçon, depuis des années, railla Ernest.

— Voyons son père, vous êtes à prendre avec des pincettes à soir…

Ernest regarda son grand fils de dix-sept ans. Il était devenu un beau jeune homme. Il le connaissait assez pour savoir que lorsqu'il tournait autour de lui ainsi, c'était qu'il avait quelque chose d'important à demander.

— Y faut que j'prenne des nouvelles de ma filleule, répondit le père laconiquement.

— Comment a va ?

— Ben comme toutes les p'tites filles de douze ans, j'suppose… Elle pis sa tante Léonie sont toujours à Montréal, pis mademoiselle Coulombe semble prospère… Ça fait drôle d'imaginer une créature s'occuper d'affaires comme un homme. Dans sa dernière lettre a me disait que les locataires de la maison de Roberval s'en allaient pis a me demandait d'aller fermer la maison pour l'hiver. J'lui écris qu'on va s'en occuper la semaine prochaine.

— Vous savez, son père, que Ti-Georges a même pas encore le droit de prononcer leurs noms chez eux ?

— Ce qui se passe chez les Gagné, ça nous regarde pas.

— Joséphine est pas là ? s'informa François-Xavier en changeant de sujet.

— Tu l'sais ben qu'est pas là, s'impatienta Ernest. A te l'a dit trois fois qu'a s'en allait soigner le petit dernier des Girard. C'est justement à propos de c'te maladie-là que chus en train d'écrire à mademoiselle Coulombe. Ç'a l'air que depuis le début de l'automne, ça commence à tomber comme des mouches… Bon j'ai pas rien que ça à faire, envoye mon fils, que c'est qui te chicote à soir ?

— J'veux vous parler d'avenir, déclara gravement François-Xavier en s'asseyant à la table près de son père.

Ernest plia soigneusement la missive inachevée, la mit de côté et prit le temps d'allumer une pipée. Seulement après il dit :

— J't'écoute, mon gars.

— Vous savez que depuis que j'ai fini l'école, Joséphine arrête pas de m'asticoter pour que j'continue à faire de grandes études.

— Joséphine, a te considère un peu comme son propre fils. T'as jamais eu de mère… enfin… ben… baptême, tu comprends ce que j'veux dire, balbutia Ernest.

Le jeune homme regarda affectueusement son père adoptif.

— J'le sais ben… Ce que j'veux vous dire, c'est que j'ai ben jonglé à tout ça cet été pis j'me suis décidé.

— Y fallait ben que j'm'attende à ce que tu partes un jour… L'éducation c'est important, pis chus ben fier de toé, mon gars pis Chicoutimi, c'est pas si loin pis mon fils va p't-être ben devenir docteur…

D'émotions, Ernest s'était mis à parler rapidement, car il ne voulait pas montrer à son fils le désarroi dans lequel l'idée de son départ le mettait. Mais François-Xavier l'interrompit :

— Vous m'avez pas ben compris, son père. Chus décidé à pas partir à Chicoutimi.

— Ah non ? Tu restes su'a ferme avec moé ?

— Non.

— Non ?

— Non.

Le jeune homme sourit devant la déconfiture de son père. Enfin, il annonça triomphalement :

— J'va avoir une fromagerie ! Fermez la bouche, son père, vous allez avaler des mouches ! s'esclaffa François-Xavier devant l'air ahuri de son père adoptif.

— Une fromagerie ! répéta Ernest.

— J'ai pensé à tout, son père… Enfin Ti-Georges m'a aidé… mais tout est arrangé. J'm'en va être apprenti pendant trois ans à la fromagerie Perron de Saint-Prime. Y ont accepté, j'pars après l'hiver pis après on ouvre notre fromagerie, icitte, su'a Pointe-Taillon !

— Ah ben baptême si j'm'attendais à ça !

— Vous allez l'dire à Joséphine pour moé ? demanda François-Xavier en retrouvant tout à coup une voix de petit garçon. J'voudrais pas la décevoir…

— Ah mon fils, si t'as pas encore compris que Joséphine, tout ce qu'a veut dans vie, c'est ton bonheur, c'est que t'es un moyen cabochon. Astheure, laisse-moé finir ma lettre. J'va annoncer la grande nouvelle à mademoiselle Coulombe.

— P't-être ben qu'a va venir voir notre fromagerie dans une couple d'années !

— Compte pas trop là-dessus. A promis de jamais remettre les pieds icitte pis baptême, j'commence à croire que c'étaient pas des paroles en l'air !

DEUXIÈME PARTIE

— Non, Julianna, on reviendra pas là-dessus encore ! On part demain matin un point c'est tout.

— Mais, marraine... j'ai pas envie d'y aller !

— Arrête d'en faire toute une histoire. On va passer l'été en vacances au Lac-Saint-Jean, j't'emmène pas à l'abattoir !

— Passer l'été dans ce coin reculé, c'est pareil, riposta la jeune fille. Peut-être que l'abattoir serait plus agréable !

— Oh ! Julianna, arrête de faire le bébé ! T'as dix-neuf ans maintenant ! J'commence à être tannée de m'obstiner avec toé !

Bon voilà que sa nièce recommençait à bouder ! Léonie sentit le découragement l'envahir. Il est vrai qu'elle-même n'était pas vraiment patiente depuis une couple de semaines... depuis qu'elle avait reçu cette fameuse lettre. Ce n'était pas dans ses habitudes de rabrouer ainsi sa fille adoptive. D'ailleurs, elle soupçonnait ce manque de sévérité d'être à la source du vilain défaut qu'avait Julianna d'être une boudeuse invétérée. Levant les yeux au ciel, la tante soupira et s'approcha doucement de la jeune fille. Tendrement, elle sourit en regardant la mine renfrognée de Julianna. Elle ressemblait tellement à Anna, à la différence qu'elle avait hérité non pas des yeux bleus de sa mère mais de ceux, très verts, d'elle-même. Léonie caressa la tête blonde :

— Julianna, j'comprends que tu trouves difficile ce voyage à la Pointe-Taillon.

« Si tu penses que c'est facile pour moé... » pensa Léonie en essayant de trouver les bons mots d'encouragement.

— Mais écoute ma grande, j'te l'ai expliqué vingt fois…

« Pis au moins mille fois dans ma tête et chus toujours pas convaincue de faire la bonne chose… »

— …mais, reprit-elle à haute voix, c'est notre devoir de se rendre auprès d'Alphonse.

Même là, il lui était encore malaisé de prononcer ce nom.

— Je sais, je sais, au chevet de mon père… ironisa la jeune fille. C'est notre devoir ! déclara-t-elle en gesticulant exagérément. Mais, vite, qu'attendons-nous ? Accourons, volons vers le lac Saint-Jean, vite ! Vite, le Titanic coule !

Et Julianna commença à courir en tous sens dans la pièce en imitant une jeune femme paniquée.

— Arrête d'être impolie comme ça, c'est pas de même que j't'ai élevée y me semble !

Malgré elle, Léonie se surprit à sourire, tout en regardant sa nièce jouer la grande scène du naufrage. Sa fille adoptive était si expressive. Un vrai boute-en-train ! Et puis, avait-elle su éduquer cette enfant ? Elle l'avait gâtée, oui, gâtée, pourrie.

Il est vrai que l'enfance de Julianna avait été à l'abri des soucis. La première année de sa vie s'était déroulée, tranquille, à Roberval. Léonie ne la quittait pas d'une semelle et s'émerveillait de la rapidité des progrès du bébé. Léonie avait pris le temps de bien planifier son avenir. Son subterfuge auprès de John avait eu encore plus de succès qu'elle n'aurait cru. Trois mois avaient passé depuis l'envoi de sa lettre et elle croyait ne jamais recevoir de réponse et commençait à désespérer de sa situation quand enfin une missive d'un cabinet d'avocat lui était parvenue. Tremblante, Léonie avait été tellement surprise de découvrir non seulement les titres de propriété de la maison de Roberval, mais également d'un immeuble sis à Montréal. Elle avait dû relire deux fois la note explicative jointe aux documents officiels.

L'homme de loi, engagé pour représenter John, y expliquait que son ancien amant était retourné définitivement aux États-Unis et que celui-ci lui avait laissé ses deux propriétés ainsi qu'une somme très considérable déposée dans un compte au nom de Léonie dans une banque de Montréal. En contrepartie, Léonie devait signer le présent document qui stipulait que cette signature dégageait monsieur John W. Morgan de toutes responsabilités. Léonie se souvenait encore du vertige qui l'avait terrassée au fur et à mesure que la portée des informations pénétrait dans son esprit. Elle avait signé la lettre, pris contact avec l'avoué et fait le voyage, sans Julianna, jusqu'à Montréal pour régler toutes les formalités. À son retour, Léonie était allée reprendre le bébé chez la voisine qui avait gentiment accepté de le garder, s'était assise à son secrétaire et avait fait des projets. De magnifiques projets dans lesquels Léonie s'installait définitivement à Montréal, ville qu'elle venait de découvrir et qui l'avait ravie. Sa propriété montréalaise comportait trois étages. Au rez-de-chaussée se trouvait une boutique que John avait utilisée pour recevoir les clients de son entreprise maritime. L'étage suivant comportait les bureaux de l'administration, à l'intérieur desquels un directeur, un comptable et une secrétaire avaient travaillé. Le dernier étage avait abrité les appartements personnels de John. Il avait tout laissé meublé, tel quel. Malgré la discrétion de l'avocat, Léonie avait pu réussir à comprendre que l'épouse de John avait sommé sa chère moitié de rentrer définitivement au bercail s'il ne voulait pas se voir dépossédé de tout. Car la fortune de l'Américain appartenait à son épouse. Léonie s'était approchée de la fenêtre de la chambre à coucher et avait admiré le mont Royal. C'était à ce moment-là qu'elle s'était sentie vraiment vivante pour la première fois de sa vie. Se sentir maîtresse de sa destinée, avoir le pouvoir de se prendre en main ainsi était le sentiment le plus exaltant du monde ! Voilà à peine quelques semaines, elle se voyait réduite à demander la charité à Alphonse, à le supplier de revenir sur sa décision ou encore de prier pour que monsieur Rousseau devienne veuf et soit libre de l'épouser comme elle avait senti qu'il n'haïrait pas cela, tandis que maintenant, Montréal lui appartenait, à elle, Léonie Coulombe! Elle imaginait déjà sa boutique de chapeaux, gants, tissus, boutons et robes pour la femme moderne! Elle l'appellerait Chez Léonie — non, trop simple —, La belle fille — trop vulgaire —, La belle du lac — oui, cela était joli et puis c'était ainsi que John l'appelait quand il lui offrait encore une somptueuse robe venant de Paris. Il disait en lui ouvrant la grande boîte carrée et en écartant le papier de soie :

— Pour toi, pour que tu sois ma belle du lac…

Elle lui devait bien ça!

~ ~ ~

C'est ainsi que Léonie s'était retrouvée à la tête d'une belle petite entreprise florissante qu'elle gérait de main de maître et que Julianna avait grandi dans la grande ville de Montréal, recevant la meilleure éducation possible, parlant aussi bien l'anglais que le français. Et Léonie avait tenu sa promesse. Celle-ci n'avait jamais permis à un autre homme de la courtiser. Elle s'était entièrement consacrée à son travail. Elle n'était également jamais retournée à Pointe-Taillon, comme elle l'avait prédit à Ernest. C'était drôle, quand elle pensait au parrain de Julianna, elle avait toujours cette sensation de chaleur qui lui traversait les reins même dix-neuf ans après et sans qu'elle ne l'ait jamais revu. Il est vrai qu'ils entretenaient une correspondance assidue. Il lui donnait des nouvelles de ses neveux et nièces, de François-Xavier, de la vie là-bas qui lui semblait un autre monde. C'était également Ernest qui voyait régulièrement à l'entretien de la maison de

Roberval. Après maintes hésitations, elle avait décidé de ne pas s'en départir. Elle pourrait toujours la louer. Elle ne savait pas trop pourquoi, mais elle avait un vital besoin de garder un lien avec la région. Elle envoyait régulièrement un peu d'argent à Ernest qui effectuait les menues réparations nécessaires pour que la maison ne tombe pas en ruine. À force d'entretenir un échange continu, Léonie et Ernest en étaient venus à s'appeler par leurs prénoms, tout naturellement, sans que ni l'un ni l'autre n'en fasse la demande. Lorsque Ernest lui avait annoncé le décès de sa Rose-Élise en 1917, Léonie avait eu un moment l'impression que l'homme allait lui déclarer sa flamme, mais les lettres étaient restées muettes de déclaration d'amour. De toute façon, c'eut été un refus. Elle avait fait un échange avec le Seigneur et Celui-ci, en contrepartie de son sacrifice, lui avait offert une vie merveilleuse.

Léonie avait été récompensée par les sourires de Julianna, sa joie de vivre, sa beauté, son talent. Car Julianna avait un immense talent, elle chantait divinement. Pour sa nièce, ce don était une passion et il était évident que jamais Julianna ne prendrait la relève au magasin. Tout ce qui n'était pas artistique était à l'opposé de sa fille adoptive. Léonie ne s'en faisait pas trop, car tout ce qu'elle voulait, c'était le bonheur de son enfant. Alors elle avait accepté de lui payer un piano ainsi que des leçons. Elle avait également consenti aux cours privés de déclamation et de pose de voix. Elle s'était étonnée de l'entendre chanter de l'opéra et n'avait jamais rouspété lorsque, pendant des heures, la chanteuse s'exerçait. Lorsque Julianna avait commencé à remporter des prix de distinction, Léonie en était venue à penser que sa fille avait peut-être raison quand elle déclarait qu'elle deviendrait une cantatrice célèbre. La filleule de Léonie se révélait une brillante élève à la voix très belle, mais surtout une élève déterminée et acharnée dans son travail. Petit à petit, de bouche à oreille, sa réputation avait grandi. On avait demandé à l'entendre dans les soirées, aux mariages et aux fêtes de toutes sortes. Elle en était même venue à se produire dans des occasions plus officielles, des galas de charité ou des cérémonies commémoratives. Léonie était si fière d'elle. Tout le monde la promettait à un grand avenir ! On disait d'elle qu'elle deviendrait la deuxième Albani, cette célèbre cantatrice native de Chambly et qui avait fait une fabuleuse carrière internationale. L'Albani était même devenue l'amie intime de la reine Victoria ! Et, quand la reine était décédée, c'est elle qui avait chanté à l'enterrement royal. Julianna s'amusait parfois, devant son miroir, à s'imaginer à l'enterrement d'une reine, chantant sa peine, la voix pleine d'émotion. Elle réussissait même à échapper quelques larmes.

Léonie s'occupait de tout et chaperonnait la chanteuse dans tous ses déplacements. La mère adoptive s'était surprise à se délecter de cette vie artistique. Elle qui avait passé son temps à travailler pour le magasin avait engagé une personne fiable et lui avait donné son entière confiance. Montréal avait tant à offrir. On pouvait y suivre la mode, se promener dans les grands magasins, aller à l'opéra, évidemment, ou au théâtre. Les deux femmes adoraient particulièrement se rendre à une séance de cinéma au Ouimetoscope. C'était une belle grande salle, des plus modernes, où Julianna surtout ne se lassait pas de visionner tous les drôles de petits films que sa marraine trouvait trop bougeants à son goût, comme elle disait. Mais comme la plus âgée appréciait les chanteurs de charme qui comblaient l'ennui des fréquents entractes tandis qu'on changeait de bobines, Léonie ne se faisait jamais vraiment prier pour y retourner encore une fois. À l'aube de ses cinquante ans, Léonie avait découvert qu'elle avait le droit de s'amuser sans que personne ne vienne troubler sa retraite. Cela était vrai jusqu'à ce qu'Ernest, dans sa dernière lettre, lui fasse parvenir, insérée à l'intérieur de celle-ci, une missive signée de la main même d'Alphonse.

~ ~ ~

— Les femmes et les enfants d'abord! cria tout à coup Julianna.

Léonie revint sur terre. Elle regarda sa filleule se laisser choir lourdement sur le lit à travers les vêtements éparpillés. Boudeuse, la jeune fille maugréa:

— Notre devoir, notre devoir... Il a jamais voulu me voir pendant toutes ces années pis il faudrait que je lâche tout parce que monsieur mon père, que je sais même pas de quoi il a l'air, est malade! Je lui dois absolument rien pis j'ai pas à y aller si je veux pas! s'emporta la jeune fille.

Léonie se frotta les tempes de lassitude. Elle avait juré de ne pas remettre les pieds à la Pointe. Revoir Alphonse était certainement la dernière chose dont elle avait envie. Oh, elle avait été tentée d'ignorer la maudite missive, de faire comme si elle n'était jamais parvenue jusqu'à elle... mais, dès la lecture de la lettre, Léonie savait qu'elle ne pourrait se résoudre à rejeter la demande. Encore une fois, elle tenta d'amadouer sa nièce.

— Écoute-moé, ma chérie, tout va ben aller...

Tentant de l'apaiser, elle lui expliqua doucement:

— Des fois, dans la vie, y arrive des événements qu'on risque de regretter pour toujours si on agit pas avec respect pis droiture.

Léonie essaya de choisir et de peser chaque mot.

— J'dis pas que ton père a ben agi en coupant les ponts comme y a fait, mais j'crois sincèrement qu'on a pas l'droit de refuser de répondre à son premier pas vers toé. Ça fait tellement d'années... T'es sa fille! Y dit qu'y est très malade pis qu'y veut te voir. Fais le pas pour lui, mais pour toé. Ce sera pas quand Alphonse va être dans sa tombe que tu vas pouvoir faire face à son ombre. Y est pis y va toujours être ton père, y a rien qui va pouvoir changer ça pis j'pense qu'y est temps que tu lui fasses une place dans ton cœur. Petite ou grande, ça dépendra de toé, mais tu dois lui trouver une place pour pouvoir être en paix avec toé-même… J'sais que dans le fond de toé, tu souffres que ton père ait jamais voulu te voir avant, mais dis-toé ben que lui, y devait vivre avec cette décision et pas grand monde voudrait avoir ce poids sur les épaules. Ton père est rendu vieux, Julianna, y a tellement souffert de la mort de ta mère… J'ai toujours gardé, en secret, un certain contact avec tes frères et sœurs, oui, ta sœur Marie-Ange m'écrit régulièrement… Non, dis rien… j'ai cru ben faire… Y s'informaient de toé, à qui tu ressemblais…

— Est-ce qu'ils vont être tous à la ferme? demanda timidement Julianna, ébranlée par ces confidences.

— Mon doux Seigneur, non! répondit Léonie en riant et en recommençant à faire les bagages. Y sont tous partis faire leur vie un peu partout. Tous tes frères et sœurs sont maintenant mariés, sauf Ronald. Lui, y a choisi la prêtrise, et si mes renseignements sont exacts, y prêche dans le boutte de Trois-Rivières.

— Vous m'avez jamais vraiment parlé d'eux, reprocha Julianna.

— J'croyais que t'y pensais pas.

— Qui sera là-bas, d'abord, juste mon père?

Depuis qu'elle était toute petite, elle s'était toujours sentie à part. Oh, sa tante ne lui avait pas caché les circonstances de sa naissance et lui avait parlé brièvement des membres de sa famille. Mais combien de fois, dans ses jeux de fillette, s'était-elle mise à rêver d'une maison pleine à craquer d'enfants, comme chez leur voisin Bérubé, qui riraient et joueraient à se cacher sous les escaliers ou au grenier avec elle. Elle aimait énormément sa marraine, mais l'existence de son autre famille sur le bord d'un lointain lac la rendait nostalgique.

— La terre appartient à Ti-Georges maintenant, expliqua Léonie. C'est certainement lui qui va nous accueillir au bateau après-demain.

Ça me fait tout drôle de penser à lui en tant qu'homme marié. La dernière fois que j'l'ai vu, y avait cinq ans pis astheure, y a un fils de c't'âge là...

Léonie sembla retourner dans le passé, mais chassa vite ces pensées.

— En tout cas, j'crois pas que tu puisses te plaindre de la vie que t'as menée avec moé, reprit-elle. Voyons ça comme des vacances! J'en mérite ben... Tout est organisé au magasin, monsieur Morin prend la relève, y est temps que je me repose un peu. Allez, finis tes bagages.

— D'accord, marraine, acquiesça Julianna, mais on pourrait pas rester là-bas juste une semaine ou deux?

— Est-ce que par hasard tu me cacherais pas quelque chose ou plutôt quelqu'un? Y aurait pas un jeune avocat là-dessous qui te donne envie de rester à Montréal?

Léonie regarda sa nièce. Le jeune homme tournait autour d'elle depuis des semaines. Il s'était présenté et semblait très convenable, certainement un fils de bonne famille, mais... il lui rappelait trop son John... un beau grand sourire charmeur, des cadeaux dans les bras, mais dans les yeux, une faim de loup que Léonie savait reconnaître maintenant. Elle ne voulait pas que sa filleule soit une brebis à croquer. «Comme la vie est bizarre, on dirait que l'histoire se répète. Quand on crache en l'air, ça vous retombe toujours sur le nez, même vingt ans plus tard» se dit Léonie.

— Oh marraine! s'offusqua Julianna. Henry y a rien à voir là-dedans pis je... je...

— Tu l'appelles par son p'tit nom, maintenant?

— Vous l'aimez pas, je le sais! s'enflamma Julianna. Quand il est venu veiller la semaine dernière, vous nous avez pas lâchés d'un pouce.

— C'est mon devoir de vous chaperonner. Tu t'attendais tout de même pas à c'que j'vous laisse tuseuls ensemble ! s'indigna Léonie.

— On est plus en 1800, marraine ! Les automobiles existent, les aéroplanes, le cinéma !

— Je l'sais en quel siècle on vit, mademoiselle l'impertinente ! Pis, chus p't-être pas ta vraie mère, mais tu me dois respect et obéissance ! s'emporta Léonie.

Julianna se tut d'un coup sec. Jamais sa tante ne l'avait traitée ainsi. Si elle pouvait apprendre à tourner sa langue sept fois aussi comme on lui répétait de le faire ! Mais qu'est-ce que Léonie avait ? On aurait dit que le voyage l'énervait encore plus qu'elle !

— Oh, pardonnez-moé, matante, s'écria Julianna en voyant des larmes brouiller le regard de Léonie. Vous savez comment je m'emporte vite, pis pour des riens.

Désolée, elle se jeta dans les bras de sa marraine comme la petite fille qu'elle était encore par moments.

— Allons, allons, c'est pas grave, c'est moé qui aurais pas dû perdre patience. Ton Henry a l'air d'être un jeune homme comme il faut pis très amoureux de toé, ajouta-t-elle en pinçant affectueusement la joue de sa fille. Quand on va revenir à Montréal, on va faire plus connaissance tous les trois.

— Vous savez, marraine, la plupart des filles de mon âge sont mariées… l'agaça Julianna.

— Quoi ? Es-tu en train de m'dire qu'il t'a déjà fait la grande demande ?

Julianna se mit à rire devant l'air éberlué de sa tante.

— Pas encore, mais… je pense que c'est pour bientôt.

— Pis tu vas répondre quoi ? s'alarma Léonie.

— Je sais pas… je disais surtout ça pour que vous arrêtiez de me surveiller sans arrêt.

— Julianna, t'es impossible ! On a beau être en 1924, y a une limite à ce qu'une jeune fille peut faire seule ! Bon, allez, on se chicane pus.

— Est-ce que j'apporte ma nouvelle robe de dentelle blanche ?

— Ma chérie, t'as vraiment aucun sens pratique. J'aurais du t'envoyer à l'école ménagère aussi…

— Pour apprendre à devenir une bonne épouse ! Non, merci !

— Alors, la réponse à Henry va être négative ?

— J'ai pas dit ça ! Oh marraine, vous m'asticotez, là…

Et elle se mit à rire de nouveau.

De toute façon, Julianna était déterminée à apporter sa robe blanche. Elle était si jolie dedans, une vraie princesse ! Tiens, même que c'était celle-là qu'elle porterait pour prendre le bateau, décida-t-elle. Elle voulait que son autre famille meure de jalousie en la voyant. Elle leur montrerait qu'elle avait pu fort bien se passer d'eux ! Elle se voyait déjà, immaculée dans sa robe, son chapeau assorti, juste bien enfoncé, mettre pied pour la première fois sur la Pointe-Taillon, tout le monde se retournerait sur son passage…

~ ~ ~

Tout le monde se retourna effectivement sur son passage, mais pas exactement comme elle l'avait prévu. Autour d'elle cet après-midi-là, les gens s'étouffaient plus de rire que d'admiration. Au début de la traversée, tout s'était passé à merveille sauf que Julianna avait bien vite constaté, à la nausée qui l'envahissait, qu'elle n'avait pas le pied marin. À Montréal, elle voyageait toujours en train, en taxi automobile ou en gros char, jamais en bateau ! Trop fière pour être malade, elle avait réussi à se maîtriser en respirant profondément, les lèvres et le nez pincés par tant de contrôle. Quand elle s'était rendu compte que son calvaire n'était pas terminé et qu'il fallait qu'elle et sa tante embarquent sur un deuxième bateau pour, cette fois, traverser la rivière Péribonka, elle avait cru s'évanouir de déception. C'est en empruntant enfin la passerelle libératrice, trop pressée de retrouver la terre ferme, qu'un étourdissement l'avait piégée. Ses pieds avaient dépassé le rebord et elle s'était retrouvée, dans le temps de le dire, en train de prendre un bain forcé. Les deux matelots de surveillance réagirent rapidement et ils eurent tôt fait de hisser la maladroite à bout de bras sur le quai du débarcadère, saine et sauve mais en piteux état. L'un d'eux lui tendit son chapeau tout déformé en essayant de ne pas trop rire, tandis que l'autre s'informait de son état de santé.

— Oh! ça va, ça va! ragea Julianna, vous pouvez retourner à vos occupations, je me suis pas noyée, quand même. Oh marraine, de quoi j'ai l'air astheure? se lamenta Julianna.

— Ben… disons que… Léonie ne put continuer.

Elle ne put se retenir de rire à la vue de sa filleule si guindée auparavant et dans un état si lamentable maintenant.

— Vous êtes certainement matante Léonie, intervint tout à coup un grand jeune homme. J'me souviens de vos fous rires avec maman, vous riez encore pareil.

— Ti-Georges! s'exclama Léonie en se retournant subitement. Ti-Georges, c'est pas vrai, mais t'as ben grandi! Oh! Ti-Georges, que c'est plaisant de te revoir!

Léonie n'en revenait pas. Elle avait beau s'être préparée à l'idée, c'était un choc que de voir cet enfant devenu un homme. Elle le serra dans ses bras, deux fois plutôt qu'une, puis, joyeusement, se recula pour l'admirer.

— Julianna, voici ton grand frère Georges, annonça-t-elle en le présentant à sa filleule.

Émue, la jeune fille ne trouva pas quoi dire. Ti-Georges régla le problème en éclatant de rire à son tour devant l'allure de sa petite sœur.

— Non, mais quoi, s'indigna Julianna en retrouvant la voix, vous avez jamais vu quelqu'un tomber à l'eau ?

— Oh oui, mais jamais en robe de mariée ! s'esclaffa Ti-Georges en riant de plus belle.

— C'est pas une robe de mariée ! se récria sa sœur. Tu sauras, mon cher grand frère, que c'est le dernier cri à Montréal ! se défendit-elle avec snobisme.

— P't-être ben, mais icitte, t'as l'air folle en bateau ! Hein, mon François-Xavier ? ajouta-t-il à l'adresse de son ami qui était resté respectueusement un peu à l'écart du groupe.

Léonie et Julianna s'aperçurent de la présence de l'autre homme en même temps.

— Pas le p'tit François-Xavier que j'ai connu haut comme ça ? François-Xavier Rousseau ? dit Léonie, éberluée.

Si ce n'avait été de la chevelure rousse, Léonie aurait eu peine à reconnaître le fils de monsieur Rousseau. Le petit garçon s'était transformé en un grand gaillard.

— Oui, matante, lui-même en personne, opina Ti-Georges.

— Bonjour mademoiselle Coulombe, salua poliment François-Xavier.

— J'lui ai demandé de m'accompagner avec la wagonnette pour les malles, reprit Georges. Comme vous aviez averti que vous auriez ben des bagages, j'ai pas pris de chance.

— T'as ben fait, mon garçon, surtout que j'ai eu beau dire, mais en plus des cadeaux que j'apporte, ta sœur a emporté du linge pour toute une année au moins !

— Du moment qu'elle a au moins une robe de rechange, hein, mon François-Xavier ? s'esclaffa de nouveau Ti-Georges en donnant un coup de coude à son meilleur ami.

— Arrête de l'agacer, la défendit François-Xavier, moé, j'trouve que vous avez l'air d'une princesse, mademoiselle, ajouta-t-il à l'adresse de Julianna tout en la saluant avec déférence.

— Ah ben bateau ! On aura tout entendu ! Là t'exagères François-Xavier ! Une princesse ! Une princesse des bécosses, oui, on n'a jamais vu une fille avec des cheveux courts !

— Ça commence à faire, Ti-Georges, l'avertit Léonie en retrouvant son autorité d'antan et ne voulant pas que sa nièce perde toute contenance. Allez, emmène-nous chez ton père. Pis en chemin tu vas me raconter toutes les dernières nouvelles !

— D'accord, matante. Venez, j'vous embarque dans mon boghei. François-Xavier, tu t'occupes d'emmener la princesse dans ton carrosse ?

— Oui, oui, s'empressa d'accepter son ami. Aide-moé à mettre les malles dans la wagonne pis on te suit. Venez, mademoiselle Julianna, j'va vous aider à grimper, dit François-Xavier en désignant l'attelage.

— Non merci, monsieur Rousseau, le rabroua la jeune fille, offusquée. À cause de vous, mon frère arrêtera pas de me traiter de princesse. C'est de votre faute si je passe pour une vraie idiote !

Et, sans plus un mot, elle alla prendre place dans la wagonne, ajustant en chemin son chapeau déformé sur sa tête.

« Quelle drôle de fille, pensa François-Xavier en la suivant du regard. Est si belle… est si… si… est pour moé. »

Julianna était peut-être tombée à l'eau, mais François-Xavier, lui, venait de tomber éperdument amoureux.

— Une chance qu'on a un beau mois de juin, le soleil aura vite fait de vous sécher en chemin, dit gentiment François-Xavier en prenant place à côté de Julianna sur le banc inconfortable de la grosse charrette.

— Tout le monde est paré ? s'informa Ti-Georges. Bateau que t'as un joli chapeau, Julianna ! ajouta-t-il en faisant mine d'être sérieux.

— Euh… merci, Ti-Georges, répondit sa sœur, décontenancée.

— Si jamais t'en veux pus, tu pourras toujours l'offrir au curé, ça pourra servir de clocher pour l'église qu'y veut faire construire ! poursuivit-il en s'esclaffant.

— Oh ! Mon… mon… mon verrat !

De rage, elle ôta son chapeau et le lui lança en pleine figure.

— Tiens, j'espère que tu vas en entendre, des cloches ! cria-t-elle furieuse.

— Mais, c'est que la p'tite sœur a du caractère, s'écria Georges en riant.

Il redonna le couvre-chef à sa propriétaire avant de mettre en garde son meilleur ami.

— Fais attention à toé, mon François-Xavier ! C'est p't-être pas une princesse que tu transportes, mais une vilaine sorcière qui pourrait te jeter un sort !

Et en ricanant, fier de son coup, il rejoignit sa tante qui l'attendait, déjà installée sur l'étroit siège de la voiture à cheval. Puis, sans plus attendre, il s'engagea sur le chemin du retour.

— Faites pas attention à lui, y est pas capable d'être sérieux deux minutes, surtout quand y est gêné, on dirait qu'y fait exprès, excusa François-Xavier après le départ de son ami. Y est p't-être un peu agaçant, mais c'est un moyen bon vivant aussi. Y a un cœur en or, vous verrez. Allez hue, cheval, hue !

Le petit attelage trottinait en avant, Léonie n'ayant de cesse de poser des questions. La grosse carriole suivait, plus silencieuse que celle de leurs prédécesseurs. François-Xavier fouilla dans sa poche et tendit un petit flacon à sa passagère en expliquant :

— C'est le pire temps de l'année pour les mouches noires. Sur le bord de l'eau, on est correct, mais à l'abri du vent, c'est pas tenable ! Mettez-vous ça dans la face, ça devrait les tenir éloignées.

— C'est quoi? Pouah! Ça sent le diable! s'écria Julianna en plissant le nez après avoir ouvert la petite bouteille.

— C'est une recette qui vient des Indiens. C'est… une personne que j'connaissais qui me l'a montrée. Allez, mettez-en avant qu'on rentre dans la forêt. L'attelage de Ti-Georges est léger, mais nous, chargés comme on est, les bébittes vont avoir en masse le temps de nous bouffer.

— Non merci. Imaginez-vous donc, monsieur Rousseau, que j'ai déjà vu des mouches noires dans ma vie pis que je suis capable de m'en défendre sans avoir à puer l'huile de mouffette, riposta la jeune fille en redonnant le petit pot au conducteur.

Résigné, François-Xavier rempocha le flacon et continua lentement sa route. Peu après, le chemin se rétrécissait et ils pénétrèrent dans la partie boisée. Le vent, qui jusque-là les avait protégés par sa brise, disparut dans les arbres et une véritable nuée de mouches noires, ces minuscules bestioles qui vous brûlent de leurs morsures microscopiques, se ruèrent sur leurs proies. La femelle, avec sa peau tendre et douce et parfumée, les attirait particulièrement. La robe blanche de Julianna devint rapidement tachetée de noir. Elle avait des mouches dans les oreilles, les yeux, le nez! Elle en mangea certainement une ou deux! Ses mains virevoltèrent, essayant d'écraser ces dévoreuses. Elle secoua sa tête de gauche à droite, tentant de les souffler au loin, mais il n'y avait pas moyen de s'en débarrasser!

François-Xavier examina furtivement sa compagne. Elle ne disait toujours rien. De longues traînées de sang coulaient derrière ses oreilles et elle ne cessait de gesticuler comme une girouette. Plus maniable, le boghei avait pris de l'avance, les laissant loin derrière. Le jeune homme hésita, ce ne serait pas très convenable d'arrêter la wagonne, mais il ne pouvait tout de même pas la laisser se faire manger toute crue. D'un geste sec, il prit sa décision et tira sur les rênes. Les coinçant entre ses cuisses, il ressortit de sa poche l'anti-moustique, s'en versa une énorme quantité dans les mains et, sans attendre le consentement ou les reproches de Julianna, il se mit à la huiler lui-même.

— Hé, qu'est-ce que vous faites! Ah non! se défendit Julianna en se reculant.

Mais François-Xavier l'agrippa solidement et continua à lui enduire le visage de lotion. Sur le coup, il n'y avait aucune douceur dans ce geste; il la frictionna vigoureusement sur les joues, le front, ayant repoussé le chapeau, impatienté par tant d'inconscience. Mais, petit à petit, sans qu'il n'y puisse rien, ses doigts ralentirent, se firent caressant et glissèrent le long du cou gracile. Il était penché sur elle, il ressentait la chaleur de son corps, tout près, si près... trop près. François-Xavier contempla la jeune femme. Les courts cheveux blonds coupés à la mode du temps frisottaient un peu en séchant. Qu'elle était belle, mais belle! Il allait l'embrasser, il ne pourrait s'en empêcher! Elle ne disait plus rien, les lèvres entrouvertes et tremblantes, respirant plus vite, les yeux verts, agrandis d'émotion. François-Xavier se pencha un peu plus vers celle-ci, mais hélas, ne put atteindre la bouche convoitée, car tout à coup, Julianna éclata en sanglots. Désemparé, François-Xavier se tassa le plus possible dans son coin et, maladroitement, sans plus oser regarder la belle Julianna, se mit à jouer nerveusement avec le cuir du harnais, qu'il égratignait de ses ongles sans s'en rendre compte. Il s'en voulait tellement. Il n'avait pas voulu la faire pleurer! S'il avait plus d'expérience avec les femmes aussi, au lieu d'être resté un vieux garçon. Il n'avait jamais pris le temps de courtiser une fille comme Ti-Georges, son travail le préoccupant trop. L'ambitieux projet d'avoir sa propre fromagerie avait pris tout son temps. Associé avec son père, ils en avaient commencé la construction sur une partie du lot d'Ernest. Si tout se passait comme prévu, la fromagerie deviendrait opérationnelle l'année suivante. Non, il n'avait vraiment pas eu le temps de penser aux filles. Et voilà qu'aujourd'hui, à vingt-quatre ans, sans qu'il s'y attende, une princesse apparaissait et il n'avait rien trouvé de mieux que de la faire pleurer. « Maintenant a voudra pus jamais que je l'approche, comment as-tu pu oser vouloir l'embrasser ? » se reprochait-il.

— Vous auriez pas un mouchoir ? J'ai perdu le mien, demanda Julianna en reniflant bruyamment, un peu calmée.

Devant la réponse négative de François-Xavier, elle ajouta :

— Bon, ben tant pis, au point où j'en suis rendue… De toute façon, j'suis pas sur la veille de remettre cette robe-là !

Elle entreprit de déchirer un long bord de la doublure de la jupe et elle put enfin éponger son nez et enlever le surplus d'huile qui lui collait dans les cheveux.

— J'sais pas ce qui m'a pris, j'suis pas de même d'accoutumée… s'excusa-t-elle un peu plus tard. Ça doit être à cause de tout ce qui m'est arrivé… Je voulais tellement ben paraître devant mon père, ma famille… pis là…

— Ah non, mademoiselle Julianna, remettez-vous pas à pleurer, vous auriez pas assez de votre robe !

— Vous me pardonnez toutes mes niaiseries, monsieur Rousseau ? demanda Julianna d'une toute petite voix.

Lui pardonner ! Mais c'est lui qui avait essayé de l'embrasser !

« Pour moé, a s'est rendu compte de rien » en conclut François-Xavier, soulagé.

— Tenez les brides deux minutes, j'va aller vous chercher un cadeau, lui dit-il en sautant prestement en bas du chariot.

Regardant autour de lui, il s'éloigna pour trouver exactement ce qu'il cherchait. Il repéra un peu plus loin un magnifique sapin aux belles grandes branches. Sortant son couteau qu'il traînait toujours sur lui, il coupa la plus fournie. Mais lorsqu'il revint sur ses pas, il s'aperçut que la jeune fille avait pris sa place et, un sourire fendu jusqu'aux oreilles, sans l'attendre, elle fouetta le cheval, qui repartit maladroitement, affolé par l'inattendu manque d'égard de la nouvelle conductrice. Elle se détourna et lui cria :

— Ça vous apprendra à vouloir m'embrasser dans des moments pareils, monsieur Rousseau !

— Attention ! C'est dangereux, le chariot est trop chargé !

François-Xavier se mit à courir pour rattraper son cheval qui, sous la commande inexpérimentée, cherchait à s'emballer.

Heureusement, François-Xavier ne fut pas long à se retrouver aux côtés de la bête et à la calmer d'une voix ferme mais rassurante. Julianna laissa le jeune homme reprendre les rênes et fit comme si de rien n'était.

— Ah monsieur Rousseau, lui dit-elle, vous avez ben raison de faire de l'exercice, ça chasse les mauvaises pensées.

— La seule mauvaise pensée qui me vient à l'esprit est de vous jeter en bas de la carriole, ragea le jeune homme. C'était dangereux ! Vous avez jamais conduit un attelage, certain !

De mauvaise foi, Julianna se défendit :

— Non, mais ç'avait pas l'air ben difficile.. C'est parce que vous avez crié que le cheval s'est cabré.

— Ti-Georges disait vrai, vous êtes une sorcière… Vous me le payerez un jour, mademoiselle Julianna Gagné. Vous me le payerez, lui promit François-Xavier.

— Tenez, ajouta-t-il en lui tendant la branche de sapin qu'il n'avait pas lâchée pendant sa course. Servez-vous en pour vous éventer, pour éloigner les mouches… vous savez, comme la queue d'une vache ? précisa-t-il perfidement.

— Hum… un vrai gentleman, merci beaucoup, dit Julianna sans relever l'allusion.

— Mais de rien, c'était presque un plaisir… répondit François-Xavier, sarcastique.

C'était un drôle de cortège que virent arriver le boghei et ses deux occupants, qui les attendaient, plus loin, inquiets de leur retard.

— Mon doux Seigneur! s'exclama Léonie devant l'allure de sa filleule.

Elle avait du sang croûté dans le cou, les cheveux poisseux, la robe déchirée et on aurait juré qu'elle avait pleuré.

— Voyons, François-Xavier, s'écria Ti-Georges, t'avais pas de chasse-mouches sur toé?

— Ben oui, mais la princesse en voulait pas, répondit François encore fâché de l'attitude puérile de sa passagère.

— Est-ce que ça va, Julianna? s'informa sa marraine.

— Son altesse pourrait pas aller mieux, répondit celle-ci en s'éventant à grands coups de branche de sapin sur un ton hautain. C'est mon cocher qui a eu besoin de se dégourdir les jambes pis qui nous a retardés. Vraiment, Ti-Georges, continua-t-elle à l'adresse de son frère qui ne comprenait plus rien à ce qui se passait, une personne de mon rang se serait attendue à meilleur accueil. C'eut été la moindre des choses que de me faire voyager dans une automobile, à moins que ça existe pas encore icitte… évidemment.

— Cocher, vous connaissez le chemin? reprit-elle en s'adressant cette fois à François-Xavier en lui décochant un clin d'œil.

Ce petit geste effaça toute trace de colère chez le jeune homme qui lui sourit en retour.

— Alors, allez!

Et, en faisant signe à François-Xavier qui rigolait comme un fou devant la stupeur de Ti-Georges, ils dépassèrent le boghei, laissant Léonie et son neveu abasourdis.

~ ~ ~

— J'vous le dis son père, c'était la première fois que j'voyais Ti-Georges se faire clouer le bec !

Ernest était assis dans sa chaise berçante dehors sur sa grande galerie à fumer sa pipe et à boucaner les mouches, quand son fils était arrivé, tout énervé, voulant à tout prix lui raconter, il ne savait trop quelle anecdote, mais il lui semblait avoir compris qu'il s'agissait d'une histoire de bébittes et de princesse.

— Allons, mon grand, calme-toé un peu, j'comprends rien de c'que tu radotes ! dit Ernest en faisant taire son fils.

« Baptême que mon François est excité » se dit-il en examinant son garçon à travers la fumée de sa pipe. Y a certainement anguille sous roche.

— Prends donc le temps de dételer pis de venir manger un morceau ! T'as même pas soupé ! lui fit remarquer Ernest tout en continuant à se bercer régulièrement. C'est pas bon de s'épivarder comme ça le ventre vide ! ajouta-t-il, narquois.

François-Xavier prit une grande respiration, fit ce que son père lui avait dit et revint, un peu plus tard, en mâchant un quignon de pain et un morceau de fromage. Cette fois, il narra avec soin les événements de la journée.

— Si vous lui aviez vu la face ! Longue de même ! fit-il en mimant des bras la longueur supposée.

— Ce que j'entends surtout dans cette histoire, dit Ernest, c'est que ma filleule te travaille le corps en baptême. Si tu t'voyais la face à toé quand t'en parles.

— Oh !, à vous j'peux ben le dire ! C'est la plus belle fille que j'aie jamais vue ! avoua François-Xavier.

— Tant mieux, tant mieux, j'commençais à désespérer d'avoir un jour une descendance.

— Ben voyons, son père, j 'viens juste de la rencontrer ! rougit le jeune homme.

— On en a déjà vu des plus vites que ça.

— Oh, vous là ! Arrêtez donc de m'chercher !

François-Xavier hésita un peu avant de demander :

— Pensez-vous que ce serait convenable, vu les circonstances, que j'aille lui faire un brin d'cour ? Parce que j'sais pas trop combien de temps a va être en visite… Mademoiselle Julianna arrêtait pas de dire qu'a resterait pas tout l'été icitte certain ! Montréal, c'est un peu loin pour des fréquentations, vous pensez pas ?

Ernest prit le temps de bien réfléchir avant de répondre :

— Ben moé, j'pense que tu devrais la laisser quelques jours tranquille avant d'aller lui tourner autour. C'est un peu spécial, tu sais, cette histoire-là… Léonie, euh… mademoiselle Coulombe pis la p'tite qui reviennent après tant d'années…

Un long silence s'installa. Le père reprit :

— Si cette créature-là t'est destinée, a va ben t'attendre un peu, sinon…

Ernest démontrait un calme qu'il était loin de ressentir. Il était très nerveux à l'idée de revoir Léonie.

— Vous êtes toujours de bon conseil, comme d'habitude.

François-Xavier hésita avant de poser une question qui le hantait depuis longtemps.

— Pourquoi que vous vous êtes jamais remarié après la mort de… votre femme ? osa-t-il demander.

Baptême, il fallait vraiment que cette fille lui ait fait un gros effet pour qu'il ose lui parler de Rose-Élise, s'étonnait Ernest.

— Allume-toé donc une bonne pipée, toé aussi. On va jaser un peu tous les deux, la soirée est jeune.

~ ~ ~

— Dis-moé la vérité, Ti-Georges, est-ce que ton père est si mal en point que ça ? demanda Léonie.

Ils étaient arrivés il y avait de cela une demi-heure environ. Le jeune Rousseau avait débarqué les bagages avant de s'en retourner à sa ferme. Julianna et elle avaient fait connaissance avec Marguerite, la jeune épouse de Ti-Georges, et rencontré leurs deux petits garçons. Marguerite avait gentiment offert à Julianna de lui monter de l'eau chaude et de l'aider à faire un brin de toilette. Léonie profita de ce moment de solitude avec son neveu pour parler sérieusement. Assis tous les deux au salon, elle repoussait le moment où elle devrait affronter Alphonse qui, alité dans sa chambre, attendait la visite des deux femmes.

— Ben, le docteur dit qu'y devrait pas passer le prochain hiver. Il aurait quelque chose en dedans qui le ronge... Vous savez que papa a coupé complètement la boisson ?

— Y boit pus pantoute ?

— Pus une goutte ! Ça va faire un bon deux ans. Depuis qu'y s'est décidé d'aller dans ses réunions de tempérance. Une fois par mois à Péribonka.

— Bonne nouvelle, ça. Maudite boisson, ça brise des vies.

— Ouais, mais ça lui a pas arrangé le caractère au père, vous allez voir !

— Est-ce qu'y t'a dit ce qu'y m'voulait ? Dans sa lettre y écrivait que c'était ben important qu'y me voie moé itou, pas juste Julianna.

— Le père est ben fatigué. Y dit qu'y veut pas prendre de chance pis être prêt pour le grand Jugement. C'est pour ça qu'y vous a fait venir. En tout cas, c'est ce qu'y m'a dit. Vous nous avez manqué, matante Léonie, ajouta Georges, ému, et pour se donner une contenance, il plaisanta : surtout vos bonnes crêpes que vous nous faisiez pour nous gâter. J'm'en souviens encore, vous savez !

— Tu te souviens-tu aussi de la chicane entre moé pis ton père ? demanda Léonie, qui voulait profiter de ce tête à tête pour aller au fond des choses.

— J'veux pas en parler matante...

Léonie respecta le désir de son neveu. Après un court silence, elle dit doucement :

— Comment ç'a été pour toé après mon départ ?

— Entre le père pis moé, ça marchera jamais, mais c'est pas grave. J'ai ma Marguerite astheure pis mes deux p'tits monstres à moé.

— T'as une belle p'tite famille, Ti-Georges. Chus ben contente de voir que t'es devenu un homme pis j'va t'en faire des crêpes, pas plus tard que demain matin à part de ça ! Mais pour le moment, va avertir ton père que j'm'en viens le voir.

Elle suivit des yeux son neveu qui obtempérait. Trouverait-elle le courage de le suivre, de pénétrer dans cette chambre, de revoir son beau-frère ? Elle prit une grande respiration pour ne pas défaillir et se dirigea vers la chambre du malade. Ti-Georges en ressortait. Sans un mot, il fit signe à Léonie qu'Alphonse l'attendait et la laissa seule sur le seuil de la pièce. Fermant un peu les yeux, Léonie crut revoir le sang, sa sœur, le bébé... non ! « Chasse tout ça de ton esprit, Léonie Coulombe. T'es pus une enfant qui a peur des ombres ! » Léonie reprit ses sens et entra dans la chambre. Tranquillement, elle regarda autour d'elle ; la commode, la chaise, le lit... En dix-neuf ans, rien n'avait changé.

— Bonjour Alphonse, c'est moé, Léonie, s'annonça-t-elle quand elle fut certaine de son calme retrouvé. Si tu dors, j'peux revenir plus tard, ajouta-t-elle comme son beau-frère lui tournait toujours le dos, allongé dans son lit.

— J'dors pas, marmonna Alphonse sans bouger.

— Bel accueil, merci, c'est ben plaisant! Si tu veux, on peut s'en retourner aussi vite, Julianna pis moé, se fâcha Léonie. Non mais, y a un boutte à toute! s'emporta-t-elle en s'avançant vers le lit. Pour qui tu te prends pour me traiter de même, Alphonse Gagné! Tu sauras que j'étais pas obligée pantoute de répondre à ton appel, ça fait que retourne-toé tusuite vers moé, tu m'entends?

Alphonse remua et se retourna lentement vers sa belle-sœur. Comme il avait vieilli! Amaigri, presque chauve, l'homme n'avait plus rien de comparable avec l'image conservée dans son souvenir. Il ne portait plus la moustache et une courte barbe aux poils blancs creusait ses joues.

— Toujours aussi soupe au lait, Léonie, murmura-t-il. Pis toujours aussi belle…

Léonie resta silencieuse, essayant d'assimiler le choc de la nouvelle apparence d'Alphonse.

— Comme ça, tu as emmené la p'tite avec toé?

— Oui, est venue, répondit Léonie. Oh! pas de gaieté de cœur, mais j'ai pu la décider. J'ai cru comprendre que c'est important pour toé, reprit-elle sèchement. J'me demande ben pourquoi!

— Ferme la porte pis assis-toé, Léonie, dit Alphonse en se redressant contre ses oreillers. J'sais qu'on s'est jamais ben entendu tous les deux…

— C'est le moins qu'on puisse dire! le coupa-t-elle ironique.

— Mais pour une fois, on pourrait faire un effort.

— Anna m'a déjà demandé la même chose y a de ça des années… rappela Léonie en allant fermer la porte.

— Ma chère Anna, je l'aimais tant… avoua Alphonse en fermant les yeux. Toé, j'te désirais… souffla-t-il après un court instant. Pis ça m'rendait malade.

Un lourd silence suivit cette déclaration. Léonie s'attendait à tout sauf à ce qu'Alphonse entre dans le vif du sujet ainsi. Elle resta sans voix.

— Avant de mourir, Léonie, j'ai du ménage à faire ici-bas, à commencer par les excuses que j'te dois.

Léonie ne trouva rien à dire. Elle avait espéré, rêvé du jour où viendrait sa vengeance, quand Alphonse se traînerait à ses pieds de remords, mais, maintenant qu'il était là, vieux, malade, repentant, elle ne réagissait même pas !

Tout ce qu'elle trouva à faire fut de s'asseoir comme son beau-frère l'y avait invitée auparavant et de laisser couler ses larmes.

— Oui, reprit Alphonse, j'm'excuse Léonie de t'avoir si mal traitée. Tu vois, continua-t-il après une légère hésitation, j'croyais que t'étais une mauvaise nature. Les gens jasaient sur ton compte, y avait même des gars au chantier qui avaient entendu parler de toé et qui m'demandaient, sachant que t'étais de ma famille, si j'pouvais pas leur décrocher un rendez-vous galant avec toé. Tu vois ce que j'veux dire…

— Mais…

— Non, laisse-moé continuer. Tu vivais avec un homme dans le péché, tout le monde le savait ! C'est dur à vivre une mauvaise réputation dans une famille ! Quand, en plus, cette fille, a te réveille la nuitte en sueur, ben dur, parce que tu l'as imaginée en train de te faire ce que les gars pensent qu'a fait à son Anglais, ben là, c'est pus vivable. Maudite boisson… À la mort d'Anna, quand tu m'as appris qu'a t'avait demandé pour être marraine et qu'a t'avait suppliée d'amener la p'tite avec toé, j'l'ai pas supporté, Léonie, j'l'ai pas supporté…

— Tu sauras jamais comment tu m'as fait mal, gémit Léonie. C'est ma sœur qui est morte ce jour-là, pas juste ta femme !

Léonie se frappa la poitrine de ses mains.

— Pis ce que tu m'as fait… c'était… c'était…

— J'm'en souviens à peine, Léonie, de cette nuit-là, à peine si j'te revois à genoux.

— Tais-toé! cria Léonie.

— Pardonne-moé, c'est tout ce que j'peux faire maintenant. Léonie, on peut pas revenir en arrière. Mais, si tu me pardonnes, j'pourrai partir d'icitte tranquille. Pis j'dois t'dire merci aussi d'avoir pris soin du bébé toutes ces années... Parle-moé d'elle. Est-ce qu'a ressemble beaucoup à sa mère?

Comme Léonie allait répondre, sa filleule frappa justement à la porte, s'informant si elle pouvait entrer.

— Tu l'verras ben toé-même, Alphonse. Pour ce qui est de te pardonner, j'va le faire, Alphonse, mais rien que pour moé, tu entends, rien que pour t'effacer une fois pour toutes de mon esprit... pis faire comme si t'avais jamais existé avant aujourd'hui... pis pour Julianna. C'est la seule chose que j'aie jamais pu y donner, un père... j'va y en donner un. Y est mieux d'être à la hauteur.

Léonie essuya rageusement ses larmes et alla ouvrir à sa nièce.

~ ~ ~

— Tu comprends, François-Xavier, ma femme était pas méchante, c'est sa maladie qui l'avait rendue comme ça.

Les deux hommes se berçaient doucement, côte à côte, sur la galerie, presque à la même cadence. Le coucher de soleil était superbe. Il ferait certainement encore chaud demain, le ciel prenant toutes les teintes de rose annonciatrices de beau temps. Ernest expira une grosse bouffée de fumée pour chasser les maringouins qui venaient de prendre la relève des mouches noires, tournoyant autour de leurs têtes, dur tribut à payer pour l'été revenu.

— A l'a vécu treize ans dans cette institution que le curé Lapointe lui avait trouvée, reprit-il. Treize ans entre quatre murs. Ça faisait assez pitié, tu peux pas savoir. Voir ta femme agir comme un bébé… A me reconnaissait même pus… A bavait sur sa robe, a l'était même pus propre…

— C'est le voyage que vous aviez fait à Montréal pis vous aviez pas voulu m'emmener ?

— Ouais, j't'avais fait garder chez nos voisins. T'avais huit ans, j'pense.

— J'm'en rappelle, j'avais peur que vous me laissiez chez les Gagné pour toujours, même si j'm'étais ben amusé avec Ti-Georges. Les tours pendables qu'on a faits ! J'vous avais-tu raconté quand on avait pris des crottes de lapin pis qu'on les avait roulées dans du miel pis du sucre brun ? Après on les avait toutes bien placées dans la boîte de sucre à crème qu'on avait laissée ben en évidence sur la table. Pis Ti-Georges pis moé, on s'était cachés dans la penderie en laissant la porte ouverte rien qu'un peu. On avait tellement ri quand on avait vu sa sœur Aline se dépêcher d'en avaler une poignée en pensant que personne la voyait !

François-Xavier éclata de rire, mais son père ne se joignit pas à lui.

— Tu m'raconteras ça plus tard, mon garçon. Y a toujours un temps pour dire les choses.

— Excusez-moé, son père, mais j'voulais pas que vous vous fassiez de la peine avec vos souvenirs… expliqua François-Xavier.

Cela avait été sa façon à lui de dévier la conversation. Il regrettait sa question sur le remariage de son père. Il n'avait pas le droit de se mêler de sa vie ainsi. Il n'avait réussi qu'à raviver de vieilles douleurs chez son paternel. Mais qu'est-ce qu'il avait donc aujourd'hui à tout faire de travers ? C'était à cause de Julianna, elle lui remplissait la tête de son image et le faisait déparler. Elle lui tournait le cœur à l'envers et lui faisait faire des bêtises. Elle le tourmentait de ses belles lèvres qu'il avait presque atteintes.

— Arrête de t'en faire pour moé. Si j'veux t'en parler, c'est qu'y a pas de trouble! lui dit Ernest. Y faut pas que tu penses que chus un homme malheureux. Ben sûr, j'te dis pas que la chaleur d'une belle créature me manque pas, mais on s'habitue à tout... Au début, ç'a été le plus dur. J'pouvais pas avoir d'autre femme tant que Rose-Élise était malade. Ç'aurait pas été correct. Pis après, ben, la Providence en a pas placée sur mon chemin.

— Pis Joséphine? ne put s'empêcher de demander François-Xavier. J'vous ai déjà surpris dans l'étable en train de l'embrasser... avoua-t-il.

— J'me doutais ben que tu nous avais vus aussi, répondit le père. Chus rien qu'un homme, tu sais... j'étais pas fait en bois...

Ernest se revit cet après-midi-là, l'odeur du foin, Joséphine qui se collait à lui, qui s'offrait. Il avait pris sa bouche goulûment et, si cela n'avait été de la présence de François-Xavier, il aurait pris certainement tout le reste aussi. Par chance, l'arrivée de son fils lui avait fait reprendre ses sens et il en était resté là, se promettant que plus jamais chose pareille ne se reproduirait, mais il n'avait pas tenu parole. Cela avait été leur premier baiser mais pas leur dernier. Joséphine était arrivée à la Pointe depuis une année et faisait partie intégrante de leurs vies maintenant. Elle était si généreuse. Elle ne pensait qu'à leur faire plaisir, à lui et son fils. Elle les gâtait terriblement. Elle leur cuisinait des repas savoureux qu'elle leur servait joyeusement. Elle préparait leurs desserts préférés, lui offrait des tasses de thé, s'occupait de tout le ménage, bref une perle rare. Joséphine débarquait vers l'heure du souper à la maison et ne repartait que vers les dix heures du soir. Elle couchait le petit après lui avoir raconté une histoire puis terminait de mettre la maison propre. Parfois elle reprisait une paire de bas à Ernest, parfois elle tricotait un foulard de laine à François-Xavier. Elle surveillait les moindres désirs d'Ernest. Elle lui apportait son journal, sa pipe, son crachoir. Chère Joséphine... Cette fois-là dans l'étable, elle était venue ramasser les œufs pendant qu'il réparait un harnais. Stupidement, il s'était légèrement coupé un doigt avec le poinçon. Ayant entendu sa plainte, Joséphine avait abandonné sa tâche et s'était précipitée pour évaluer la gravité de la blessure. Lorsqu'elle s'était penchée sur lui, Ernest avait ressenti cruellement son abstinence de la dernière année. Joséphine avait perçu l'envie de l'homme et offert ses lèvres à Ernest. En s'apercevant de la présence de son fils, il avait mis fin au baiser. Plus tard, dans la soirée, le petit François-Xavier profondément endormi, Joséphine s'était approchée de lui et lui avait tendu la main, l'invitant à la suivre jusqu'à la chambre d'Ernest. Sans un mot, celui-ci n'avait pas résisté. Joséphine avait fermé la porte, poussé la commode devant pour la bloquer et regardé Ernest en souriant. Il se souvenait qu'il avait trouvé la force d'essayer de refuser les avances de Joséphine.

— Chus un homme marié, Joséphine…

— J'sais ben.

— Pis j'pourrai pas vous offrir grand-chose.

— J'demande rien.

— Même pas l'amour, Joséphine.

— J'sais que vous m'aimez pas d'amour, Ernest. Mais vous m'haïssez pas quand même ?

— Ben non voyons ! Vous êtes ben gentille pis ben dévouée, Joséphine.

— Bon ben y a pas de problème d'abord, avait-elle décrété en s'approchant d'Ernest pour reprendre leur baiser interrompu un peu auparavant.

Ernest avait eu encore la force de s'inquiéter des conséquences de cette invitation.

— Pis si… enfin… si un bébé…

— Mais non, pas de danger. Ma grand-mère était Indienne. Chus allée dans sa tribu pis on m'a appris ben des recettes indiennes, du chasse-bébittes au chasse-bébé.

Ernest n'avait plus eu aucune objection. De toute façon, il n'aurait pu refréner plus longtemps le besoin qu'il avait d'enfoncer son membre à l'intérieur d'un corps chaud de femme. L'absence de sa Rose-Élise dans le lit conjugal avait été comblée. Et Joséphine était si accueillante. Elle l'avait accueilli ainsi, régulièrement, pendant douze années, sans jamais rien demander en retour.

— Après vous avoir vus vous embrasser dans l'étable, dit François-Xavier, j'ai tellement rêvé que vous alliez vous marier.

— J'pouvais pas.

— J'sais ben, oui. Au moins, j'aurai eu la chance quand même d'avoir Joséphine sur mon chemin. A l'a été si bonne pour moé, dévouée… Maudite grippe espagnole… se rappela douloureusement François-Xavier.

— Oui, Dieu est venu en chercher un grand nombre cette année-là… Prions le ciel que la terre connaisse pus jamais une épidémie comme celle de 1918.

— Prions le ciel que l'homme fasse pus jamais la guerre! surenchérit François-Xavier.

Puis il ajouta, mélancolique :

— J'aimerais aller me recueillir su'a tombe de Joséphine demain après la messe. A me manque tellement… Viendrez-vous avec moé, son père ?

— Oui, ben sûr, je l'aimais aussi beaucoup Joséphine, beaucoup…

~ ~ ~

— Entre, Julianna, viens faire connaissance avec ton père, l'invita Léonie en lui ouvrant la porte de la chambre.

La jeune fille avait les mains moites et le cœur battant. Pire encore que lorsqu'elle avait à chanter devant des gens importants. Le visage défait de sa tante n'était rien pour l'aider non plus. Elle avait essayé de préparer un genre de petit discours, mais il n'était jamais à son goût, trop impersonnel, trop émotif, trop agressif… Bref, elle ne savait pas comment aborder ce père avec qui elle n'avait jamais eu de contact. De toute façon, un discours n'aurait servi à rien.

Tout se passa beaucoup plus simplement qu'elle ne l'aurait cru. Elle s'avança, timidement, vers le lit où gisait son père. Il tendit une main qui resta un moment en suspens dans le vide avant qu'elle ne se décide à la prendre dans la sienne. Elle avait craint le contact de sa peau, mais au contraire, elle fut étonnée de la quiétude qu'elle ressentit. Sa main s'enchâssait parfaitement dans celle de son père, elle en reconnaissait l'odeur, la chaleur, la texture. Instinctivement, sans se poser de question, elle se blottit près de lui et se mit à pleurer. Il avait toujours manqué un morceau dans sa vie.

— Allons, allons ma p'tite fille, dit Alphonse, fais-moé pas chialer comme une créature.

Mais il eut beau dire, il ne put retenir ses larmes, trop ému par ces retrouvailles.

— Oh! papa, pourquoi, pourquoi? Julianna reprit sur elle et se redressa.

Elle n'avait pas cru qu'elle serait autant bouleversée.

— Parce que chus un vieux fou… Laisse-moé te regarder. Léonie a fait de toé une ben belle grande fille. Comment ça s'fait que tu sois pas encore mariée? demanda Alphonse.

— Elle a un prétendant en ce moment, confia Léonie. Un avocat.

— Un avocat! s'exclama Alphonse.

— Non, oui, mais, bafouilla sa fille, de toute façon, je veux pas me marier… enfin, pas tout de suite. Je suis une cantatrice! déclara-t-elle.

— Oui, j'ai entendu dire que tu poussais la chansonnette. Mais c'est pas une vie convenable pour une femme, trancha Alphonse.

Léonie intervint avant que sa filleule ne s'enflamme.

— Chus certaine que ton père est fatigué.

— Anna aussi avait une belle voix, reprit-il, nostalgique. Pis tu lui ressembles tellement.

— Bon, on te laisse te reposer, décida Léonie en voyant Alphonse recommencer à pleurer. Viens Julianna, laissons ton père dormir, vous allez avoir tout l'été pour faire connaissance.

— Bonne nuit, souhaita Julianna en sortant de la pièce.

— On se reverra demain, Alphonse, dit Léonie.

— C'est ça, à demain… pis merci ben Léonie, répondit Alphonse.

~ ~ ~

— Baptême, François-Xavier, t'achèves-tu de te pomponner, ça s'fait pas d'arriver trop tard chez les gens !

Dans la cuisine, Ernest se tenait au pied de l'escalier, consultant sa montre pour la cinquième fois au moins. Il y avait une bonne dizaine de minutes qu'il poireautait ainsi.

— J'te ferai remarquer qu'on est juste invités à veiller chez les Gagné, pas à coucher, reprit-il en n'obtenant pas de réponse. Malgré que j'ai l'impression que tu dirais pas non de partager la chambre de la belle Julianna.

Ernest avait cru que son fils n'entendrait pas sa dernière remarque, mais celui-ci s'était enfin décidé à descendre au moment même où son père la marmonnait.

— Son père, j'vous avertis, vous êtes mieux de pas m'agacer devant le monde à soir, le menaça François-Xavier en allant se placer devant le petit miroir fixé au-dessus du poêle à bois.

Nerveusement, il sortit un peigne de la poche de sa veste et entreprit de lisser soigneusement sa chevelure rousse.

— Inquiète-toé donc pas. J'me mêlerai pas de tes amours, à moins que j'la trouve pas de mon goût...

— Ben voyons donc, votre filleule est encore plus belle que le soleil... dit François-Xavier en soupirant de bonheur.

Décrétant qu'il ne pouvait faire mieux, il rangea son peigne et entreprit d'ajuster le col de sa chemise.

— Ouais, regarder le soleil peut rendre un homme aveugle, rétorqua Ernest d'un air malicieux.

— Ben voyons donc ! réagit le jeune amoureux en allant se planter devant son père pour lui avouer d'un ton désespéré :

— Chus pas capable d'attacher c'te cravate-là comme du monde !

Ernest sourit avec indulgence et entreprit de nouer le bout de tissu noir. Satisfait du résultat, il admira son fils.

— En tout cas, j'pense pas qu'a lève le nez sur toé, mon garçon. J'te dis que t'es pas laid, endimanché comme pour les grandes occasions.

— C'est l'odeur d'étable qui me donne du fil à retordre. Depuis des années, on dirait que c'est rentré dans peau, se plaignit François-Xavier.

— Ben non, ben non, tu sens bon comme un p'tit agneau. Bon, ben, on y va-tu, baptême ?

— Chus paré. Mais souvenez-vous, pas d'agaçage.

~ ~ ~

Ce fut une drôle de soirée. Pour être plus tranquille, Marguerite avait couché ses deux enfants de bonne heure. Tout le monde était un peu mal à l'aise. On sentait qu'Alphonse avait fait un grand effort pour veiller au salon. Il accusait la fatigue mais affichait un sourire de bonheur. Ti-Georges trouva que son père semblait avoir retrouvé un peu de paix à l'âme. Ernest et Léonie ne cessaient de se lancer des petits sourires en coin. Après des années cachés derrière les mots, se parler en personne avait quelque chose de déstabilisant et tous les deux ne savaient comment s'y prendre. François-Xavier et Julianna se dévoraient des yeux. Puis, petit à petit, grâce surtout à Marguerite qui alimentait la conversation, l'ambiance se dégela un peu. On posa des questions sur la vie trépidante de Montréal, on raconta les développements de la Pointe. Puis Ti-Georges y alla d'un petit air de musique à bouche qui réchauffa encore plus l'atmosphère. La grande attraction de la soirée fut le cadeau de Léonie à toute la famille Gagné. À la demande de sa tante, Ti-Georges et François-Xavier transportèrent la grande caisse de bois au milieu du salon. À la surprise générale, sauf de Julianna, Léonie dévoila une magnifique horloge grand-père aux aiguilles de bronze qui trônait maintenant dans un coin du salon. Tous s'extasiaient devant un si bel ouvrage d'horlogerie et un si princier présent.

— J'me demandais ben que c'est qu'y avait dans c'te bateau de grosse caisse ! dit Ti-Georges qui n'en revenait pas encore. J'ai eu beau asticoter matante Léonie, a l'a jamais voulu m'dire c'qu'y avait dedans.

Léonie répondit :

— Une surprise, c'est une surprise. C'est pour qu'on oublie pus jamais le temps qui passe au point qu'on se visite pas pendant des années encore.

Et Alphonse répliqua :

— Y a pas de saint danger. A sonne aussi fort que Léonie quand a monte sur ses grands chevaux !

Un peu plus tard, Ernest demanda à son fils de raconter de nouveau l'anecdote des crottes de lapin en spécifiant que c'était une histoire absolument délicieuse.

— Mais vous savez que c'était l'idée à Ti-Georges, voulut préciser François-Xavier après s'être exécuté.

— Bateau ! C'était toé, François-Xavier Rousseau, qui m'avais dit de le faire.

— Pis la fois des bottines de la maîtresse d'école, j'suppose que c'était mon idée aussi ? lui rappela François-Xavier.

— Ah non, là, c'est moé qui avais pensé à ce coup-là ! concéda Ti-Georges d'un air penaud, mais tu m'avais aidé, François-Xavier, tu m'avais aidé ! renchérit-il.

— Ouais, on en apprend des belles à soir… dit Alphonse, confortablement installé avec des coussins dans le dos dans sa chaise préférée, une berçante en bois, patinée par les années. Racontez-nous donc ça, les p'tits gars, si c'est racontable comme de raison.

— Vas-y, Ti-Georges, t'as plus de parlotte que moé, l'invita François-Xavier.

— Tout le monde est ben installé ? demanda Georges en prenant place, debout, l'air important, devant son auditoire.

— Oui, envoye Ti-Georges, marche sur les traces de ton père ! lança Ernest.

Ti-Georges se racla la gorge et commença :

— C'était dans le temps que mon bon ami François-Xavier Rousseau, ici présent ce soir, pis moé-même, Ti-Georges Gagné, étions encore des jeunots…

— Parce que vous l'êtes pus ? le coupa sa femme Marguerite d'un ton dubitatif.

— Chut… écoute-la pas, Ti-Georges, a veut juste te déconcentrer pour pas que tu fasses un fou de toé en racontant les horreurs de ta jeunesse, le rassura Léonie.

— Vous le saurez jamais si c'était horrible ou pas si vous continuez de même ! Je recommence. Donc, on était p'tits gars pis on allait à la p'tite école comme de raison pis c'était au début de l'hiver quand la température se décide pas entre la pluie ou la neige. Comme vous le savez, on avait à marcher un bon mille pour se rendre là-bas. C'était pas toujours drôle! J'me souviens d'une fois où Jos Gagnon, qui était assis à côté de moé à l'école, était arrivé en plein mois de janvier avec une oreille tellement gelée qu' y en avait un gros boutte qu'y était tombé! Bateau, j'vous l'jure! Oui, oui, en tout cas, c'est une autre histoire, vous avez ben raison. Mais bateau, c'est parce que j'manque de vin dans mon verre que mes idées s'éparpillent!

— Merci, monsieur Rousseau, vous êtes ben aimable de me servir... donc je disais...

— Tu disais pas grand-chose, t'es en train de tous nous endormir! décréta Alphonse du haut de son expérience de conteur officiel et un peu frustré de voir du vin lui passer sous le nez.

— Demandez à François-Xavier de la raconter d'abord, son père, s'offusqua Ti-Georges, qui alla se rasseoir, l'air boudeur.

— Bonne idée, vas-y François-Xavier, on t'écoute! ordonna Alphonse.

— Euh... c'est pas compliqué... Ti-Georges était fâché contre la grande mademoiselle Thibault, notre maîtresse, parce qu'a l'avait puni de trois coups de règle de bois sur les doigts. Ça fait qu'y voulait se venger. Quand la classe a été finie, y m'a demandé de retenir la maîtresse dans la salle en lui posant n'importe quelle question. Pendant ce temps-là, y s'est rendu en cachette dans la garde-robe de la maîtresse pis y a pissé dans ses belles bottines du dimanche qu'a gardait toujours ben cordées avec défense d'y toucher!

— Pis j'm'étais retenu toute la sacrée journée pour être sûr de ben les remplir! rajouta Ti-Georges en s'esclaffant.

Et les rires sonnèrent en même temps que la demie de onze heures sur la nouvelle horloge.

Il se faisait tard. Le tic-tac régulier de l'horloge berçait les invités rassemblés sous l'épais nuage des nombreuses pipées fumées. Une douce torpeur gagna tout le monde. Le calme était revenu, il était temps de passer aux choses sérieuses.

— Dis donc, Alphonse, demanda Ernest, as-tu été à la dernière réunion du conseil?

— Non, j'ai pus la santé pour m'occuper des chicanes de la municipalité, répondit le père Gagné, méprisant.

— Bon, ben moé, j'm'endors trop, ça fait que j'vous souhaite la bonne nuit, lança Marguerite en se levant, suivie de Julianna et de sa marraine qui elles aussi bâillaient depuis un bon moment.

— La politique, ç'a toujours fait fuir les créatures, fit remarquer Ernest avec un soupir de regret pour la présence de la belle mademoiselle Coulombe.

François-Xavier salua le départ des trois femmes d'un bonne nuit poli, se demandant quel prétexte inventer pour réussir à revoir sa princesse le plus vite possible. Elle venait juste de monter se coucher et ses pensées étaient déjà pour elle, essayant de reconnaître lequel des bruits de pas, au plafond, était le sien, si en ce moment elle se dévêtait… si… Ti-Georges le ramena sur terre.

— Moé, chus au courant de c'qui s'est décidé à la dernière assemblée. J'ai rencontré le conseiller Nazaire l'autre soir. Y s'en revenait justement du conseil municipal. On a pris le temps de jaser un peu tous les deux.

— Tu m'avais pas dit ça, lui reprocha son père.

— J'vous ferai remarquer que vous étiez pas jasant, jasant depuis un bout de temps, répliqua sèchement Ti-Georges.

— Bon, laisse faire, fit durement son père, pis que c'est qu'y t'a dit, Nazaire?

— Ben, il m'a dit des affaires pas trop réjouissantes.

— J'sais que le conseil a voté pour qu'on essaye de trouver un docteur qui viendrait vivre su'a Pointe, intervint François-Xavier. Moé, j'trouve que c'est une bonne idée. Ç'a pas de bon sens qu'on soit encore obligés d'aller à Péribonka pour se faire soigner !

— C'est une bonne nouvelle ! approuva Ernest.

— J'vois pas trop ce qu'y a de pas réjouissant dans ce vote, fit Alphonse.

— J'aurais dû y penser ! s'exclama tout à coup François-Xavier en se donnant une bonne claque sur la cuisse, c'est à cause du vaccin. Ça m'a sorti de l'idée mais en parlant du docteur, j'ai allumé. Imaginez-vous donc que le conseil a aussi adopté un règlement pour que le vaccin soit obligatoire pour tout le monde. Si Ti-Georges trouve pas ça réjouissant, c'est qu'y a peur de la piqûre !

— C'est vrai ça, Ti-Georges, que t'as peur d'une p'tite aiguille de douze pouces qui te rentre dans la peau des fesses, ben tranquillement, pis qui te fait mal, tellement mal que tu peux pus t'asseoir de la semaine ? l'agaça Ernest.

— Sans compter que tu pourras pus honorer ta Marguerite ! surenchérit François-Xavier.

— Bateau, êtes-vous sérieux ? demanda Ti-Georges, inquiet.

— Ben non ! répondit Ernest, c'est une affaire de rien, se faire vacciner. Y a juste les enfants pis les créatures qui peuvent se mettre à pleurer, mais pas un grand garçon comme toé.

— Vous saurez que j'ai pas peur pis en plus, ç'a aucun rapport avec ce que Nazaire m'a dit. C'est quelque chose de ben plus grave.

— Tu commences à m'inquiéter mon garçon, parle ! ordonna son père.

— Les travaux préparatoires sont commencés, annonça Ti-Georges d'un air lugubre.

— Les quoi ? interrogèrent les trois hommes.

— Vous savez ben, les travaux pour le gros barrage, y sont commencés, répéta Georges.

— Baptême, fallait s'y attendre un jour, depuis le temps qu'ils en rêvent, dit Ernest.

— Ça va donner de l'ouvrage à ben du monde. C'est une bonne chose, affirma Alphonse.

— Oui, mais s'ils montent trop le niveau du lac, qui c'est qui en aura pus de travail, son père ? fit remarquer Ti-Georges en s'enflammant. Ça va être nous autres parce que notre ferme, vous pourrez l'oublier sous une tonne d'eau. À moins que ça vous tente de faire l'élevage des truites !

— Arrête de faire ton fin finaud, tu connais rien dans le ventre du bedeau, le rabroua son père.

— J'sais de quoi j'parle ! se défendit Ti-Georges, insulté.

— On est plein de rivières, reprit Alphonse, c'est pas la première fois qu'on fait des barrages.

— Mais là, c'est beaucoup plus sérieux, son père ! Y veulent faire de l'électricité en se servant de notre lac comme réservoir !

— Ti-Georges a raison, m'sieur Gagné. Ils construisent une centrale hydroélectrique. Mais y ont promis que ça affecterait pas nos terres.

— Ben, baptême, y sont pas fous ! Y savent l'importance de l'agriculture, dit Ernest. On a les plus belles terres par icitte ! On est le grenier du Québec, les grands de la politique l'ont assez répété ! À part de ça, si jamais y dépassaient les bornes, on les laisserait pas faire, hein Alphonse ? Tu te rappelles, avant la guerre, nos fils étaient un peu jeunes pour se rendre compte du grabuge qui s'était passé, mais y avait eu toute une histoire à propos d'un barrage.

Devant l'ignorance évidente des deux jeunes hommes, Ernest reprit et expliqua :

— Y l'avaient construit pour avoir assez de courant pour faire glisser les billots de bois jusqu'au moulin à papier. Ç'avait inondé une bonne partie des terres de la paroisse voisine. On a protesté, nous, pis surtout Onésime Tremblay, un cultivateur de Saint-Jérôme, pis y l'ont défait leur baptême de barrage ! On a gagné sur toute la ligne !

— Y f'ront pas la même erreur deux fois, décréta Alphonse en approuvant son voisin.

— Vous avez p't-être raison… dit Ti-Georges. J'ai entendu parler du fameux Onésime Tremblay, y est encore prêt à monter au front, y a apparence qu'y ferait signer une pétition contre le barrage.

— Ah ben, si Onésime s'en occupe, y a pas de danger. C'est tout un homme, confia Ernest, mais on va rester vigilants.

— Ti-Georges s'est encore fait des peurs pour rien, tu viendras me l'dire, fit Alphonse. Bon, ben moé, j'va faire mon sauvage, j'm'en va m'coucher. Bonsoir la compagnie !

— Bonsoir Alphonse, pis nous autres aussi on va faire un boutte, hein, François-Xavier ?

— Ouais, à la revoyure, bonne nuit Ti-Georges.

Dans la chambre d'amis, en haut, où Léonie et sa filleule partageaient le même lit, faute de place, Julianna entendit partir les Rousseau. Elle soupira… elle n'avait eu de cesse d'épier la voix grave de François-Xavier. Elle aimait l'entendre parler, comme elle aimait qu'il la regarde avec autant de désir dans les yeux. Quelle merveilleuse soirée ! Elle n'avait peut-être pas parlé beaucoup, mais tout le monde avait respecté son silence. Même son frère ne l'avait pas trop agacée, probablement à la demande de sa marraine. Ce n'était pas qu'elle s'était ennuyée, loin de là ! Mais elle avait eu plus envie de regarder et d'écouter, de se gorger des rires de son frère et de son père. C'était comme si elle ne pourrait jamais se rassasier d'être avec eux, et la présence de François-Xavier la rendait à fleur de peau, consciente du moindre détail et en même temps isolée dans un autre monde. Elle revoyait dans sa tête chaque regard qu'ils avaient échangé, chaque sourire qu'elle lui avait offert. Elle devinait chaque mot qu'ils ne s'étaient pas dits. Comment faire pour le revoir, comment faire ?

— Julianna Gagné, arrête de gigoter pis laisse-moé dormir pour l'amour du saint ciel ! lui intima sa marraine.

~ ~ ~

Julianna s'était creusé la cervelle pour rien. On était rendu fin juillet et presque pas un jour ne s'était écoulé sans qu'elle ne revoie le beau François-Xavier. En sa qualité de parrain, monsieur Rousseau, mais aussi son fils, passait souvent à la maison pour les saluer. De plus, à cause de la maladie d'Alphonse et vu l'amitié qui liait les deux familles, les voisins s'entraidaient quotidiennement pour le roulement de leurs fermes respectives. Un mois avait donc passé pendant lequel Julianna avait apprivoisé la Pointe et sa vie campagnarde. Passer ses grandes journées dehors, travailler fort à différents travaux était nouveau pour la jeune fille, mais elle appréciait chaque moment de ses vacances. Vivre ainsi aux abords d'un majestueux lac était un privilège et les habitants de la Pointe n'avaient rien à envier aux citadins de Montréal. Tous les jours, Julianna et son père s'étaient assis sur la grande véranda et avaient conversé un peu. Oh, ce n'était jamais des grandes conversations et leur échange était toujours empreint d'un peu de gêne, mais ces rencontres permirent à la jeune fille de combler un peu le vide laissé dans son cœur par le cruel rejet de son père. Elle lui avait fait une petite place comme le lui avait dit sa marraine et, effectivement, cela pansait bien des blessures. Jamais Julianna n'avait été si heureuse même si son bonheur découlait beaucoup plus de la présence d'un beau jeune homme roux. Le seul problème, c'était que jamais elle ne se retrouvait vraiment seule avec François-Xavier. Soit que sa marraine et son parrain étaient avec eux, soit c'étaient Ti-Georges et sa Marguerite qui les chaperonnaient. Elle devait trouver le moyen de revoir François-Xavier mais seul. Rien ne lui venait à l'idée. Ce n'était pas possible ! Elle et sa tante reprendraient le bateau dans moins de quinze jours, elle ne pouvait s'en aller sans lui avoir parlé au moins une fois en tête à tête. Elle ne pouvait se contenter de regards furtifs, de sourires lointains, de promesses non dites !

— Julianna, t'es dans la lune ou quoi ? la secoua sa belle-sœur. Moé, ça me dérange pas, mais ça fait deux fois que t'essuies la même assiette.

Les deux femmes étaient seules dans la cuisine à faire la vaisselle.

— Excuse-moi, Marguerite, je faisais pas attention.

— J'vois ben ça. T'sais, Julianna, j'te trouve ben gentille, c'est ben agréable d'avoir une autre fille dans maison avec qui jaser un peu. Entre Ti-Georges pis ton père, c'est pas toujours la fête. Des fois, j'ai l'impression d'avoir pas rien que mes enfants qui soient des bébés…

— Tu as une moyenne belle petite famille. Ton dernier est un vrai petit ange ! Pis tu peux pas dire que tes enfants sont tannants, on les entend pas !

— C'est vrai que j'ai pas à me plaindre, y sont tous les deux en bonne santé pis y s'entendent comme les deux doigts de la main. On les a pas vus de l'été, y passent leur temps à jouer dehors.

— Je me demandais où est-ce qu'ils étaient encore passés à matin.

— En train de jouer dans le ruisseau, certain !

— Est-ce que tu viens de la région ?

— Mais oui, chus une fille de Péribonka. Tu veux que j'te dise comment on s'est connus, ton frère pis moé ? Attends, passe-moé le gros chaudron, j'm'en va te raconter ça. Un beau dimanche, chus sortie de l'église avec ma mère pis mon père, pis Ti-Georges y était là, sur les marches, à m'attendre. J'avais seize ans pis lui, dix-huit. Ça faisait plusieurs messes qu'y m'avait remarquée pis moé aussi. Ton frère pis ses grands yeux bleus pis ses cheveux frisés, ah j'te jure que j'étais pas la seule jeune fille à avoir le cœur qui battait pour lui !

— Tiens, prends ce chaudron, c'est le dernier à laver.

— Oh, la vaisselle c'est toujours à recommencer ! se plaignit Marguerite. En tout cas, y s'est présenté poliment à mes parents, ton père était là lui aussi qui se portait garant de la bonne volonté de son fils. Ti-Georges a demandé à mon paternel s'y pouvait venir veiller chez nous, si j'étais d'accord comme de raison. J'ai dit oui, on s'est fréquentés pis un an après, chus ressortie de l'église, mais mariée c'te fois-là !

— Ç'a été aussi facile que ça ?

Julianna n'en revenait pas.

— Mais oui, quand on est ben assortis, on s'marie ! J'en connais un couple qui irait ben ensemble aussi… Toé pis le fils Rousseau.

Julianna baissa la tête, elle n'était pas habituée à partager des confidences entre filles.

— Il me plaît vraiment beaucoup, Marguerite, mais il se déclare jamais.

— J'te connais pas depuis longtemps, Julianna, mais tu m'sembles être une fille qui a l'don de s'compliquer la vie, j'ai jamais vu ça. Tu t'en fais trop, laisse venir les choses.

— Mais on s'en retourne bientôt à Montréal !

— Ti-Georges m'a dit que François-Xavier, y allait se déclarer dans pas grand temps, avoua Marguerite.

— C'est vrai ? s'étonna Julianna.

— Tu penses-tu qu'y va te laisser repartir sans rien dire ? Tu vas voir, mon p'tit doigt me dit que ce serait p't-être ben pour aujourd'hui le grand jour à part de ça. Oh, matante Léonie, vous voilà ! J'avais justement affaire à vous.

— Que c'est que tu veux, ma belle noiraude ? demanda Léonie en entrant dans la cuisine.

— Les hommes travaillent au champ nord aujourd'hui. Y réparent la clôture du taureau. Y fait tellement beau cet après-midi, j'va en profiter pour laver les draps pis les couvertes.

— On va t'aider, ma belle fille, s'empressa de dire Léonie.

— Ben justement, j'aimerais mieux que vous alliez porter le dîner aux hommes à ma place, si ça vous dérange pas. Mes p'tits gars sont disparus à matin pis j'ai pas le temps d'y aller. Tout est prêt dans le panier su'a table.

— Ça va me faire plaisir, Marguerite, si c'est ça que tu veux. Julianna pourra t'aider au lavage.

— Mais non, j'ai l'habitude de mes journées. J'aimerais mieux que vous y alliez toutes les deux.

— Ça te tente-tu de venir, Julianna ? s'informa Léonie, en se dirigeant vers l'extérieur, le panier sous le bras.

— C'est ben certain qu'a y va, répondit Marguerite en poussant sa jeune belle-sœur vers la porte tout en lui faisant un clin d'œil complice.

— Bonne chance Julianna ! lui chuchota-t-elle à l'oreille avant d'ajouter, haut et fort : Bonne route toutes les deux pis perdez-vous pas en chemin !

~ ~ ~

Julianna et sa marraine marchaient côte à côte, tranquillement. Qu'il faisait beau ! On n'avait pas eu de pluie depuis des jours ! En chemin, elles remarquèrent un gros buisson de framboises sauvages. Elles se régalèrent l'une et l'autre, se tachant les doigts qu'elles léchaient comme des fillettes. Elles se promirent de revenir avec une chaudière faire une belle ramasse. Léonie savait où se trouvait le champ en question et elles ne furent pas longues à apercevoir deux silhouettes d'hommes. Julianna plissa les yeux pour essayer de reconnaître celle de François-Xavier, mais aucune n'y correspondait. L'une était trop petite, certainement monsieur Rousseau, et l'autre, trapue, était sans aucun doute Ti-Georges.

— Ah baptême, la belle visite que voilà ! déclara Ernest en voyant apparaître les deux arrivantes.

— On vous apporte quelque chose de bon que ta femme a préparé, Ti-Georges, dit Léonie. J'espère que tu sais que c'est une vraie perle rare, ta Marguerite.

— Craignez pas matante, j'lui dis tous les jours !

— C'est à voir, ça, douta Julianna. Bonjour parrain. Euh… votre fils est pas là ?

— Y est allé chercher une autre cruche d'eau à la maison, on avait trop soif. Mais y devrait pus tarder astheure, répondit-il, content de voir que la jeune Julianna se préoccupait de son garçon.

« Ça augure ben » se dit-il. Lui, son fils et Ti-Georges avaient discuté longuement hier soir et François-Xavier avait annoncé son intention de courtiser la belle Julianna. Ernest sourit en regardant la jeune fille visiblement déçue par l'absence de son fils. Son François-Xavier avait trouvé chaussure à son pied, c'était évident. Son attention se tourna vers Léonie. Ernest la trouvait si belle ! Toute la nuit, il avait rêvé d'elle. Au petit matin, sa décision était prise. Lui aussi déclarerait son amour.

— J'en reviens pas comme y fait beau ! fit remarquer l'élue de son cœur plus pour meubler le silence que par intérêt.

Léonie ressentait pleinement l'effet qu'elle faisait à monsieur Rousseau. Inconsciemment, elle avait peut-être même répondu à ses regards appuyés, car elle n'était pas insensible au charme d'Ernest, loin de là !

— L'été passe trop vite… continua-t-elle.

— Hum, du pain pis des cretons! constata Ti-Georges, content, en découvrant le pique-nique.

— Ti-Georges, sais-tu que j'ai pas tenu ma promesse pis que j't'ai pas encore fait de crêpes? se rappela Léonie. J'va délayer la pâte pour dimanche pis pour me faire pardonner, tu vas les manger avec de la confiture de framboises dessus, lui promit fièrement sa tante.

— Hum, hum, fit Ernest en se raclant la gorge. Est-ce que par hasard, vous auriez pas passé à côté de ma talle de framboises? Faudra que vous m'demandiez la permission avant d'en cueillir, les avertit Ernest en faisant mine d'être sérieux.

— Moé, j'm'en va manger à l'ombre, décréta Ti-Georges avant de s'éloigner plus loin vers un immense orme qui veillait, seul, sur le petit troupeau de vaches.

— Pis moé, si ça vous dérange pas matante, je vais aller me promener un peu sur le bord du lac, dit Julianna tellement désappointée qu'elle avait envie de se retrouver seule un peu.

— Reviens dans une demi-heure à peu près, on s'en retournera aider Marguerite.

Elle reporta son attention sur l'homme.

— Comme ça, y faut demander la permission! Tant qu'a y être, y faudra p't-être les payer en plus? le taquina Léonie.

Elle s'était assise dans l'herbe, regardant sa filleule se diriger vers le lac. Ernest se laissa tomber près de la femme. Que cette créature avait de beaux yeux verts. Dans le soleil, ils prenaient une teinte époustouflante. Seul avec Léonie, Ernest se dit que c'était l'occasion ou jamais!

~ ~ ~

Julianna marchait le long de la grève. Maussade, elle décida d'enlever son chapeau et de s'offrir, tête nue, au soleil. Et pourquoi ne pas se tremper un peu les pieds dans l'eau. Elle ôta ses chaussures et ses bas qu'elle déposa sur son chapeau pour qu'il ne s'envole pas au vent et doucement savoura le plaisir d'enfoncer ses orteils dans le sable de la plage. Subitement, une vaguelette recouvrit ses pieds, la faisant reculer avec un petit cri de plaisir. Elle décida de s'amuser à laisser ses empreintes dans le sable mouillé mais, se rendant compte qu'elle n'avait vraiment pas le cœur à folâtrer, elle délaissa son jeu pour se laisser choir sur la grève, les genoux repliés sous le menton, à ne plus rien faire d'autre que de perdre son regard sur l'horizon et soupirer. C'est alors qu'il y eut une ombre qui se projeta sur elle. La silhouette tant recherchée auparavant, celle grande et mince qu'elle avait tant espéré voir, était là, se penchant sur elle, la recouvrant, la dominant.

Lentement elle se retourna, la main en visière pour se protéger de l'aveuglement du soleil. Elle discerna les yeux gris de François-Xavier. Debout, immobile, il ne disait rien. Tout à coup, se rendant compte de ses jambes à moitiés découvertes, elle se releva prestement, secouant le sable de sa robe et se dirigea vers ses affaires pour se rechausser. Mais du tas de vêtements il ne restait que son chapeau et ses bas. Nulle trace de ses souliers ! Pourtant, elle était certaine de les avoir laissés ensemble. Elle regarda tout autour, essayant de comprendre, puis elle réalisa que le sourire narquois de François-Xavier était révélateur.

— C'est-tu ce que vous cherchez, mademoiselle Julianna ? dit-il en exhibant les chaussures de derrière son dos.

— Rendez-moi mes effets, monsieur Rousseau, lui intima-t-elle en prenant un air offusqué.

— J'vous avais promis de m'venger quand on est revenus du bateau, lui rappela-t-il sans les lui redonner.

— Vous avez eu seulement ce que vous méritiez !

— J'ai p't-être ben eu ce que j'méritais, mais pas ce que j'désirais...
dit François-Xavier en s'approchant doucement avec l'évidente intention de l'embrasser.

— Pis moé, ce que je désire, c'est mes souliers, rétorqua la jeune
fille en se reculant légèrement, désirant mais redoutant aussi ce baiser
que l'attitude de l'homme promettait. Ma marraine doit m'attendre,
ajouta-t-elle comme l'amoureux s'approchait de plus en plus dangereusement.

François-Xavier la détailla des pieds à la tête. Elle l'affrontait, le
nez en l'air, comme une petite marmotte flairant un danger. Les
cheveux à la garçonne, elle était si séduisante, plus qu'il n'avait pu
l'imaginer encore. Il s'était proposé pour aller chercher à boire à ses
compagnons de travail parce qu'il avait eu besoin de solitude. À
marcher jusqu'à la ferme, il pouvait réfléchir tranquillement sans être
dérangé par le bavardage de Ti-Georges. Il devait trouver les bons
mots pour faire sa déclaration. Cela le rendait si nerveux. Et voilà
qu'en contournant par le bord du lac, il avait entendu un léger cri.
Curieux, il s'était approché doucement. Sa dulcinée était là, jouant
dans l'eau, libre, belle, merveilleuse. Il n'en revenait pas. Elle rehaussait la beauté du lac, elle faisait vibrer l'air de sa seule respiration, elle
donnait de l'éclat au soleil. Il devait lui parler, lui dire les mots
d'amour qu'il tournait dans sa tête depuis des nuits, il devait l'embrasser. S'il avait eu plus de temps devant lui, probablement lui aurait-
il fait la cour, un peu tous les jours, mais il avait si peur de la perdre ! Il
ne voulait pas qu'elle reparte, il aurait l'impression d'avoir rêvé,
qu'elle n'avait jamais existé, qu'elle ne reviendrait plus. Il ne pouvait
la laisser s'échapper. Il devait trouver un moyen pour qu'elle ne s'enfuie pas, comme l'autre jour, devant son baiser. C'est alors qu'il avait
vu le chapeau, les souliers et les bas, abandonnés tout près d'où il se
tenait.

— Votre marraine peut ben vous attendre un peu. J'ai tant de choses à vous dire, mademoiselle Julianna. J'le pensais quand j'ai dit que vous aviez l'air d'une princesse, s'enhardit François-Xavier tout en continuant d'avancer vers sa belle.

— Justement, une princesse, ça marche pas nu-pieds! répondit la jeune fille en reculant toujours.

— Julianna! s'écria François-Xavier, je l'sais que j'me déclare vite, mais j'veux pas que vous repartiez pour Montréal sans que je sache si… si…

— Si vous allez me redonner mes affaires? Je l'espère ben, monsieur Rousseau! Julianna se détourna et se tint face au lac.

— C'est pas c'que j'voulais dire pis vous le savez! s'impatienta François-Xavier en venant se placer derrière elle.

Doucement, il lui souffla à l'oreille:

— J'vous demande si j'peux être votre chevalier servant… pour la vie.

Mais c'était une demande en mariage! Tout allait beaucoup trop vite! Le cœur de Julianna ne fit qu'un tour. Elle ferma les yeux d'excitation. Mais elle était une jeune fille orgueilleuse qui voulait se faire désirer, conquérir. Elle avait envie de goûter au doux pouvoir de la séduction. Elle se retourna face au jeune homme et dit d'un ton dérisoire:

— Pis je suppose qu'on habiterait dans un château que ma marraine la bonne fée aurait fait apparaître? Je suis pas Cendrillon, monsieur Rousseau.

— Si c'est un château qu'il vous faut, chus capable de vous en construire un de mes propres mains, assura le jeune homme en se penchant vers les lèvres de Julianna.

Celle-ci n'était pas encore prête à se soumettre. Elle se détourna et se mit à marcher un peu avant de se retourner et de lui dire:

— Écoutez, m'sieur Rousseau, je crois pas aux contes de fées. De toute façon, je suis presque fiancée… lança-t-elle pour le provoquer.

— Fiancée! répéta François-Xavier, estomaqué en se reculant comme pour s'éloigner d'un danger.

— Oui, avec monsieur Henry Vissers junior.

François-Xavier devint furieux. Il ne quémanderait pas une seconde de plus son affection. Il s'était déjà assez fait rejeter dans sa vie! Cela lui avait tout pris pour oser lui avouer honnêtement ses sentiments et tout ça pour quoi? Pour apprendre qu'elle était promise à un autre! L'amour lui avait fait prendre le risque de se faire blesser et cela ne l'avait pas raté. Il ne serait pas à la veille de recommencer. Qu'elle aille au diable!

— Hé ben, vous direz à votre presque fiancé, ragea François-Xavier, qu'un jour j'vous ai presque embrassée pis que je l'ai échappé belle en torrieu de marier une sorcière! Voici vos souliers, mademoiselle Gagné, dit-il en laissant tomber les chaussures d'un bruit sourd sur le sable. Dépêchez-vous de les remettre, ajouta-t-il sourdement, pis allez-vous-en. Vous êtes sur une propriété privée icitte.

Et François-Xavier disparut en longues enjambées par où il était apparu.

Il était parti, il n'était plus là! Mais pour qui se prenait-il pour oser la chasser ainsi! À quoi s'attendait-il? À ce qu'elle lui tombe dans les bras, comme ça, lors de leur premier tête à tête? Il aurait pu insister, rejeter l'histoire du fiancé du revers de la main, se battre pour l'avoir, l'enlever dans ses bras, l'embrasser de force… «C'est ça, va-t-en François-Xavier Rousseau, pis bon débarras! C'est moé qui l'a échappé belle d'aimer une moitié d'homme, un faible, qui fuit devant la première petite difficulté. C'est la preuve que tu m'aimes pas vraiment. Henry te vaut cent fois! C'est lui que je vais épouser, pas toé, pis tu t'en mordras les doigts, tu verras. Pis je vais revenir sur la Pointe, pendue au bras de mon nouveau mari pis tu vas être vert de jalousie. Pis je te déteste François-Xavier Rousseau ! »

Julianna ramassa un de ses souliers et de rage le lança de toutes ses forces vers où le jeune homme avait disparu. Puis Julianna tomba à genoux sur la grève et mêla sa déception aux grains de sable.

~ ~ ~

Pendant ce temps, Ernest faisait lui aussi la cour à la belle Léonie.

— J'peux vous appeler par votre p'tit nom, Léonie ?

Celle-ci partit à rire :

— Ça fait longtemps que c'est fait dans nos lettres. Après tout, vous faites comme partie de la famille.

— J'aimerais vraiment en faire partie, Léonie, dit Ernest en lui prenant les mains.

— Ernest, que c'est que vous racontez là ? demanda Léonie en jetant un coup d'œil à Ti-Georges, qui ronflait au loin sous l'ombre de l'arbre.

— Si vous vouliez, mon champ de framboises pourrait être le vôtre pis tout le reste aussi…

— Oh Ernest, non, gâchez rien… C'est impossible, pensez-y pas. Ernest, j'vous en prie !

— Pourquoi ? J'me déclare trop vite ? Mais on est pus des jeunots ! J'sais ben que vous êtes une femme riche pis qu'y a votre magasin à Montréal… mais…

— Non, c'est pas ça, le magasin a pus besoin de moé, j'ai décidé de prendre ma retraite… non c'est pas ça… mais, j'veux pas m'marier !

— J'serais un bon mari, insista Ernest. Chus honnête, j'bois pas, mon seul p'tit défaut est de fumer la pipe, mais si l'odeur du tabac vous dérange, j'pourrais…

— Non, mon bon Ernest, non, c'est pas la pipe... l'interrompit Léonie. J'peux pas me marier, chus désolée.

Et elle l'était vraiment. Qu'il eut été merveilleux de se laisser aller à cette douce folie, de ne pas se compliquer la vie et de dire oui !

— J'le sais ben que j'aurais dû vous le demander ben avant... On a encore de belles années devant nous autres, Léonie, insista Ernest. Y me semble que ce serait bon de vieillir à deux... Y me semble qu'on s'entendrait ben, vous pis moé. Depuis la première fois que j'vous ai vue, j'ai trouvé que vous étiez une belle créature en baptême mais avec ma femme malade, j'pouvais pas... pis après, vous étiez si loin... mais astheure, chus libre comme vous, j'ai élevé mon fils, vous avez élevé Julianna, pus rien nous empêcherait !

— C'est pas plus possible, mon pauvre Ernest... Je... J'ai un secret, un terrible secret qui m'empêche de me marier.

— Vous pouvez m'en parler, Léonie. Chus sûr que c'est pas si terrible que ça !

— À vous, Ernest, j'va vous le raconter. J'vous dois ben ça, décida Léonie après une brève hésitation. Pis j'sais que j'peux vous faire confiance, que vous le répéterez pas. Julianna est pas au courant, s'il fallait qu'elle l'apprenne...

— Venez, marchons un peu, on va être plus à l'aise, proposa-t-il en lui tendant la main pour l'aider à se relever.

— Mon doux Seigneur, par où commencer...

Ce n'était pas facile pour elle de rouvrir ses anciennes blessures. Ernest marchait, les mains dans les poches, et attendait. Son avenir dépendait de ce qui allait suivre, il le sentait. Il y avait peut-être des moments pour dire les choses, mais il y en avait d'autres pour les écouter.

— J'me suis jamais ben entendu avec ma mère, reprit Léonie. A me trouvait trop tête folle. Aujourd'hui, j'y donne pas tort, mais dans l'temps, a me faisait encore plus mal agir, rien qu'à cause de ce qu'a pensait de moé. Quand tu passes ton temps à te faire dire que t'es une fille pas mariable, une bonne à rien dans la maison, le mouton noir de la famille, ben tu viens à le croire, pis tu te comportes en conséquence, si vous comprenez ce que j'veux dire ?

Ernest fit signe que oui.

— Enfin… Une bonne fois, j'avais à peu près vingt ans, on a eu une moyenne chicane toutes les deux, a me disait que vu que j'étais pas plus serviable qu'y fallait dans la maison pis que pas un gars voulait de moé comme femme, que j'serais mieux de m'en aller.

Léonie s'interrompit. Puis, elle reprit :

— J'étais la dernière de la famille pis j'pense que ma mère s'ennuyait… Après avoir été habituée à être entourée d'une ribambelle d'enfants, se retrouver seule… Y faut dire que le père lui rendait pas la tâche facile, y dépensait le peu d'argent qu'y avait dans la boisson pis y travaillait pas fort su'a ferme. Tout était à l'abandon. Mais moé, Ernest, j'voulais pas vivre comme ma mère. J'me disais qu'y devait y avoir d'autre chose dans la vie, que ça se pouvait pas ! J'avais pas envie de faire comme mes sœurs qui avaient quitté la maison pour se marier, ou plutôt qui se mariaient pour quitter la maison. La plupart avaient trouvé un jeune gars, à l'allure de notre père, pensant plus à fêter et à faire des bébés qu'à travailler pendant qu'elles faisaient le lavage et tout le bataclan. J'voulais pas le même sort, y en était pas question.

— Allons, Léonie, les hommes sont pas tous pareils. Moé, chus un gros travaillant, j'ai jamais eu peur de peiner à l'ouvrage.

— J'en doute pas, mon cher Ernest, vous êtes le mari rêvé pour une femme, mais… laissez-moé continuer… J'étais jeune dans le temps, j'avais jamais connu d'autre homme ou presque que mon père. J'voyais l'avenir ben sombre, ça fait que chus partie voir c'qu'y avait ailleurs. J'ai pris les deux robes que j'possédais, celle de la semaine pis celle du dimanche, mon manteau d'hiver, mes bottines neuves, pis chus partie. J'me suis embarquée dans le train en partance pour Roberval. J'voulais me rapprocher de ma sœur préférée. C'était la première fois que j'voyais une locomotive pis que j'embarquais dans un train. Que j'ai eu peur, vous pouvez pas savoir comment !

— Les premières fois, c'est ben impressionnant.

— C'est pas mêlant, j'avais l'impression que la terre allait s'ouvrir en dessous de moé pis m'engloutir ! Dans les courbes, j'faisais mon signe de croix parce que j'étais sûre qu'on allait se renverser sur le côté !

Léonie avait besoin de plaisanter un peu avant d'avoir le courage de reprendre.

— Enfin, le train s'est rendu, pis moé aussi. À Roberval, j'me suis réfugiée chez les religieuses, elles ont été très gentilles ! Elles m'ont trouvé une pension pis un travail au gros hôtel qu'y avait dans le temps. J'sais pas si vous l'avez connu, mais maintenant y a passé au feu. C'était un hôtel très riche. Si maman m'avait vue travailler fort à faire le ménage des chambres ou m'occuper des enfants des pensionnaires, a l'en serait pas revenue ! J'étais pas plus avancée. J'allais jamais assez vite au goût des clients pis mon patron était pas ce qu'il y avait de plus compréhensif. Pas moyen d'être malade, y fallait se traîner, même agonisante ! J'dois vous ennuyer avec toutes mes histoires ! Restons-en là, Ernest, voulez-vous ? supplia Léonie.

Il lui reprit les mains et, se plaçant en face d'elle, plongea ses yeux dans les siens.

— J'veux tout savoir. Si vous en avez pour la nuitte, on va la passer icitte, mais j'vous laisserai pas repartir sans que vous ayez consenti à m'épouser. J'ai déjà perdu beaucoup trop d'années… Je…

Il ne put continuer. Elle était là, les grands yeux verts humides, émouvante, semblant si fragile. Il pencha la tête et l'embrassa passionnément comme l'homme affamé qu'il était. Léonie partageait la même faim. Elle moula son corps à celui de l'homme, si chaud, si fort…

— Oh! Ernest, non! gémit-elle en s'arrachant à l'étreinte.

— Léonie… supplia-t-il cherchant à la reprendre, Léonie…

— Non, Ernest, y faut que vous sachiez.

Elle se remit à marcher.

— Un jour, j'faisais le lit d'une chambre quand le client est rentré chercher quelque chose. Y s'appelait John. C'était un riche Américain qui faisait des affaires à Montréal pis qui était venu en voyage de pêche au Lac-Saint-Jean. Y avait des yeux magnifiques. Y m'avait donné un de ces pourboires ce jour-là. Ensuite, y a pas cessé de m'suivre. Partout où j'allais, j'le rencontrais sur mon chemin. Y m'a fait une cour assidue, y m'offrait des cadeaux comme jamais j'en avais reçus. Un matin, y est reparti pour Montréal. J'ai eu le cœur déchiré. Amoureuse, j'étais follement amoureuse de lui. J'pleurais toutes les nuits dans ma p'tite chambre de servante, en croyant jamais le revoir. Y est revenu, avec une bague pis une demande en mariage! Pis là on s'est fiancés en cachette. Y voulait pas que personne le sache tusuite. Y avait inventé une histoire que parce qu'y était Américain on le renverrait dans son pays… En prévision de notre mariage, y avait acheté une p'tite maison isolée à l'entrée du village. Y disait qu'y voulait pas m'imaginer dans ma minable petite chambre quand y serait à Montréal où son travail l'appelait constamment. Quand j'lui ai demandé pourquoi on s'installait pas là-bas, y m'a répondu qu'y cherchait la maison idéale pis qu'on y déménagerait dès notre mariage. Comme y adorait venir en vacances par icitte, y garderait, de toute façon, la p'tite maison de Roberval où j'allais vivre en attendant. Pis pas question que sa future épouse travaille! J'ai vécu ainsi pendant sept ans. Sept ans à attendre ses visites, à attendre une date de mariage toujours reportée. Quand y venait, y descendait pus à l'hôtel, y s'installait chez lui. Pis j'ai accepté… malgré ce que les gens disaient, malgré la désapprobation de ma sœur Anna… Vous comprenez, je… j'ai partagé son lit, sans être mariée… J'vivais juste par lui, juste pour lui. J'étais heureuse, Ernest. Y m'apportait de ces robes, toutes plus magnifiques les unes que les autres. Y m'appelait sa belle du lac, y m'offrait des bijoux, des colliers, des broches, des bracelets, mais jamais j'ai vu une bague de mariage. Y m'expliquait toujours que son avocat s'occupait du contrat de mariage, que c'était ben compliqué, que parce qu'y était pas Canadien… des mensonges… Un jour, j'ai compris pourquoi. J'ai mis la main sur une lettre d'amour que sa femme avait glissée dans ses bagages pour lui faire une surprise j'suppose, pis comme j'avais pris l'habitude de m'occuper de ranger ses vêtements, c'est moé qui l'ai trouvée. P't-être que John pensait que j'pouvais pas lire l'anglais, mais en tout cas, j'y ai mise sous le nez. Y a tout avoué, comme si y était soulagé que j'sache enfin la vérité. Y a essayé de m'expliquer, de m'parler… Y m'a juré qu'y m'aimait, que sa femme c'était un mariage arrangé, qu'y l'avait mariée pour sa fortune, une question d'argent pis d'alliance entre deux grosses familles. Mais j'étais furieuse pis j'ai rien voulu entendre. Y est parti. J'me suis enfermée dans la maison à pleurer… jusqu'au jour où vous êtes venu me chercher pour que j'aille aider Anna…

Un moment, Ernest ne sut que répondre à ce long monologue, puis doucement, il murmura :

— Léonie, on a tous des choses dans la vie dont on est pas toujours fiers. Que vous ayez vécu dans le péché avec cet homme me fait pas changer d'idée. Épousez-moé, Léonie, épousez-moé !

Il tenta de l'embrasser à nouveau.

— Non, Ernest, j'vous ai pas tout dit… le repoussa-t-elle avec véhémence.

— Léonie, tout ce que j'veux entendre, c'est votre oui à ma

demande! murmura l'homme en continuant de couvrir la femme de sa vie de plein de petits baisers.

— Que vous le vouliez ou non, vous allez m'écouter jusqu'à la fin! s'emporta Léonie. J'ai pas entrepris ce long et pénible discours pour rien! Ensuite, on aura pus rien à se dire. J'ai jamais revu John, continua-t-elle d'un ton déterminé, mais quand chus revenue à Roberval avec un bébé à prendre soin, j'lui ai écrit. Pour avoir de l'argent, j'lui ai fait croire qu'y était le père de Julianna! Pis y m'en a donné plein! Mais pour expier ce mensonge, j'ai juré su'a tête d'Anna de jamais me laisser aimer par un autre homme, pus jamais, vous comprenez astheure, Ernest Rousseau? Voilà pourquoi vous pouvez pas me marier, je l'ai juré! hurla-t-elle avant de s'enfuir en courant, laissant derrière elle un Ernest sidéré.

~ ~ ~

Léonie et sa filleule ne se parlèrent pas de ce qui s'était passé. Julianna avait remis ses bas et ses souliers et avait rejoint sa mère adoptive qui l'attendait, silencieuse. À la ferme, Marguerite surveillait leur arrivée. Elle se dépêcha de prendre sa belle-sœur en aparté pour s'informer de la bonne marche des événements. Mais Julianna lui répondit sèchement qu'elle ne l'avait même pas vu, avant d'ajouter que de toute façon, ce n'était qu'un caprice, d'oublier tout ça, qu'elle avait un fort beau prétendant à Montréal dont elle commençait à s'ennuyer sérieusement d'ailleurs. C'est ce qu'elle répéta à sa marraine, un peu plus tard dans la journée, en l'implorant de rentrer chez elles. À sa grande surprise, Léonie ne s'opposa pas du tout à sa demande, mais au contraire en fut ravie. Alphonse n'essaya pas vraiment de les retenir quand il apprit qu'elles devançaient leur départ. Il avait été très heureux de leur visite, mais cela l'épuisait. Il avait l'impression qu'il

244

aurait dormi toute la journée. Chaque petit mouvement lui demandait un effort. Il n'aspirait qu'à se reposer et il y parviendrait beaucoup mieux sans la présence de sa fille et de sa belle-sœur, qui serait toujours un peu gênante. Chassez le naturel et il revient au galop ! Cette fois, seul Ti-Georges alla les reconduire au bateau. Ni l'une ni l'autre n'avait revu les Rousseau. François-Xavier annonça à son père que Julianna en aimait un autre et la discussion fut close. Ernest n'eut pas envie de poser plus de questions, trop absorbé qu'il était par sa propre déception. Tous les deux se jetèrent à corps perdu dans le travail. En moins de temps que prévu, ils terminèrent la construction de la fromagerie.

L'été tirait à sa fin, maintenant. Ernest et son fils vérifiaient les derniers détails de la fabrique avant de commencer la production du fromage.

— T'es sûr que t'as ben fait de mettre la chaufferie si proche de la salle de fabrication ? demanda Ernest en s'accoudant près des machines à vapeur.

— J'ai construit la fromagerie selon les plans de celle de Saint-Prime, vous verrez, ce sera parfait.

— J'ai toute confiance en toé, mon garçon, pis Saint-Prime, c'est toute une fromagerie…

— Vous allez voir, son père, on va prendre le monopole du cheddar !

— Chus fier en baptême, François-Xavier. La fromagerie Rousseau et fils, tu te rends compte. Jamais j'aurais pensé voir ça écrit sur une pancarte un jour.

— Ça va faire un moyen bel héritage pour les p'tits Rousseau à venir…

— Que c'est que tu veux dire, François-Xavier ? J'avais cru comprendre que Julianna était fiancée à un autre !

— Y est pas question d'elle pantoute. Non, j'ai pensé… vous savez, la fille aînée de Joseph Larouche. J'pense qu'y pourrait y avoir un arrangement possible entre nous deux.

— Mais t'en parles comme d'une affaire à régler !

— Y est temps que j'me marie, vous trouvez pas, son père ? J'pensais commencer mes fréquentations betôt.

— Si c'est c'que tu veux, François-Xavier, j't'ai déjà dit que j'me mêlerais pas de tes amours... La p'tite Larouche semble être une bonne fille, fais comme tu veux.

— Y a d'autre chose que j'voulais vous dire.

— Vas-y mon fils, c'est le matin des nouvelles d'abord.

— En vue de mon mariage, j'ai décidé de construire une maison pour ma future famille.

— Celle qu'on a est habitable en masse ! s'objecta Ernest.

— Non, son père, j'veux quelque chose de grand, de neuf pis qui serait plus proche de la fromagerie.

— C'est vrai qu'on a fait la fabrique loin de la maison, c'est pas ben pratique, mais pour le transport du lait pis du fromage c'était le meilleur emplacement.

— Oui, pis c'est pour ça que j'la construirais juste à côté d'icitte, su'a grosse butte qu'y a en face du lac.

— C'est pas une mauvaise idée, mon fils. Comme ça, j'pourrais habiter l'autre pis te laisser tranquille, toé pis ta nouvelle femme. Quand on est nouveaux mariés, c'est pas plaisant d'avoir à endurer un vieux malcommode comme moé à côté de la chambre nuptiale.

— C'est hors de question ! J'va toujours vous garder avec moé, marié ou pas !

Affectueusement, le fils mit la main sur l'épaule de son père.

— Non, l'autre maison, continua François-Xavier, on va la vendre avec la terre, du moment qu'on sera prêts à rentrer dans la neuve. Avec la fromagerie, on va avoir assez d'ouvrage sur les bras, on réussira pas à entretenir les deux. Si vous êtes d'accord, comme de raison, se reprit François-Xavier en s'apercevant de l'autorité dont il avait fait preuve.

— Ça me dérange pas, mon fils, tu fais à ta tête.

Ernest soupira. Tout lui était rendu indifférent. Même la fromagerie ne réussissait pas à lui redonner la joie de vivre, Léonie était partie avec elle. Ernest se sentait vieux. À cinquante-six ans, il se demandait bien pour quoi et pour qui il aurait continué à se démener.

— J'vous demanderais juste une dernière chose, que vous me laissiez faire à mon goût.

— De quoi tu parles, de la nouvelle maison ?

— Oui, j'ai dessiné un plan…

— Mais oui, de toute façon, tout ça est à toé maintenant. Moé, chus rendu trop vieux. Quand penses-tu entreprendre la charpente ?

— J'aimerais m'y mettre tusuite pour essayer d'avoir bâti le plus gros des travaux avant les neiges.

— Fais à ta tête, mon gars, c'est pas moé qui va parler. J'va juste t'aider du mieux que j'peux.

— Merci. C'est ben important pour moé. Venez, on va vérifier si les moules à fromage sont cordés pis en ordre.

Ernest tint parole. Il laissa aller son fils dans ses projets. Même s'il était évident que François-Xavier n'était pas heureux avec Eugénie Larouche, il le laissa la courtiser. À la fromagerie, les trois étagères doubles de la chambre à maturation étaient pleines à craquer de beaux gros fromages ronds qui se reposaient et la nouvelle maison s'élevait à une vitesse incroyable. Là non plus, Ernest ne fit aucune remarque, ni quand il s'aperçut des dimensions gigantesques de la future demeure ni quand il réalisa que la drôle de forme qui émergeait du toit serait une sorte de tourelle. De cette tour, on pourrait admirer le lac en entier. Pour y accéder, son fils avait prévu un escalier intérieur en colimaçon.

Pourquoi son garçon avait pensé à ce plan extravagant, Ernest n'en avait pas la moindre idée, mais une chose était certaine, c'était que ce serait la plus belle maison de tout le comté. Elle serait magnifique !

~ ~ ~

L'hiver arriva et on dut cesser de construire et la fromagerie ferma jusqu'au printemps. Une fois par semaine, François-Xavier allait faire son soir chez les Larouche, comme convenu, du moins jusqu'à cette soirée du mois de décembre, un peu avant la Noël. Une belle neige folle était tombée toute la journée, le traîneau du jeune homme glissait doucement, en route vers la maison de sa promise. Plus tard, dans le salon des Larouche, endimanché, assis à côté d'Eugénie, François-Xavier s'ennuyait fermement. La jeune fille était pleine de qualités, mais ils ne savaient jamais de quoi parler ensemble. Une fois toutes les possibilités sur la neige et le mauvais temps épuisées, un pesant silence s'installait. Depuis deux mois, c'était le même manège. Il n'en pouvait plus. À bout de patience, François-Xavier se leva, une bonne heure avant la fin de son temps de veillée et poliment, bredouillant une quelconque explication, dit le bonsoir à Eugénie avant de s'enfuir chez lui. Sur le chemin du retour, il fouetta son cheval. C'était à cause de Julianna ! Il essayait de ne pas trop penser à elle, mais il n'y parvenait pas. Elle l'obsédait. Il la revoyait sur la plage, lui faisant face ! Ah ! il lui montrerait qu'il était capable de construire un château, mais ce serait Eugénie qui l'habiterait, pas elle, se dit-il. Arrivé devant chez lui, il détela rageusement son cheval qu'il rentra à l'étable pour la nuit. « Mais arrête donc de te faire des accroires, François-Xavier Rousseau, se dit-il en s'appuyant, las, sur une poutre de la grange. Eugénie Larouche pourra jamais être ta princesse… T'as pas le droit de lui demander de devenir ta femme. » Il ne l'aimait pas et ne l'aimerait jamais. À la prochaine veillée, il le lui dirait, il mettrait un terme à cette mauvaise comédie. Il n'avait agi que sur le coup de la colère, que pour se venger de Julianna... Il décrocha le fanal du clou et, lentement, il rentra chez lui.

— Bonsoir, son père, dit-il en s'engouffrant dans la maison.

— Tu rentres ben de bonne heure, mon garçon, à soir ? interrogea Ernest qui lisait son journal, se reposant tranquillement en attendant le retour de son fils.

— J'ai décidé de pas continuer à courtiser la fille à Larouche, lança François-Xavier sans préambule.

— Ah ! fit son père.

— C'est tout ce que vous m'dites !

— J'voulais pas parler à propos de tes amours, mais si tu me le demandes, mettons que j'dirais que c'est une bonne décision en baptême. Vous auriez été malheureux tous les deux, ça se voyait comme le nez en pleine face.

— C'est ce que j'me disais aussi. Eugénie, est ben gentille mais...

— En parlant de gentille fille, j'ai justement eu des nouvelles de Julianna à soir, annonça calmement son père comme si de rien n'était et en faisant mine de reprendre la lecture de son journal.

— Des nouvelles de Julianna ?

— Ben oui, j'viens de te l'dire ! Deviendrais-tu sourd en vieillissant, mon gars ? Pendant que t'étais parti veiller, Alphonse est venu me trouver pour jaser un peu. J'te dis que lui, y a pas l'air d'aller fort ! J'l'ai pas trouvé ben vaillant.

— Laissez faire monsieur Gagné, ça fait des mois qu'y annonce qu'y est mourant pis parti comme y est là, y va en enterrer une couple avant lui. Racontez-moé plutôt ce que vous savez. A s'est mariée, c'est ça ? Mais non, a l'aurait invité sa famille, je l'aurais su... À moins qu'a l'annonce la date de son mariage, c'est ça, la date est fixée ?

— Baptême, que des fois tu m'décourages! Laisse-moé donc parler au lieu de t'faire du mauvais sang!

— La dernière fois que j'l'ai vue, a l'était presque fiancée, ça fait que là, a doit être presque mariée! dit-il, ironique.

— François-Xavier Rousseau, tais-toé ou tu les sauras pas, les nouvelles! s'impatienta Ernest. Ta Julianna, est pas mariée pantoute, reprit le paternel obtenant enfin le silence demandé. A s'est même jamais fiancée! Pis le prétendant de Montréal, y est pus dans le portrait.

— Comment ça?

— J'connais pas le fin fond de l'histoire… Elles sont à Roberval à la maison de Léonie.

— À Roberval! Julianna est à Roberval!

— Calme-toé pis laisse-moé finir, baptême! Elles viendront pas icitte. Elles sont venues pour vendre la maison, ç'a l'air. Alphonse dit qu'elles resteront même pas pour Noël. Y aurait p't-être quelqu'un intéressé à acheter la maison pis elles viennent régler ça. François-Xavier, que c'est que tu fais? s'interrompit Ernest devant son fils qui s'était soudainement levé de sa chaise.

— J'pars tusuite! déclara François-Xavier.

— Tu pars? Pour où?

— Pour Roberval.

— Pour Roberval?

— Pis si jamais a l'est pas là, j'va me rendre à Montréal s'il le faut.

— Mais comment veux-tu y aller pis à cette heure du soir! Es-tu en train de virer fou ma foi du Bon Dieu? fit-il en voyant son fils se préparer.

— J'va passer par le lac voyons, affirma François-Xavier.

— Ah ben baptême, ôte-toé ça de'dans tête tusuite, mon gars! C'est beaucoup trop dangereux à c'temps-citte de l'année!

— J'ai dit que j'passe par le lac. Il faut que j'parle à Julianna.

— J'peux ben croire que tu l'aimes, mais si tu te noies ça sera pas d'avance !

— On a eu ben des bordées de neige pis des bons froids, d'après moé, la glace est assez solide.

— Ben oui, ça doit passer, mais quand même, tu peux attendre un peu que la traverse soit un peu plus praticable.

— Non, j'pars tusuite !

— Mais…

— Y faut que j'la voie.

— Tête de cochon, tête de mule, tête de… de… baptême d'enfant ! ragea Ernest en sacrant un coup de poing sur le bras de sa chaise. J'va y aller avec toé ! Mais on va partir de clarté par exemple. T'as compris ? On va embarquer des grandes planches de bois, on pourra les mettre par dessus les crevasses pis va chercher la grande corde, ça pourrait être utile. Ben, arrête de m'regarder sans rien faire, grouille de tout préparer pour être prêt à l'aurore, baptême de baptême !

À l'aube, le père et le fils mettaient à exécution leur décision et mangeaient un peu avant de se mettre en route quand on frappa à la porte. Elle s'ouvrit à toute volée, laissant passer un Ti-Georges livide.

— Ti-Georges ! s'étonnèrent les deux hommes.

— Papa est mort c'te nuitte, leur annonça sans préambule le visiteur.

Et c'est ainsi que les Rousseau partirent comme convenu pour Roberval mais porteurs d'une bien triste nouvelle. La traversée fut pénible, mais pas autant que la tension qui régnait dans le traîneau à leur retour vers la Pointe. Léonie et Julianna avaient été surprises de leur arrivée et avaient stoïquement reçu l'annonce du décès d'Alphonse. Elles ne furent pas longues à se préparer et ce fut un vrai cortège funèbre qui retraversait le lac, les quatre occupants perdus dans leurs pensées.

~ ~ ~

On enterra Alphonse Gagné le 19 décembre 1924.

La plupart de ses enfants vinrent aux funérailles. Son fils Ronald avait eu la permission de quitter sa paroisse. Ferdinand n'était arrivé que la veille du bas du fleuve, seul, le voyage étant trop dispendieux pour sa nombreuse famille. Marie-Ange et Adrienne étaient venues ensemble de Chicoutimi avec maris et marmailles. On n'avait pas pu rejoindre Léopold, monté dans les chantiers de l'Abitibi et Angélique ne pouvait quitter son mari, gravement blessé par un taureau, mais qu'on espérait hors de danger. Aline envoya un télégramme expliquant l'impossibilité dans laquelle elle se trouvait de descendre à la Pointe. Tous ces visages qui lui ressemblaient, surtout ceux d'Adrienne et de Marie-Ange, c'était troublant pour Julianna. Dommage que leur première rencontre ait à se passer dans ces circonstances. Mal à l'aise, elle se tenait un peu à l'écart aux côtés de sa marraine. Ses frères et sœurs avaient tous été très gentils avec elle, mais elle se sentait comme une étrangère qui n'avait pas le droit de pleurer un père presque inconnu.

Quant à Ti-Georges... Son frère était si replié sur lui-même qu'on avait peine à le reconnaître. Même Marguerite, qui se démenait à recevoir tout ce monde, ne savait plus quoi faire pour aider son mari. Celui-ci semblait incapable de faire face à la mort de son père. Depuis trois jours et trois nuits qu'ils veillaient le corps dans le grand salon et Georges n'avait ni pleuré ni parlé une seule fois. Francois-Xavier s'approcha de son meilleur ami et prit place sur une chaise à ses côtés. Il comprenait ce que son ami ressentait. Il savait que Ti-Georges avait autant détesté son père qu'il l'avait aimé. L'entrechoquement de ces deux extrêmes anéantissait son ami. Comme les deux doigts de la main depuis leur enfance, les deux hommes n'avaient pas grands secrets l'un pour l'autre, à part un… François-Xavier sut que le moment était approprié de le dévoiler.

L'air était étouffant, la plupart des gens marmonnaient, priaient ou discutaient par petits groupes, les enfants couraient un peu partout, ne réalisant pas vraiment ce qui se passait… Tous étaient épuisés. «La veillée au corps a du bon» se dit François-Xavier. Après tant d'heures, on est vraiment prêt à laisser partir le défunt, on le désire même… Il regarda son père adoptif qui se tenait un peu en retrait et François-Xavier pensa à la mort de Rose-Élise et à celle de Joséphine.

— Tu te rappelles-tu de Joséphine Mailloux qui venait aider chez nous? dit tout à coup François-Xavier à Ti-Georges.

Sans attendre une réponse, qui de toute façon ne viendrait pas, il continua :

— J'avais 17 ans quand est tombée malade. A venait de passer des semaines à soigner les autres de la même maudite maladie qui allait l'emporter. A voulait pas me contaminer pis probablement qu'a savait qu'a allait mourir… Enfin, un jour, a m'a écrit une lettre. Je l'ai jamais lue à personne… même mon paternel en a jamais rien su…

François-Xavier sortit son portefeuille et délicatement en retira une feuille soigneusement pliée.

— J'l'ai toujours portée sur mon cœur, toutes ces années, a m'a jamais quitté.

Ému, il tendit le précieux bien à son ami.

— J'voudrais que tu la lises… s'il te plaît, insista-t-il.

Intrigué, Ti-Georges prit la lettre et sans un mot en fit la lecture.

Mon cher François,

Je te prie de lire cette lettre jusqu'au bout et d'essayer de comprendre…
Il aura fallu que la mort vienne cogner à ma porte pour que j'aie le courage de t'écrire ces lignes ou plutôt pour que je perde le courage de me taire…
Tout ce que je sais, c'est que je peux pas me résoudre à te quitter sans que

tu saches… Cher fils, fruit de mes amours secrètes, chair de ma chair, tu as bien lu, tu es ce bébé que j'ai eu en cachette. Comment trouver les bons mots… J'avais eu à prendre soin d'un marin très malade que le curé avait placé chez nous. Il venait de l'Irlande et s'appelait Patrick O'Connor, c'est tout ce que je sais de ton père. Je l'aimais très fort et il m'avait demandée en mariage, mais mon père, y a rien voulu savoir… Il l'avait chassé de chez nous. Patrick, y a jamais su que tu existais. Il s'est embarqué sur un bateau avant même que je devine moi-même ta présence. Si tu savais à quel point j'ai détesté mon père pour le mal qu'y m'a fait. La haine me rongeait le cœur au point que j'en suis venue à haïr Patrick autant que je l'avais aimé peu de temps auparavant, au point que j'en suis venue à me haïr moi-même de m'être laissé aimer, au point que j'en suis venue à haïr la vie, même celle qui bougeait dans mon ventre… C'est à ta naissance qu'enfin je me suis réconciliée. Quand on dit que l'amour est plus fort que tout, c'est vrai… tu en es la preuve. Mais je pouvais pas te garder. Personne devait savoir. Mais je voulais tout faire pour être auprès de toi.

François, tu es devenu un beau grand jeune homme et je suis fière de toi. Malgré le mal qu'on a pu te faire ou qu'on te fera, laisse pas la colère t'envahir, tourne-toi toujours vers l'amour. Peu importe de quelles entrailles on vient, on a qu'une seule mère et c'est la Miséricorde et on a qu'un seul père et c'est l'Amour. Ils sont toujours là, prêts à nous prendre dans leurs bras, à nous consoler, nous aider. Ils sont notre soutien dans toutes les épreuves. Tu es leur fils, le mien et celui d'Ernest, car lui et moi on t'aime de tout notre cœur, de tout notre corps, de tout notre sang. Et, à ton tour, un jour, tu aimeras ainsi… et tu comprendras… tu comprendras et tu pardonneras à cette mère de chair qui t'a abandonné et à l'autre qui t'a blessé, de pas avoir pu… de pas avoir su… du moins, je l'espère…

Je te lègue tout mon avoir. Tu trouveras avec cette lettre mon testament. Ta maman qui t'aime, Joséphine.

Ti-Georges replia les feuilles de papier, déjà jaunies par les années, et les rendit à son propriétaire silencieusement. François-Xavier resserra la touchante missive, mit la main sur l'épaule de son ami et se penchant près de lui murmura :

— Ton père était ce qu'y était pis y a fait du mieux qu'y a pu, j'en suis certain. Fais comme Joséphine a dit, laisse-toé pas mener par la colère pis la haine. Regarde ta femme pis tes deux beaux p'tits gars, y ont besoin de toé, de ton amour, Ti-Georges, y ont pas besoin de ta colère.

Son ami se prit soudain la tête entre les mains et éclata en sanglots. Un silence troublant tomba sur le salon. Tout à coup, une voix s'éleva. À sa façon, Julianna avait trouvé le moyen de rendre hommage à son père et, de sa voix cristalline, elle chanta la tristesse, l'abandon, la solitude, le pardon…

~ ~ ~

Le lendemain, tout le monde était reparti sauf Léonie et sa filleule. Ernest et François-Xavier, qui étaient venus passer la soirée chez les Gagné, étaient au salon et terminaient une tasse de thé avec Léonie et Julianna. Ti-Georges venait de se retirer dans sa chambre pour rejoindre Marguerite. Les deux petits garçons dormaient depuis belle lurette.

Julianna se leva et annonça qu'elle montait elle aussi. François-Xavier la suivit des yeux pendant que Léonie murmurait :

— A l'aura pas connu son père longtemps, la pauvre p'tite…

— Mademoiselle Coulombe, dit François-Xavier, j'pourrais-tu monter parler avec Julianna ? C'est ben important.

Léonie hésita. Ernest intervint :

— Laissez mon jeune y aller. Vous pouvez avoir confiance en lui. Pis moé itou j'voudrais vous dire un mot.

— Bon d'accord, tu peux monter, accorda Léonie, mais tu laisses la porte ouverte.

François-Xavier ne se le fit pas dire deux fois et grimpa les marches pour rejoindre Julianna. Il n'était pas question qu'elle reparte pour Montréal avant une bonne conversation.

Au salon, sans savoir pourquoi, Léonie se mit soudain à pleurer. «Tu parles d'une réaction! Pleurer comme une Madeleine, pour quoi, pour qui? Pour Alphonse, quelqu'un qui m'a détestée la moitié de sa vie?» pensa-t-elle. Elle ne comprenait rien à ce qu'elle ressentait, un mélange de haine, de soulagement, non, pas vraiment... Tout ce qu'elle savait, c'est qu'une peine immense l'accablait. Sur quoi pleurait-elle? Sur ce que la vie aurait pu être? Si Alphonse n'avait jamais... Si sa sœur n'était pas... Léonie perdait ses balises et se retrouvait déboussolée face à l'irrévocable départ qu'est la mort.

Son fils disparu à l'étage, Ernest prit la femme qu'il aimait dans ses bras. Cette fois-ci, celle-ci ne résista pas. Comment avait-elle pu survivre sans la présence de cet homme à ses côtés? Comment avait-elle pu passer à travers les épreuves de la vie sans son soutien? Maintenant, elle ne pouvait plus s'imaginer sans cet appui, sans cette chaleur, sans ces lèvres sur les siennes... Il était déjà assez pénible de faire face, seule, au passé sans en plus affronter l'avenir dans la solitude. Il y avait tellement longtemps qu'il n'y avait personne pour s'occuper d'elle, pour la consoler, pour la réchauffer, pour l'écouter. Si seule... Si longtemps. C'était sur cela qu'elle pleurait, comprit-elle, sur la solitude, la sienne, celle de Julianna, celle d'Alphonse, celle de la mort, la plus extrême des solitudes.

— Oh, Ernest, j'ai tellement besoin de toé! lui dit-elle.

Surpris et heureux de cet aveu, Ernest resserra son étreinte.

À l'étage, François-Xavier hésita. Son cœur battait beaucoup trop fort. Julianna devait l'entendre et deviner, ainsi, sa vulnérabilité. Il frappa doucement à la porte.

— Entrez, monsieur François-Xavier Rousseau, énonça la voix

claire de Julianna en détachant chaque mot.

— Comment saviez-vous que c'était moé ? demanda nerveusement celui-ci en prenant soin de laisser la porte entrouverte derrière lui, tel qu'il l'avait promis.

Sa princesse était là, face à la fenêtre, lui tournant le dos. Elle répondit sans même se retourner.

— La maison est pas ben sourde. J'entends tout ce qui se dit en bas par la trappe de chaleur.

François-Xavier remarqua alors l'ouverture grillagée fixée dans le plancher, ce qui permettait au poêle à bois, ronflant dans la cuisine, d'expirer à pleins poumons jusqu'au deuxième niveau.

— Vous êtes pas fâchée que j'sois monté ? s'inquiéta le jeune homme en reportant son attention sur le dos rigide de la femme en deuil.

Julianna se détourna et regarda, sans ciller, son visiteur.

François-Xavier, perdant toute contenance devant la profondeur des yeux verts, se mit à examiner la petite pièce autour de lui. La chambre était rangée, la courtepointe sur le lit ne présentait aucun pli, chaque objet semblait être disposé exactement à sa place, tout était à l'ordre, trop à l'ordre. Furtivement, il détailla la jeune fille restée silencieuse et qui le fixait toujours. Julianna elle-même était impeccable. Vêtue d'une robe noire, ses cheveux soigneusement lissés, elle avait un air tragique, se tenant bien droite, debout, près de la lucarne, les bras croisés sur la poitrine, immobile, calme, trop calme.

— Y faut que j'vous parle, Julianna, dit maladroitement François-Xavier, de plus en plus mal à l'aise devant le mutisme de la jeune fille.

— Vraiment ? demanda celle-ci sans broncher, soulevant à peine un sourcil. Je suppose que je dois vous remercier, reprit-elle en portant enfin les yeux ailleurs, d'être venu nous chercher à Roberval, matante pis moé. Alors merci beaucoup. Voilà, c'est fait.

— Non, j'veux vous dire que chus désolé pour votre père, commença François-Xavier, mais Julianna l'interrompit.

— Pourquoi? Je suis pas vraiment triste. Je le connaissais presque pas, dit-elle en souriant faussement du coin des lèvres.

— Au moins, y sera pas mort sans que vous l'ayez jamais rencontré, fit remarquer François-Xavier.

— Il me devait pas mal plus que ça, vous pensez pas? demanda Julianna, une colère sourde dans la voix. C'est trop drôle, continuat-elle avec un petit rire sarcastique. J'ai rencontré mon père pour la première et la dernière fois cet été! Vous riez pas, monsieur François-Xavier Rousseau?

— Non, j'ris pas. Votre père, c'était votre père, vous y devez respect, surtout dans la mort. Laissez-le partir en paix.

— C'est facile à dire pour vous, monsieur Rousseau, on peut pas dire que vous vous compliquez ben ben la vie, vous! s'emporta Julianna. Il est mort? Il est mort! Que Dieu le bénisse pis tant pis pour ceux qui restent derrière! C'est ça que vous pensez, monsieur Rousseau, comme cet été sur le bord du lac? Elle est presque fiancée? Elle est presque fiancée! Mes félicitations pis tous mes vœux de bonheur, c'est ça?

Il n'eut pas le temps de répondre quoi que ce soit que la jeune fille, tout en colère, reprit de plus belle:

— Eh ben, c'est pas toujours comme ça que ça marche dans la vie! Mon père, il m'a peut-être dit qu'il m'aimait avant de mourir, mais je lui ai pas dit, moé, que je le détestais pis que je me détestais de pas avoir eu le courage de le lui dire. Je me déteste d'avoir pris sa main, de lui avoir souri, je l'ai même embrassé! Je déteste toutes ces années que j'ai passées séparée de ma famille! Je déteste mon père d'avoir fait ça, je déteste ma mère d'être morte en me mettant au monde, je vous déteste, vous, d'avoir rien fait cet été, pis je déteste matante Léonie de m'avoir pris bébé, pis mon père d'être mort... Je me déteste... j'aurais dû mourir avec ma mère !

François-Xavier se précipita et empoigna la jeune femme déchaînée pour l'emprisonner solidement dans ses bras.

— Lâchez-moé, lâchez-moé, je vous déteste tous, tout le monde !

— Chut... Chut... fit François-Xavier en la berçant doucement, chut... Julianna, jolie Julianna, calme-toé... j'taime, moé... j'taime...

À ces mots d'amour, la jeune fille releva la tête vers l'homme. Une force inextinguible les poussa plus près encore l'un de l'autre. Passionnément leurs bouches s'unirent. Une douce chaleur se coula, insidieusement, dans leur corps. François-Xavier ne relâcha pas son étreinte. Doucement, la gardant précieusement dans ses bras, il alla s'asseoir sur le bord du lit et se mit à bercer amoureusement la jeune fille, la couvrant de petits baisers sur le front et les tempes.

— J'taime, Julianna, répéta-t-il, j'taime...

— Moé aussi, François-Xavier, avoua-t-elle, moé aussi...

— Julianna, si on recommençait... demanda François-Xavier.

— Recommencer quoi ? À s'embrasser ? chuchota la jeune fille. Ce serait pas très convenable, mais ben tentant... fit-elle, provocante.

— Non, dit François-Xavier, ç'a si mal débuté cet été su'a plage, si on recommençait.

— Qu'est-ce que ça donnerait ? l'interrompit Julianna en le repoussant un peu. On s'entendra jamais tous les deux, dit-elle en baissant les yeux.

— Non, dis pas ça, ma princesse... J'rêve juste à toé depuis que t'es débarquée de ce foutu bateau. Enfin, débarquée, façon de parler... la taquina-t-il.

— Oh, François-Xavier Rousseau, tu vois, on passerait tout notre temps à nous chicaner.

— Mais oui, pis au moins on sera sûrs de pas s'ennuyer jamais ensemble…

— Est-ce qu'on est en train de parler d'avenir tous les deux par hasard ? demanda Julianna.

— J'pense ben que oui. Julianna, voudrais-tu devenir ma femme ?

— Oui, mais à condition que tu m'embrasses tout de suite.

— J'ai l'impression que tu vas me mener par le bout du nez, toé !

— J'en ai ben l'intention, dit-elle en l'attirant vers son visage.

— Hum… En fin de compte, j'pense qu'on va vraiment ben s'entendre, déclara-t-il après s'être exécuté de bonne grâce. T'es tellement belle, Julianna… j't'aime… T'as été dans mes rêves, jour et nuitte, ton image me quittait jamais. J'ai vécu l'enfer ces derniers mois…

— Moé aussi, c'est pour ça qu'j'ai plus voulu revoir Henry.

— C'est la même chose avec Eugénie, murmura-t-il en cherchant à l'embrasser encore.

— Eugénie ? C'est qui Eugénie ? questionna-t-elle en le repoussant subitement.

— Eugénie, c'était ma presque fiancée, lui répondit-il en souriant.

— Ta presque fiancée ! répéta la jeune fille en se levant. Que faites-vous ici d'abord François-Xavier Rousseau, allez vous marier pis vite, ajouta-t-elle en désignant la porte de la main. Eugénie doit s'impatienter. De toute façon, moé j'ai ma carrière à Montréal qui m'attend ! Marraine pis moé, on va partir vivre là-bas pour de bon.

François-Xavier ne cessait de sourire. Elle était si belle avec son fameux petit nez en l'air à jouer la grande dame offusquée.

— Ben oui, ben oui, me marier, c'est ben c'que j'ai l'intention d'faire.

— Moé, je serai célèbre !

François-Xavier s'approcha doucement, la faisant reculer jusqu'au bord de la fenêtre au dos de laquelle elle se trouva coincée.

— Pis tu vas avoir des tas de soupirants qui te couvriront de fleurs et de baisers comme ceci…

Lentement, il se pencha vers sa promise et dit :

— J'ai très envie de t'embrasser encore, ma princesse…

— Gardez vos baisers pour Eugénie, le défia-t-elle.

— C'est pas elle que j'ai envie d'embrasser.

— Moé, ça me tente pas, bouda-t-elle.

— Alors tant pis !

François-Xavier n'insista pas et jouant l'indifférent, se recula un peu.

— Ah non, se fâcha Julianna les mains sur les hanches, tu vas pas recommencer !

— Recommencer quoi ? demanda-t-il hypocritement. À pas t'embrasser de force, à pas t'enlever dans mes bras pis t'emmener dans mon château ? demanda-t-il en revenant vers elle.

Il plaça ses bras de chaque côté de la fenêtre, piégeant ainsi la jeune fille.

— Tu vas m'épouser ! ordonna-t-il.

Elle fit signe que oui.

— Tu vas m'aimer toute la vie.

Encore une fois elle acquiesça silencieusement.

— Tu vas venir vivre avec moé su'a Pointe pis tu vas m'faire les plus beaux enfants du monde pis tu vas m'faire oublier toutes les Eugénie de la terre… pis tu vas chanter rien que pour moé… j'vas être ton prince… pis tu me quitteras jamais… jamais.

— Jamais, promit avec ferveur Julianna.

Et ils s'embrassèrent longuement.

— On descend annoncer la bonne nouvelle ? demanda François-Xavier, peu après.

— Oui, allons les trouver pis leur annoncer notre mariage, répondit Julianna.

~ ~ ~

Ils trouvèrent Ernest et Léonie encore installés au salon sur le divan de velours vert, une nouvelle tasse de thé dans les mains.

— Ah, vous voilà les jeunes, dit Ernest.

— Comment ça va ma grande ? s'inquiéta Léonie.

— Je suis si heureuse ! C'est le plus beau jour de ma vie ! lança-t-elle avant d'ajouter, devant le regard ahuri d'Ernest et de Léonie : C'est sûr que j'ai de la peine pour mon père, mais c'est parce que…

François-Xavier l'interrompit et mit un genou à terre devant Léonie et demanda solennellement :

— J'le sais que l'temps est pas aux réjouissances pis que cette journée en est une de deuil, mais avant que ma princesse change d'idée, mademoiselle Coulombe, euh, j'vous demande la main de Julianna.

Léonie regarda sa nièce et devant le bonheur évident de celle-ci, déposa sa tasse de thé sur le petit guéridon et se jeta dans les bras de sa filleule en pleurant à nouveau.

Ernest sourit à son fils.

— J'pense que Léonie veut dire qu'est d'accord. Félicitations mon garçon, dit-il avec une vigoureuse poignée de main.

— Marraine, arrêtez de pleurer, on voulait pas vous faire de peine, se désola Julianna.

— Chus juste très heureuse pour vous deux pis… J'dois être trop fatiguée, trop d'émotion en si peu de temps… Mon doux Seigneur ! J'en reviens pas ! s'exclama-t-elle en riant nerveusement. Tant qu'à y être, dites-leur donc Ernest. On pensait attendre mais…

Ernest se racla la gorge, rajusta ses bretelles, lissa le pli de son pantalon.

— Ouais ben… j'ai demandé à mademoiselle Coulombe de m'épouser pis elle a dit oui.

Julianna ouvrit la bouche de stupeur, mais aucun son n'en sortit. C'était la dernière chose à laquelle elle se serait attendue ! Sa tante et le père de François-Xavier ! Son amoureux semblait aussi surpris qu'elle. Ernest et Léonie attendaient anxieusement la réaction de leurs enfants adoptifs. Et s'ils désapprouvaient ? François-Xavier regarda tour à tour son père et la mère de Julianna. Comment cela avait-il pu se produire ?

Tout à coup, un grand éclat de rire général éclata dans la pièce. Ce fut Ernest qui déclara :

— Baptême que la vie est folle, mais c'est la vie !

On n'avait pas rajouté de bois dans le poêle qui s'éteignait doucement, et personne ne songeait à en remettre, tous les quatre avaient le cœur bien au chaud maintenant.

~ ~ ~

Ils se mirent à discuter de la date de leur mariage respectif.

— Il faut que ça soit cet été, pas plus tard ! déclara Ernest.

— Et pourquoi on célébrerait pas les deux noces en même temps, tant qu'à fêter ? proposa Léonie.

Les deux femmes ne détestèrent pas cette idée. Après tout, le curé ne devrait pas y voir d'objection. Le père mariant son fils adoptif à la fille adoptive de la mère qu'il épouserait lui-même. C'était assez inusité pour faire exception à la règle. La nouvelle se répandit comme une traînée de poudre. Le 2 juillet 1925, date du grand jour, même le journal *Le colon de Roberval* releva ce fait divers particulier. « Double noce dans la belle paroisse de Saint-Henri-de-Taillon » titrait-on. Ernest et Léonie, ayant convenu de partir en voyage de noces à Montréal et d'en profiter pour régler certains points par rapport au magasin, quittèrent tout de suite après la cérémonie pour la maison de

Roberval, d'où ils prendraient le train le lendemain. François-Xavier et Julianna, cependant, ne pouvaient envisager de voyager pour l'instant. La fromagerie était en pleine production et François-Xavier devait y voir. Julianna ne s'en plaignit pas. Elle n'avait qu'une envie, faire faux bond aux invités de la noce qui festoyaient avec eux chez Ti-Georges depuis des heures, mangeant et buvant, riant et dansant, et se rendre le plus vite possible dans sa nouvelle demeure, la magnifique maison que son mari avait construite pour elle et qu'il lui avait interdit de visiter avant leur mariage.

Tard dans la soirée, ils purent enfin se sauver. Pendant tout le trajet, ils ne se lâchèrent pas la main. De temps en temps, François-Xavier arrêtait le boghei et embrassait langoureusement sa nouvelle épouse. Elle savait ce qui se passerait pendant leur nuit de noces et elle le désirait ardemment. Elle était juste un peu nerveuse. Avoir attendu toute la journée avant d'être enfin seuls tous les deux n'avait fait qu'attiser leur désir. Anticiper cette nuit unique était délicieusement enivrant. Enfin, son beau mari la souleva dans ses bras et lui fit franchir le seuil de leur maison. Il lui demanda de fermer les yeux et, quand elle les rouvrit, elle vit que son piano était là, devant elle, trônant dans un immense salon aux doubles portes françaises.

— C'est le cadeau de ta marraine, lui expliqua-t-il, on l'a fait transporter jusqu'icitte en cachette. Pour l'instant, c'est tout c'qu'y a dans le salon, mais petit à petit, on va le meubler à notre goût.

Julianna pianota mélodieusement un petit air, puis se retourna vers son mari.

— Que c'est beau, François-Xavier, que c'est beau ! s'extasia-t-elle en admirant la maison.

Les murs étaient lambrissés des plus belles planches de bois qu'elle ait jamais vues, sans nœuds, sans fissures.

— Pis j'en reviens pas comme c'est grand !

— Y nous faut beaucoup de place pour nos enfants.

Il l'embrassa tendrement dans le cou.

— Allez, viens voir mon cadeau, maintenant.

Cette fois, Julianna fut entraînée jusqu'à un drôle de petit escalier tournant, celui qui menait à la tourelle dehors, comprit-elle. À la fin des marches, il fallait pousser une trappe, retenue par une lourde chaîne, qui s'ouvrait sur l'extérieur. Julianna fut stupéfaite et conquise. C'était fantastique. On était presque à la hauteur des nuages.

— C'est icitte que nous nous retrouverons, dit son mari derrière elle. Le matin pour admirer le soleil pis nous dire bonjour, pis sous les étoiles pour nous souhaiter une bonne nuit.

Doucement, un à un, il se mit à défaire les minuscules boutons de nacre du dos de la robe de mariée, en partant du cou jusqu'à la taille. Il passa ses mains par l'ouverture ainsi faite et emprisonna les doux seins de sa jeune femme dans ses mains.

— Oh, Julianna, Julianna, tu m'aimes vraiment ?

— J'arrêterai jamais de t'aimer, même si je le voulais, je pourrais pas… murmura la jeune femme enflammée par les caresses osées que son mari lui faisait.

— Je comprends, maintenant, d'où vient le mot «s'épouser»… haleta Julianna. François-Xavier Rousseau, épouse-moé… je t'en prie, épouse-moé…

~ ~ ~

Dans le train qui les menait à Montréal, Léonie n'avait de cesse de contempler son bel Ernest. Ils avaient connu un tel bonheur cette nuit. Au début, en robe de nuit, elle s'était approchée timidement du lit nuptial où il l'attendait. Elle avait hésité. Elle n'avait plus le corps qui avait séduit John… Est-ce qu'Ernest la trouverait belle ? Elle avait encore sa brosse à cheveux dans la main, plus pour se donner une

contenance que par besoin. Saurait-elle donner du plaisir à un homme ?
Elle avait souri, gênée. Probablement avait-il des craintes similaires
aux siennes, s'était-elle dit, non, elle n'avait pas à s'en faire. Lentement, elle s'était assise près de lui. Ernest lui avait pris la brosse des
mains et avait entrepris de la coiffer. Elle était très fière de sa chevelure qu'elle n'avait jamais coupée. Ses cheveux avaient grisonné et
blanchi mais avaient gardé leur brillance. Après, tout s'était fait naturellement, plein de tendresse et d'amour. Elle était bien dans ses
bras, c'était sa place. Au contraire de John, le seul amant qu'elle ait
connu, Ernest prenait son temps et semblait connaître des secrets sur
son propre corps qu'elle ignorait. Il était doux mais animal en même
temps. Ils avaient fait de ces choses ! Et elle y avait pris un tel plaisir…
Ils étaient devenus en sueur et n'avaient toléré plus aucune barrière de
tissu entre eux. Ils s'étaient offerts et n'avaient toléré aucune pudeur
entre eux… Voir le regard de son mari s'enflammer de désir pour ses
seins, voir la bouche de celui-ci ouverte sur un cri muet de plaisir…
Léonie n'avait pas fermé les yeux une seule fois. Elle s'était délectée de
chaque parcelle de peau d'Ernest, le goûtant, le humant… Elle s'était
remplie de lui au plus profond d'elle-même.

— À quoi pense ma belle créature, si on peut savoir ? demanda
Ernest. Tu regrettes rien au moins, ma Léonie ? s'inquiéta-t-il soudain.

— Mon doux Seigneur non ! Il faudrait être folle pour regretter
quoi que ce soit… Chus juste ben heureuse.

— T'es ben certaine de pas te sentir coupable à cause de ta
promesse ?

— T'as su m'convaincre qu'on était quittes, le Bon Dieu pis moé.

— Plus que quittes. Si y en a un qui doit à l'autre, c'est Lui en
haut… Tu mérites ton bonheur, Léonie, amplement.

— Ah, cher Ernest ! se mit à rire Léonie. J'espère que toé, tu re-
gretteras pas d'avoir épousé une vieille fille comme moé.

— J'ai-tu l'air d'un homme malheureux moé à matin ?

— Euh, non pas vraiment, fut obligée d'admettre Léonie devant l'air épanoui de son mari.

— Bon, ben baptême, pose-moé pus jamais de questions idiotes à la François-Xavier !

— Juré, promis, mon bon Ernest, juré promis, répondit-elle en lui tapotant affectueusement la main.

— Ah non, jure pus jamais non plus ! Tu l'sais, toé, ça te fait pas de jurer des choses !

Tous les deux éclatèrent de rire, tels les époux, les amants et les complices qu'ils étaient devenus.

~ ~ ~

Malgré les préparatifs découlant de la double noce, on avait pris le temps de voir sérieusement à l'avenir de chacun. Après bien des soirées à discuter dans la maison de Ti-Georges, il avait été convenu que celui-ci s'associerait à la fromagerie. De toute façon, l'entreprise était si florissante que François-Xavier avait envisagé d'engager un homme supplémentaire, alors plutôt que d'embaucher un pur étranger, mieux valait faire équipe avec son grand ami d'enfance en qui il avait la plus entière confiance. D'autant plus que maintenant, ils faisaient tous partie de la même famille… Ti-Georges voulut garder sa ferme, pour quelque temps en tout cas. Ernest et Léonie habitaient l'ancienne maison et se promettaient d'aller séjourner de temps à autre à Montréal tandis que François-Xavier et Julianna avaient emménagé dans la neuve, évidemment. On en avait terminé la construction juste à temps pour le mariage. En fait, il ne restait plus qu'à creuser le puits. Ernest, qui avait l'expérience de ce genre d'opération, s'y mit dès son retour de voyage de noces.

Le jour du forage, une canicule comme on n'en avait pas connue depuis des années fondit sur toute la région. On avait peine à respirer tant l'air était lourd. Malgré cette grosse chaleur, Ernest, Ti-Georges et François-Xavier s'acharnèrent au travail. À la pause du midi, les trois hommes furent bien contents de constater que la profondeur du puits atteindrait bientôt les dix pieds.

— On arrête pour manger, son père, décréta François-Xavier. Léonie a préparé des bons œufs à la coque dans le vinaigre, comme vous les aimez.

— J'arrive, aide-moé à sortir du trou, mon garçon.

François-Xavier tendit la corde à son père dont le travail consistait à descendre dans le puits pour remplir le seau de terre boueuse que Ti-Georges faisait remonter à l'aide de son cheval avant que François-Xavier n'aille le déverser plus loin. Sale, plein de boue, clignant des yeux sous la soudaine clarté, Ernest émergea à l'air libre. Il put enfin respirer un bon coup…

— Sortez pas du trou, monsieur Rousseau, lui dit Ti-Georges, vous êtes ben mieux à la fraîche dans la terre que moé au soleil à tenir le cheval.

— Arrête de te plaindre, baptême, sinon c'est toé qui descends après le dîner, le menaça-t-il en s'extirpant complètement du puits.

— Mon doux Seigneur que t'es crotté mon pauvre Ernest ! s'exclama Léonie en arrivant avec les victuailles.

— J'rentrerai pas emmanché de même dans les couvertes à soir, j'te le promets, l'agaça son mari.

— Ernest, le réprimanda Léonie en rougissant un peu. Tu mériterais rien que Julianna te verse sa chaudière d'eau sur la tête.

À la demande de Léonie, sa filleule avait été remplir le gros récipient de métal au lac pour que les hommes puissent se débarbouiller avant le dîner.

— C'est pas une mauvaise idée ça, marraine ! C'est gênant d'avoir un beau-père sale comme un cochon.

Et d'un grand élan, elle en vida le contenu sur Ernest, l'aspergeant des pieds à la tête.

— Ah ben baptême, que c'est que t'attends, mon fils, pour mettre cette créature à ta main ? dit Ernest en parlant de Julianna.

— Moé ?, eut de la peine à répondre François-Xavier tant il riait à la vue de son père, dégoulinant, de larges traînées brunâtres striant son visage. J'attends juste que vous me montriez comment vous réussissez à faire ça avec votre propre femme ! C'était son idée, le seau d'eau !

— J'pense que j'ferais mieux de m'en retourner au lac chercher de l'eau, moé, dit Julianna devant le regard mauvais que lui lança son beau-père.

— J'viens avec toé, p'tite sœur, décida Ti-Georges qui avait assisté à la scène du coin de l'œil tout en s'occupant des chevaux. J'veux en remplir un autre pour les bêtes. Y fait tellement chaud, y faut qu'elles boivent souvent !

Ti-Georges avait attaché son cheval près du futur puits à un petit piquet enfoncé. C'était un bel étalon qui prendrait la relève de la jument de François-Xavier pour le reste du creusage.

— Hum, c'était délicieux ma Léonie, complimenta Ernest après le pique-nique, mais maintenant, il faut se remettre à l'ouvrage, les jeunes. Allez, je redescends.

François-Xavier aida son père à s'enrouler la corde solidement autour de la taille, puis Ti-Georges attacha l'autre extrémité à son cheval.

— Sois prudent, Ernest, lui recommanda Léonie qui n'aimait pas le voir disparaître dans ce trou béant.

Ernest lui fit comiquement un petit signe de la main avant d'être hors de vue.

— Doucement, mon cheval, doucement, intima Ti-Georges pour que la bête reste sage.

Tout à coup, on ne sut jamais vraiment ce qui s'était passé, était-ce la jument qui avait rué, énervant l'étalon, ou encore une abeille qui le piqua, mais toujours est-il que le cheval de Ti-Georges se mit à reculer en piaffant, effrayé, hennissant bruyamment. Ti-Georges essaya de le retenir, mais l'animal s'énervait de plus en plus, reculant toujours, voulant fuir la main de l'homme. Il était presque au bord du puits, ses sabots glissaient dans la terre boueuse.

— Wo, arrête-toé, bateau, arrête-toé ! cria Ti-Georges.

François-Xavier se détourna. Il travaillait à étendre de la terre en attendant le prochain déchargement quand il se retourna pour répondre à l'appel de son ami. Tout de suite, il comprit la situation. Il projeta sa pelle au loin et courut le plus vite possible à la rescousse. Il avait la désagréable impression que tout se passait au ralenti devant lui, qu'un mauvais esprit s'amusait à le retarder, lui faisant perdre la fraction de seconde qui lui manquait pour réussir à atteindre le cheval emballé. Il devait y parvenir, il y était presque… Il lança son bras en avant pour accrocher n'importe quoi, la crinière, le harnais, n'importe quoi afin de retenir le cheval de glisser, de l'empêcher de basculer dans le puits, que déjà les pattes arrière raclaient le rebord.

— Non, papa, attention, papa !!!

Poussant l'effort au maximum, François-Xavier bondit. Ses doigts rencontrèrent les naseaux humides de l'étalon et s'y enfoncèrent profondément. La futile prise ne put empêcher le basculage. D'un coup sec, le cheval disparut dans le trou, laissant François-Xavier s'étaler de tout son long, ses ongles tachés du sang de l'animal. Ti-Georges lâcha la bride sous peine d'être emporté lui aussi et resta là, les bras ballants devant l'effroyable drame qui se produisait sous ses yeux. Il n'y eut qu'un hennissement, un grand bruit sourd, puis plus rien.

Julianna et Léonie qui repartaient travailler à la maison entendirent les cris. Elles se retournèrent et virent l'anormale agitation. Elles revinrent sur leurs pas en courant. François-Xavier rampa jusqu'à l'orifice et y plongea la tête. Il y faisait si noir, il ne distinguait rien à part les yeux globuleux de la bête qui soufflait, semblant souffrir le martyr.

— Papa ? murmura François-Xavier.

— Papa ! ! ! Vous m'entendez ? cria-t-il cette fois.

— Mon doux Seigneur, fit Léonie en arrivant près du puits. Ernest, Ernest, non, Ernest ! ! ! Non, c'est pas vrai, pas mon Ernest, non ! ! !

Julianna, atterrée, se pressait les mains sur la bouche pour étouffer le cri d'horreur qui lui montait à la gorge. Ti-Georges fut le premier à se ressaisir. Il somma sa sœur d'emmener Léonie à l'intérieur, de force s'il le fallait, et de la calmer. Ensuite, elle avait pour mission d'aller avertir Marguerite qui s'occuperait d'alerter les autres voisins pour envoyer de l'aide. Il n'y avait pas de temps à perdre. Peut-être y avait-il une mince chance pour que monsieur Rousseau soit encore vivant, une très mince mais il fallait la tenter.

— Venez matante, Ti-Georges a raison, restons pas là…

— C'est de ma faute, c'est de ma faute, se mit à psalmodier sa marraine en se laissant entraîner vers la maison. C'est de ma faute, j'avais promis, le Bon Dieu s'est vengé… c'est de ma faute…

— Mais non, voyons matante, ils vont le sortir de là, vous allez voir, monsieur Rousseau a rien, je suis sûre… mentit Julianna.

— Allez, François-Xavier, reste pas là, attache-moé, j'vas descendre voir.

Mais Ti-Georges ne remonta que des mauvaises nouvelles. Il avait pu toucher le bras d'Ernest qui dépassait du côté de la bête agonisante et il n'avait senti aucun pouls. Monsieur Rousseau avait bel et bien été écrasé à mort…

Ce ne fut pas facile de remonter le corps d'Ernest. Avant, il fallait hisser celui du cheval qui était mort lui aussi quelques minutes plus tard.

Le visage fermé, François-Xavier agissait comme par mécanisme avec des gestes sûrs, les dents serrées. Quand enfin, aidés des voisins accourus aussitôt informés, ils vinrent à bout de cette triste besogne, le jeune homme tint à transporter lui-même le cadavre de son père. Il ne voulut pas l'emmener dans la nouvelle demeure et préféra le prendre dans ses bras. Après avoir ordonné que personne ne le suive, à pied, il se rendit jusqu'à la ferme paternelle tandis que Ti-Georges allait rejoindre sa Marguerite qui réconfortait les femmes. Dans la cuisine de l'ancienne maison, François-Xavier étendit le corps sur la longue table de bois. Délicatement, il lui fit sa dernière toilette, l'habilla de son costume de mariage et lui mit ses beaux souliers neufs. Puis il alla chercher une vieille porte de grange qu'il se rappelait avoir vue dernièrement derrière la maison de son père et la cala solidement entre deux chaises dans le salon. Il la recouvrit d'une belle nappe blanche avant d'y déposer doucement son père. Il lui croisa les mains, entrelaçant son chapelet entre ses doigts. À côté de sa tête, il déposa sa pipe préférée, celle du dimanche et avec un peigne, lui lissa soigneusement les cheveux.

— Papa… lui murmura-t-il tendrement, oh papa comme vous allez me manquer…

François-Xavier ne put retenir une larme qui tomba lourdement sur une paupière close du défunt. Lentement la goutte glissa le long du visage figé et ce fut comme si le père et le fils pleuraient ensemble cette déchirante séparation.

~ ~ ~

Ce fut une fin d'été bien triste. Julianna ne put convaincre sa marraine de venir habiter avec elle et François-Xavier. Léonie était résolue à s'installer définitivement à Montréal. Elle se sentait coupable de la mort de son mari, persuadée que c'était parce qu'elle avait failli à sa promesse de ne jamais plus se laisser aimer par un homme. Si elle avait discuté de cela avec quelqu'un, il est probable qu'on lui aurait enlevé cette fausse idée de la tête, mais le chagrin embrouille tant de choses… Pour se punir, elle avait décidé de vivre une vie de recluse dans sa demeure montréalaise loin de ceux qu'elle aimait. Elle avait privé Ernest de la joie de connaître son premier petit-enfant dont Julianna avait annoncé la venue pour le printemps, alors elle s'en priverait aussi. Léonie était déterminée cette fois à ne jamais revenir à la Pointe quoiqu'elle ait assuré du contraire sa filleule pour ne pas l'inquiéter.

Quand sa femme lui avait appris sa grossesse, François-Xavier avait souri pour la première fois depuis le tragique accident. Mais quand Julianna voulut lui faire plaisir en lui offrant de prénommer leur bébé Ernest ou Ernestine, en mémoire de son père, François-Xavier ne voulut rien entendre.

— Y a assez de nous deux qui portent des noms de défunt.

— C'est comme un hommage… fit remarquer Julianna déconcertée.

— Non, c'est un ombrage au droit à sa propre existence. C'est une lâcheté de reporter nos regrets sur un enfant. Ce bébé-là viendra pas au monde avec ce poids. Ce sera à moé d'y faire connaître le grand homme qu'a été son grand-père, pas à lui de me le rappeler.

Alors Pierre ou Pierrette grandissait dans le ventre de Julianna qui s'émerveillait tous les jours de ce miracle. Elle adorait déjà ce petit être en essayant de l'imaginer, ayant hâte de le faire téter. Quand elle le sentait bouger, elle s'arrêtait pour prendre le temps de s'amuser avec lui. Le jeu consistait à une légère pression du bout des doigts à un endroit du ventre et d'attendre la réponse du bébé. Immanquablement, un petit coup repoussait le doigt enfoncé. Ils passèrent l'hiver à communiquer ainsi. Au printemps, son ventre était si gros que Julianna avait peine à atteindre les touches de son piano. Elle aimait tant s'y asseoir pour accompagner les berceuses qu'elle chantait à son bébé le soir venu tandis que son mari travaillait tard à la fromagerie qui avait recommencé sa production annuelle.

«L'an 1926 sera une très bonne année» avait prédit François-Xavier, fier de son fromage. Le bébé arriva vers la date prévue, en plein milieu de la journée. Tout s'était bien déroulé même si Julianna avait dû littéralement pousser François-Xavier dehors pour qu'il aille chercher Marguerite. Il craignait tant de la laisser seule. Elle dut lui expliquer qu'un premier bébé venait rarement vite et qu'il avait amplement le temps de partir et de revenir. Elle ne croyait pas si bien dire, le travail dura douze heures. Au début, elle se contrôlait, mais à la fin, les douleurs étaient si insupportables qu'elle en blasphémait, au grand dam de son mari qui l'entendait hurler ses sacres de la cuisine. Julianna ne désirait plus qu'une seule chose, que la torture finisse, que l'on cesse de l'ouvrir par en dedans, qu'on lui enlève cette chose qui lui faisait si mal, qui la labourait. Elle avait changé d'idée, elle ne voulait plus de ce bébé, c'était trop dur, c'était trop souffrant, trop long, trop épuisant, c'était la faute à François-Xavier, il ne la toucherait plus jamais. C'était... C'était merveilleux... Il était là, si petit, son bébé à elle. Comme par magie, toute la précédente souffrance fut oubliée... Et il était si beau, si parfait, son petit garçon... son petit Pierre. Il ressemblait à son père, la même bouche et les mêmes cheveux roux...

— Mais y a ton p'tit nez en l'air, princesse, lui dit François-Xavier plus tard, en admirant sa femme et son fils.

— Tu peux le prendre dans tes bras, tu le briseras pas, dit Julianna en lui tendant le nouveau-né.

— Bienvenue su'a Pointe-Taillon, Pierre Rousseau, dit-il en prenant le petit paquet emmailloté. Et voici ton futur domaine, ajouta-t-il en se plaçant devant la fenêtre. Tu aimeras y grandir, y courir. Tu vas voir, tu vas adorer le lac, où tu pêcheras les plus gros poissons de la terre, pis tu vas manger le bon fromage à ton papa, qui te rendra fort, fort, fort!

— Arrête de faire le fou pis redonne-moé le bébé! Va plutôt à place reconduire Marguerite chez elle. A doit être morte de fatigue. Oh regarde, il fait comme un sourire. Dommage que marraine se sente pas assez ben pour faire le voyage de Montréal à la Pointe, s'attrista Julianna.

— Allons, ma princesse, se désola François-Xavier. Léonie va aller mieux, tu vas voir, pis la première chose qu'on va savoir, a va r'tontir icitte pis a quittera pus notre petit Pierre.

— Des fois, j'ai l'étrange impression que je la reverrai pus jamais, révéla Julianna avant de secouer ses boucles blondes qu'elle avait laissées allonger. Allez, va vite reconduire Marguerite.

Et elle reporta toute son attention sur le nouveau centre de son univers.

La belle-sœur attendait dans la cuisine, ayant voulu laisser seuls les nouveaux parents. Elle était si fatiguée qu'elle s'était endormie sur sa chaise, la tête accotée sur la table. François-Xavier s'apprêtait à la réveiller quand Ti-Georges passa la tête par la porte entrebâillée.

— Chus venu, j'en pouvais pus d'attendre. Pis? demanda Ti-Georges en chuchotant.

— Pis quoi? demanda son ami d'un air innocent.

— Bateau, arrête de me faire languir! gronda Ti-Georges en pénétrant dans la cuisine. Si ma Marguerite dort, c'est que tout est fini... C'est-tu un garçon ou bedon une fille?

— C'est... un garçon! annonça fièrement le nouveau père. Pis beau comme son père à part de ça! C'est Julianna qui l'a dit!

— Bravo, mon François-Xavier! le félicita Ti-Georges à grands coups de claques dans le dos. Y était temps que tu fasses tes preuves ! Si tu veux, j'peux te faire profiter de mes bons conseils…

— Arrête de t'péter les bretelles, Ti-Georges Gagné, l'apostropha Marguerite, réveillée par le chahut. Allez, p'tit coq, rentrons nous coucher, j'en peux pus, dit Marguerite en bâillant. J'va revenir à soir préparer le repas, François-Xavier. Tu vas-tu être correct ?

— T'es fine sans bon sens, Marguerite ! Julianna te fait dire un gros merci pis moé aussi.

— C'était naturel, sourit la jeune femme. J't'attends dehors, Ti-Georges. Marguerite, lasse, sortit nonchalamment de la maison retrouver ses deux garçons à elle qui attendaient sagement sur le perron.

— Comment allez-vous l'appeler ? demanda Ti-Georges, tardant à suivre son épouse.

— Pierre, répondit François-Xavier, avant de demander abruptement : Que c'est qui te tracasse, Ti-Georges ?

— Rien, pourquoi ? se défendit celui-ci.

François-Xavier répliqua :

— J'te connais assez pour savoir quand y a quelque chose de sérieux qui te chicotte. Y a-tu un problème à la fromagerie ?

— Ben non, pis c'est pas le moment de parler de ça de toute façon.

— Envoye Ti-Georges, crache le morceau, s'impatienta François-Xavier.

— Ben… les turbines de la centrale sont prêtes à tourner, dit son ami.

— Y ont fini la construction du barrage !

« Y sont allés vite » songea François-Xavier.

— Bateau, c'est la plus grande usine d'électricité en Amérique du Nord, tu te rends compte ! s'énerva Ti-Georges.

— De toute façon, on y a vu… Y ont pas le droit de monter les eaux avant deux ans pis pendant ce temps, on va continuer à se battre, pis à envoyer des requêtes au gouvernement. Y sont pas des idiots à Québec ! Chus sûr que tu t'en fais pour rien, Ti-Georges !

Devant la moue de son beau-frère, François-Xavier renchérit :

— Y ont promis de respecter nos terres. C'est supposé être du monde intelligent pis plus instruits que nous autres, les Anglais ? Bon, ben, y doivent savoir ce qu'y font, c'est comme rien ! le rassura François-Xavier.

— C'est ben ce qui m'inquiète. On est pas grand-chose pour les Anglais... marmonna Ti-Georges.

— L'industrie c'est important, mais l'agriculture aussi. Y ont besoin de nous autres, voyons, pour nourrir leurs familles. Les Anglais aussi, ça mange ! Pis moé qu'y avais peur que quelque chose aille mal à la fromagerie ! Viens, viens voir comment est beau ton neveu et futur filleul, mononcle Ti-Georges.

— Filleul ?

— Ben oui, tu pensais pas te sauver des honneurs ?

— Bateau, moé parrain, ah ben, chus ben content... ben content.

~ ~ ~

Ti-Georges fit taire ses appréhensions, mais elles lui revinrent à la mémoire, quand, presque deux mois plus tard, le 24 juin 1926 exactement, il s'aperçut que l'eau montait sur ses terres, noyant sa future récolte. Sans avertissement, la compagnie de la centrale hydroélectrique avait fermé les vannes de ses barrages, élevant ainsi le niveau du lac Saint-Jean au maximum. Sans rien dire. Tout autour du lac, les basses terres furent inondées. Le coin le plus durement touché fut la Pointe-Taillon. Sur la Pointe, l'eau pourrissait les pieds des arbres, créant de véritables ruisseaux entre les cultivateurs et leurs vaches. Les chemins furent emportés, les puits devinrent inutilisables. La maison de François-Xavier, qu'il avait construite sur une hauteur, se retrouva complètement entourée d'eau. La situation était cauchemardesque. François-Xavier devait prendre le canot pour se rendre à sa fromagerie, qui elle, était construite plus bas et avait beaucoup souffert du baignage des terres. De fait, il était devenu impossible de continuer la production. Celle qu'il avait commencée risquait d'être gâtée par l'eau qui était devenue non potable. François-Xavier ne pouvait croire que la compagnie avait fait exprès. Il devait y avoir une erreur. Ils allaient s'en rendre compte et tout redeviendrait normal. Il n'était pas possible qu'ils noient dans la misère des familles entières, sans sourciller, telle une portée de chatons indésirables ! Mais il dut donner raison à Ti-Georges qui ne cessait de lui dire d'arrêter de se leurrer, que la compagnie et le gouvernement étaient de connivence et qu'ils avaient sciemment inondé leurs terres sans se soucier le moindrement de ce que pensaient de pauvres petits colons comme eux autres ! On forma d'urgence un comité de défense avec pour chef le fameux Onésime Tremblay. La compagnie promit d'indemniser tout le monde, mais ce qu'elle offrit fut dérisoire en comparaison de ce que les habitants perdaient. Et, comme le disait monsieur Tremblay, c'était la justice qu'ils voulaient ! L'injustice, c'était ce qui faisait le plus mal aux habitants de la Pointe. Que des voleurs restent impunis… C'étaient leurs terres, des terres payées en bonne et due forme aux gouvernements. De quel droit avaient-ils pu vendre quelque chose qui ne leur appartenait plus ! Si ce n'était pas du vol, c'était quoi ? Si un simple citoyen vendait en cachette la ferme de son voisin, il se retrouvait en prison dans le temps de le dire, mais que les dirigeants du pays mentent, trichent, fraudent, cela était acceptable, cela était pardonnable ! Parce qu'un gouvernement voulait faire encore plus d'argent, il avait tous les droits ? Les gens criaient à l'injustice, on leur parlait de sacrifice. Les gens vivaient une tragédie, on leur disait que c'était de la comédie, on haussait un sourcil, on souriait en biais, on les faisait sentir petits. Si quelqu'un traitait une autre personne à coups de pieds et lui donnait du bâton sans raison, celle-ci fuirait comme un lâche ou elle ferait face et dirait non, ça suffit ! Mais si un gouvernement traitait cette personne de la même façon, elle devrait plier l'échine, se dire que c'est bon et en redemander ?

François-Xavier et Ti-Georges étaient enragés et décidés à se battre pour que tout rentre dans l'ordre et qu'ils retrouvent leurs champs. S'il le fallait, ils prendraient un avocat, ils s'endetteraient jusqu'au cou, mais ils ne laisseraient personne leur voler leur héritage, personne, tout puissant qu'il soit ! Le comité se rassemblait sans arrêt, réunion après réunion. Quelques cultivateurs se découragèrent et acceptèrent le dédommagement de la compagnie et partirent, mais le comité de défense s'acharna.

François-Xavier dut se résoudre à l'évidence. Il devenait invivable de rester sur la Pointe. Il embarqua avec Julianna et le petit Pierre âgé maintenant de six mois pour Roberval et s'installèrent dans la petite maison que Léonie n'avait pas vendue en fin de compte et dont elle leur avait fait cadeau avant de partir vivre son veuvage à Montréal. Ti-Georges, lui, embarqua sa famille en direction de Péribonka, où ils se feraient héberger par la parenté de Marguerite. Celle-ci étant de nouveau enceinte, il fallait trouver une solution. Mais les deux hommes étaient convaincus que cela ne serait que provisoire… qu'en attendant que le gros bon sens revienne et que le gouvernement force la compagnie à ramener le lac à un niveau normal, qu'en attendant… qu'en attendant… un an… qu'en attendant… deux ans… Deux ans, il y aurait bientôt deux ans qu'ils l'attendaient ce règlement et il n'y avait toujours rien.

Debout devant la fenêtre de la cuisine de la maison de Roberval, François-Xavier n'avait pas dormi de la nuit. C'était le printemps 1928, et la fonte des neiges associée à l'abondante pluie des derniers jours avaient provoqué une terrible inondation. Rien d'étonnant avec le niveau d'eau beaucoup trop élevé du lac ! C'était la faute de la compagnie, se disait François-Xavier. Les dirigeants avaient chambardé la nature. Les mains dans les poches de son pantalon à bretelles, il regardait le lac déverser son trop-plein.

— François-Xavier, pourquoi tu restes comme ça dans le noir, monte donc te coucher !

Surpris, François-Xavier tourna le dos à la tourmente et contempla sa jeune femme. Protégée du froid matinal par un grand châle de laine crocheté, elle se tenait au pied de l'étroit escalier qu'elle venait de descendre, silencieusement. Il la trouva belle, avec ses longs cheveux emmêlés par la nuit, ses joues encore rebondies de sa toute dernière grossesse et de la naissance de leur fille Yvette et son fameux petit nez en l'air qu'il adorait. Il la trouverait toujours belle… sa princesse… Même si son corps s'alourdissait, même lorsque ses 23 ans seraient loin derrière elle, il la trouverait belle. Sa belle Julianna…

— François-Xavier, reviens te coucher… supplia-t-elle.

Elle ne reconnaissait plus son mari. Il était devenu taciturne, ne riait plus avec le petit Pierre, ne dormait presque plus.

— Il pleut encore ? s'informa-t-elle.

— C'est à se demander si ça va s'arrêter un jour… dit François-Xavier en soupirant, retournant à son poste d'observation.

— Je l'espère ben, s'exclama sa femme. C'est un vrai déluge !

— Julianna… commença François-Xavier, j'sais pus quoi faire, avoua-t-il désespéré.

La jeune femme se laissa tomber sur une marche et invita son mari à venir la rejoindre.

— Commence donc par venir à côté de moé.

François-Xavier obtempéra et choisit la marche en dessous de celle de sa femme, qui enroula ses bras autour de son cou.

— As-tu parlé à Ti-Georges ? demanda Julianna.

— Oui, pis lui aussi y est ben écœuré. Y va reprendre la ferme de son beau-père à Péribonka. C'est une belle grande ferme, y devrait se refaire en une couple d'années. On a tellement perdu d'argent, Julianna. On a tellement perdu.

— C'est sûr qu'on peut pus continuer à vivre comme ça, fit remarquer la jeune femme.

— J'sais…

— Il va ben falloir manger.

Julianna était inquiète, elle pensait à ses enfants dormant en haut.

— Chus pas capable de m'trouver du travail. À part quelques p'tites jobines par-ci par-là. On dirait qu'y a plus d'ouvrage pour personne. Dire qu'avant, j'en avais de trop avec la ferme pis la fromagerie ! Une vraie farce.

— Y a pas moyen que tu repartes une fromagerie à quelque part ?

— Avec quel argent ? J'te l'ai dit tantôt, on a pus une cenne ! éclata brusquement François-Xavier en se relevant et en retournant devant la fenêtre. J'ai tout perdu, tout… Mon avenir, mes rêves…

— François-Xavier, dit Julianna en le rejoignant, parle pas de même ! Il doit y avoir un moyen de s'en sortir… L'important c'est que nous pis les enfants, on soit ensemble.

Doucement, elle enlaça son mari.

— Tu vas voir, on va trouver une solution… Peut-être qu'on pourrait aller retrouver marraine à Montréal ! s'exclama-t-elle en relâchant son étreinte et en se plaçant aux côtés de son mari qui ne cessait de fixer l'horizon. Elle a jamais vu les enfants, je suis sûre que ça lui ferait plaisir de nous recevoir, continua Julianna. Pis Montréal, c'est grand, tu te trouverais de l'ouvrage, c'est certain, tu pourrais travailler au magasin de marraine !

— Montréal ! C'est pas noyé que j'va mourir mais étouffé… j'veux pas partir du Lac-Saint-Jean, Julianna… c'est chez nous icitte… Chus pas fait pour vivre dans une grande ville ! décréta François-Xavier en se laissant tomber dans la berçante.

Sans demander la permission, Julianna se blottit sur les genoux de son mari. Câline, elle lui joua avec une mèche de cheveux.

— Je sais que tu aimes beaucoup le lac, mais ça pourrait être une solution ! On pourrait vendre la maison ici, pis vivre avec marraine. Ça nous coûterait presque rien pour le logement pis avec l'argent de la vente, tu en aurais assez pour te partir une nouvelle fromagerie ! Julianna s'excitait. Pis, tu pourrais faire connaître à tout Montréal le réputé cheddar Rousseau ! conclut-elle en le gratifiant d'un gros bec sur la joue.

— Y a des vaches à Montréal ? ironisa François-Xavier. Non, Julianna, ç'a pas de bon sens… j'me vois pas partir d'icitte.

Julianna se releva, mécontente. Elle observa son mari resté assis dans la chaise, semblant détaché. Radoucie, elle se lova à ses pieds et leva sur François-Xavier un regard déterminé.

— T'as jamais vu Montréal, c'est beau ! Écoute, dit-elle en lui prenant les mains dans les siennes. Tu traîneras ton lac dans ton cœur… Ce qui est important, François-Xavier, c'est nous deux pis nos enfants, pense à ça.

— J'va y jongler, Julianna, c'est tout ce que j'peux te promettre.

— Pis si on retournait à la chaleur des couvertes ? proposa-t-elle. Les enfants vont ben dormir encore un peu.

Sans douceur, il repoussa sa femme.

— Julianna, laisse-moé tranquille ! s'écria François-Xavier avec colère.

La jeune femme se releva et, les larmes aux yeux, essaya encore une fois d'amadouer son mari.

— Monte avec moé, le supplia-t-elle.

François-Xavier se leva à son tour de sa chaise et sans ménagement rudoya sa jeune épouse.

— Tu vas-tu comprendre le français ? J't'ai dit de m'laisser tranquille !

Maugréant, François-Xavier retourna devant la fenêtre et tourna le dos à sa femme.

Julianna releva le menton et, les yeux lançant des éclairs, elle grimpa rageusement à l'étage. Elle n'avait pas dit son dernier mot. Depuis des semaines qu'elle mijotait des solutions, elle avait décidé que leur départ pour Montréal était la meilleure. Elle ne se laisserait pas abattre ! Elle allait l'emmener de force s'il le fallait, mais ses enfants ne connaîtraient pas une vie de misère, jamais ! Si son mari croyait qu'elle avait une tête de mule, il n'avait encore rien vu, rien !

Resté seul, François-Xavier s'adressa de nouveau au lac… son lac.

« T'as raison d'être en colère. Si ça pouvait faire entendre le gros bon sens à la compagnie ! Mais, j'y crois pas… J'y crois pus. C'est une race de gens qui a juste l'argent pour les faire changer d'idée. Oui, t'as mauditement raison d'être en colère, comme moé… Mais que c'est que t'aurais voulu qu'on fasse pendant ces deux dernières années ? Qu'on prenne des fusils pis qu'on se batte ? On nous aurait traités de sauvages. Les pauvres Indiens… eux autres aussi, y se sont fait voler leurs terres. T'en as-tu vu, toé, des Indiens glisser sur ton dos, moé, j'en ai pas aperçu depuis ben longtemps… À croire qu'ils existent pus. Après, c'est des billots que t'as charroyés, en te salissant dans ce dur ouvrage pis astheure, tu sers de réservoir pour faire de l'électricité pis c'est à notre tour, les fermiers, les colons de la Pointe-Taillon, de disparaître. J'me demande ben ce qui va rester après… Oh, on avait rien contre le progrès ! On était ben d'accord, c'est juste qu'y me semble que ç'aurait pu se passer autrement ! Que le gouvernement fasse un barrage su'a décharge, y avait pas de problèmes, mais pourquoi y a fallu qu'y sacrifient la Pointe pis qu'y montent ton niveau d'eau si haut! Y avaient pas besoin! Pis en plus c'était sûr qu'au premier printemps pluvieux, tu tiendrais pas le coup. Je l'sais ben que c'est pas de ta faute... Mon pauvre vieux lac... Les riches de la compagnie veulent pas admettre leur erreur, écoute-les pas quand y disent que c'est juste à cause de toé qu'on est inondés, que c'est la nature... Non, j'ai rien contre le progrès pis les usines pis les barrages, mais y me semble qu'on aurait pu trouver le moyen de vivre tout le monde à sa façon, côte à côte, sans que personne soit chassé. Oui, t'as ben raison d'être en colère. J'te demande juste d'épargner ma belle grande maison su'a Pointe, a l'est le dernier bastion. Tu sais comment les gens du boutte l'appellent ma maison, astheure? Le château à Noé. À cause de sa tour pis qu'elle est rendue entourée d'eau... Oui... on a ben raison d'être en colère... Mais y faut pas se laisser emporter...»

François-Xavier redressa les épaules, secoua la tête et se détourna de la fenêtre. Non, il ne devait pas se laisser emporter. Il devait reprendre sur lui...

La colère est la plus traître des vagues... Elle est de celles qui vous roulent, vous broient, vous épuisent... vous noient...

François-Xavier porta son regard vers le haut des escaliers. Les termes de la lettre de Joséphine lui revinrent à la mémoire.

«Oui, maman, dans la vie, vaut toujours mieux se tourner vers l'amour...»

Et François-Xavier alla rejoindre Julianna.

Épilogue

Non, on ne m'a pas laissé le choix… Je ne peux faire autrement que de déborder. On ne peut changer ainsi ma nature profonde sans conséquence.

La bêtise humaine aura fait sombrer le dernier navire d'indulgence qui aura flotté sur moi. Englouties la sagesse et l'endurance ! Engloutie la tolérance ! Maintenant c'est l'heure de ma vengeance. Essayez de me comprendre ! Je… je regrette, mais je ne peux plus faire autrement, impossible de m'arrêter. J'ai si mal au cœur, j'ai l'impression que je ne pourrai jamais cesser de rejeter votre injuste gavage. Qui aurait cru qu'un jour je me retournerais ainsi contre vous ? Pour le moment, je suis trop malade de ressentiment mais, quand mes eaux ne verront plus trouble, quand les battements de mon cœur seront redevenus clapotis, peut-être alors retrouverons-nous une certaine entente, une certaine harmonie, un certain équilibre. Peut-être… Même si je sais que rien, non rien, moi le premier, ne sera jamais plus comme avant.

À suivre

Imprimé au Canada par
Transcontinental Gagné